新诗评论
NEW POETRY REVIEW

CSSCI 来源集刊

谢冕 孙玉石 洪子诚
主编

2019年
总第二十三辑

北京大学出版社
PEKING UNIVERSITY PRESS

图书在版编目(CIP)数据

新诗评论.2019年：总第二十三辑/谢冕，孙玉石，洪子诚主编.—北京：北京大学出版社，2019.12

ISBN 978-7-301-30855-4

Ⅰ.①新… Ⅱ.①谢… ②孙… ③洪… Ⅲ.①新诗评论—中国 Ⅳ.① I207.25

中国版本图书馆 CIP 数据核字（2019）第 225113 号

书　　　名	新诗评论2019年（总第二十三辑）
	XINSHI PINGLUN 2019 NIAN（ZONG DI-ERSHISAN JI）
著作责任者	谢　冕　孙玉石　洪子诚　主编
责任编辑	饶莎莎　黄敏劼
标准书号	ISBN 978-7-301-30855-4
出版发行	北京大学出版社
地　　　址	北京市海淀区成府路 205 号　100871
网　　　址	http://www.pup.cn　新浪微博：@北京大学出版社 @培文图书
电子信箱	pkupw@qq.com
电　　　话	邮购部 010-62752015　发行部 010-62750672
	编辑部 010-62750112
印　刷　者	天津联城印刷有限公司
经　销　者	新华书店
	660 毫米 ×960 毫米　16 开本　17.75 印张　255 千字
	2019 年 12 月第 1 版　2019 年 12 月第 1 次印刷
定　　　价	49.00 元

未经许可，不得以任何方式复制或抄袭本书之部分或全部内容。
版权所有，侵权必究
举报电话：010-62752024　电子信箱：fd@pup.pku.edu.cn
图书如有印装质量问题，请与出版部联系，电话：010-62756370

目 录

问题与事件：关于敬文东两篇批评长文的笔谈

重建诗歌批评的"批评"维度……………………………张桃洲（2）
中国诗人的"阿喀琉斯之踵"………………………………西　渡（5）
谈敬文东《从唯一之词到任意一词——欧阳江河
　　与新诗的词语问题》……………………………………雷武铃（14）
从"先锋诗歌批评"到对"先锋诗歌"的批评…………冷　霜（19）
同行时刻与分界时刻…………………………………………王　炜（24）
"元诗"之"元"：新的视景还是旧的格套？
　　——由敬文东先生两篇诗学长文引发的思考……刘祎家（31）

刘荣恩研究专辑

刘荣恩评论………………………………吴昊（选辑）冷霜（校订）（38）
　　谈"商籁体"Sonnet ………………………………………（38）
　　一个牧师的好儿子…………………………………………（42）
　　评《现代中国诗选》………………………………………（46）
　　悼郝斯曼……………………………………………………（48）
刘荣恩研究资料…………………………吴昊（选辑）冷霜（校订）（60）
　《五十五首诗》
　　　　——刘荣恩先生………………………………毕基初（60）
　　刘荣恩的诗…………………………………………李广田（69）
刘荣恩年谱………………………………………………吴昊（编订）（76）
忧郁灵魂的低语
　　——刘荣恩生平钩沉……………………………………吴　昊（114）

诗人研究

在"现实"里寻找诗的"便装"
——张枣佚诗《橘子的气味》细读 ················ 颜炼军（130）
论当代诗歌技艺的失衡
——以欧阳江河近年的长诗写作为中心 ············· 辛北北（144）
卞之琳早期佚诗考释 ······························· 李丽岚（159）

高校诗歌与新诗教育

复旦诗社或20世纪90年代速写 ···················· 韩　博（180）
为什么这样说起未名湖
——关于五四文学社和北大校园诗歌的回忆断片 ··· 王　璞（193）
行过之生命，或诗的款待
——我在同济诗社的十年（2006—2016）··········· 茱　荧（213）
大学诗教，如何可能？
——兼谈韩山师范学院的新诗教育 ················ 陈培浩（226）

翻译与接受

闻一多：介于纯诗与爱国之间
——将精神追求的进退维谷作为抒情主题
································ 张枣／亚思明（译）（240）

本辑作者／译者简介 ······························· （275）
编后记 ·· （278）

问题与事件

关于敬文东两篇批评长文的笔谈

2019年1月,本刊编辑部围绕批评家敬文东的两篇批评长文《从唯一之词到任意一词——欧阳江河与新诗的词语问题》《从超验语气到与诗无关——西川与新诗的语气问题研究》组织了一次小型研讨会,试图通过深入阅读与讨论这两篇长文,对文中指出的当代诗歌创作中出现的一些问题与现象展开进一步的思考。本专辑这组笔谈就是在此次研讨会部分参与者的发言基础上形成的。两篇长文分别刊载于《东吴学术》2018年第3期、第4期和《中国现代文学研究丛刊》2018年第10期,有兴趣的读者亦可访读。

重建诗歌批评的"批评"维度

张桃洲

我对文东写这两篇文章的缘起略有了解,就先简单介绍下。坦率地说,很长时间里我对当代诗歌的态度是期许与失望参半。我们这代人,可以说是读着连同这两位诗人(欧阳江河、西川)在内的众多诗人的作品成长起来的,对他们以往的诗歌创作怀着诚恳的敬意,对他们未来的创作也抱有莫大的期待。我和文东私下里数次谈到我们的相似感受。没有人否认他们曾经为当代汉语诗歌奉献过相当优秀的作品,但有目共睹的是,他们后来的创作乏善可陈:欧阳江河的《泰姬陵之泪》是一首涣散、空洞、乏力之作,《凤凰》更是支离破碎、十分虚弱的。不过,一直到《凤凰》,文东对欧阳江河的诗歌创作在总体上仍然是持肯定态度的。据他跟我讲,令他下定决心要写一篇"清算"式的批评文章的契机,是他有一次听欧阳江河朗诵自己的近作(包括《凤凰》),正是通过朗诵——确切地说是通过声音的传达(和扩散),欧阳江河近作中的某些缺陷才暴露无遗:貌似雄辩、实则空洞的修辞惯性的滑动;词语组织的无序与无力;过分夸张、虚饰的调子等。当然,毫无疑问,单个的特别是一些重要诗人创作的下滑具有征候性,我们会发现创作下滑在他们那一代诗人那里已经成为一种普遍现象,需要予以警惕和反省。实际上文东用两篇长文批评这两位诗人,显然不只是或仅限于指出这两位诗人的问题所在,而是要以他们为个案或切入点,审视当代诗歌的诸多问题。

这两篇长文的优点和力度自不待言,主要是问题抓得很准、切中要害。比如讨论欧阳江河,从他对词语的重视、迷恋入手,剖析其诗歌中

"词语的一次性原则""直线原则""词生词"等特征,指出其写作的"不及物"性和最终"沦为""词语装置物";讨论西川,则着眼于他诗歌的语气,分析其"从超验语气到与诗无关"的"蜕变"过程,以及由此衍生的"饶舌""说话体"等倾向。依照这些论述,这两位诗人共同的"致命"症结在于他们对写作方法论的极端化,他们抽空了词语或语气在文本中得以依傍的根基,而使之成为脱离事物、意义和感受的"悬浮物",从而丧失了最初的新奇与活力。这些其实是当前很多诗人在写作中表现出的弊端,关乎近年被谈论较多的诗歌与现实、诗歌的技艺等话题。从更大的范围来说,这也昭示了当前汉语诗歌写作的整体困境,表征着文化、诗学创造力的衰减,可能并非全然是诗歌本身的问题。这两篇文章以如此大的篇幅,将两位诗人写作的"机巧"及缺陷一一揭示出来,可谓条分缕析、层层推进,且旁征博引,显得精细而丰实。

当然,倘若要吹毛求疵的话,我觉得这两篇文章尽管篇幅已经够长,容量够大,但读完后仍有某种不满足之感。两篇文章在构架和行文方式上有相似之处,就是单线直入,在逐步深进中剥离,最后抵达结论。这样论述的好处是可以非常深入,但这种深入还没有呈现出必要的纵深感,是因为它很容易执于一端而不顾及其他。比如欧阳江河及许多当代诗人注重词语的趋向,就不是一个孤立的问题,关于词语的"神化"、词与物的关系、词语的效力与限度等讨论,都应该放到当代诗学观念变迁和逐渐"去语境"化的历史情境中予以考察和辨析。再如西川诗歌的语气问题,也并非抽离出来进行单独讨论就能够说清的,它还关乎一个诗人对诗的认识、他的写作习性及诗的句法等。在我看来,西川诗歌中越来越明显的"饶舌"是受到了海子(特别是其长诗)的影响,这一表达方式在20世纪80年代海子诗歌中有特定的意图和效果,但延续到当下则难免变成"废话"的堆砌;事实上,我认为西川近作更严重的问题在于其"混杂性"写作的失效,那些泥沙俱下的文本(如长诗《万寿》等)貌似有着宏大的抱负(对历史的容纳与书写),但一方面大量未经消化、转化的历史材料的无序羼入造成文本体格的庞大和外形的臃肿,另一方面夹杂在字里行间的零碎的历史观全无一个写作者本应具有的对历史的深刻理解或洞见——这已成为当前一批"写史"长诗的顽疾。

由这两篇长文，我自然会想到当前的诗歌批评，想到诗歌批评和诗歌创作的关系、评论家与诗人的关系等问题，对此我也顺便讲几句。其实这个话题这几年议论较多，众说纷纭，我也在多个场合里表述过自己的一些观点，但似乎无甚改观，情形依旧：一方总是在抱怨、指责，另一方总是在辩解、反驳，相似的场景一再上演。诗人和批评家成了互相不买账的"冤家"，二者形不成良性的对话。诗人们提起诗歌批评时，要么仍然轻蔑地视之为创作的附庸，要么抱怨批评家不能理解或顾不上阐释自己的创作；而某些批评家确实也不那么"争气"，写出的文章或是跟风式的追捧，或是没有依据的谩骂，要么无新意，要么无学理可言。虽然近年来也出现了一些相当有分量的诗歌批评论文，但在这个嘈杂的"速读"年代，它们难免被淹没在一堆平庸的批评泡沫中，而一些人干脆选择"视而不见"。可以肯定的是，这两篇长文是当下严肃批评的典范之作。其严肃性首先体现在作者以审慎的态度对待诗歌批评，将诗歌批评与诗歌创作、评论家与诗人置于一种对等的位势，既不仰视也不轻看，这当是展开健康、有效的批评的基本前提，在维护自身尊严的同时也尊重了被批评者的价值。其次在于它们回归了批评的本义，将批评"纠正"为批评，确立了批评应有的学术尺度和"批评"维度。曾几何时批评被"心照不宣""约定俗成"地规定为"唱赞歌"，甚至成了沆瀣一气者进行利益交换的工具，没有"批评"之声、没有商榷和检讨之声，写出直面问题的批评文章竟然需要非凡的勇气并冒遭受攻击的风险，岂不怪哉！这是一种极不正常的批评机制和氛围，是到了做出改变的时候了。再次就是它们都显示了谨严的学理性，它们基于作者深思熟虑的问题意识，进行论断有理有据，分寸感把握得较好。我想也许一时难以改变对于诗歌批评的偏见，但至少我们可以先做好自己的诗歌批评，确保自己从事的是一种严肃的批评。让我们一起努力吧。

中国诗人的"阿喀琉斯之踵"

西 渡

新诗自诞生百年来,一直危机不断。在各个不同的时期,都有人宣称"新诗将死"或"新诗死了"。这种说法不但在一般读者中有市场,一些著名的文化人乃至文学、诗歌研究的专家也持类似的看法。钱钟书在20世纪50年代曾对来访的美国客人评价新诗说:"50年以后就不会有人再听到这些东西了。"[①] 尽管新诗已有众多优秀的作者和作品,但对于那些怀疑新诗的读者和批评家来说,这些都不够。他们会用不屑的语气反问道:"新诗有李白吗?有杜甫吗?"——当然如此反问的时候,他们忘了旧诗在更长的时间内也没有贡献出另一个李白,或者另一个杜甫。但无论如何,没有公认的大诗人要算是新诗的软肋之一。新诗要得到完全的承认,还需要跨越这样一个关口——以一个或数个众望所归的大诗人征服读者和批评家,特别是那些新诗的怀疑家,同时为新诗提供一套建立于现代中国独特经验和现代汉语自身独特性基础上的审美的、诗艺的标准,这些标准要能使新诗既有别于古汉语诗歌,同时又独立于西方现代诗歌。迄今为止,新诗人朝向这一目标的努力还未成功,至少还没有那种公认——这种公认应该包括诗人、读者、批评三个层面——的成功。海子认为在成就伟大诗歌方面,从浪漫主义以来,西方诗人经历了两次失败。海子的伟大诗歌是指但丁、歌德、莎士比亚这类他称为诗歌王者

---

① 李克(Allyn Rickett)、李又安(Adele Rickett):《两个美国间谍的自述》,青珂译,群众出版社,1958年,第35页。

的创造，这类诗歌王者本身乃不世出的天才，除此之外，成就他们还需要多种历史条件的配合，在一个并不算太长的历史时期内，失败实属必然。我这里所说的大诗人不是这个意思，而是指一个时期内为读者、诗人、批评家几方面所公认，诗歌成就可以匹敌同时期世界上最优秀诗人的作者。回顾百年新诗史，中国现代诗人在朝向这一目标的道路上可以说已经经历了多次失败。

  第一次失败是现代诗人的失败。从1918年新诗初创到1949年，现代诗人实现这一目标至少有过三次机遇。第一个机遇属于郭沫若。郭在感受性、想象力、语言敏感性、学养以及综合能力（抒情、戏剧、叙事兼长）上都显示出大诗人的气象，但他在《女神》之后向标语人、口号人的急速转向，使新诗丧失了这第一次机遇。第二个机遇属于艾青。艾青以美术出身，因为入狱的缘故，不得已以诗笔代画笔，在数年之内迅速征服诗坛，不能不说具有过人的才华，而且他在欧洲学画阶段直接接触了当时法国的后期象征主义，对当时苏联的未来主义也有所了解，可以说站在当时现代诗发展的前沿。但是，艾青1941年到延安以后，便发生了既有诗艺和解放区所要求的大众主题的矛盾，诗人向后者的妥协导致其诗艺迅速从抗战初期的高峰滑落，其独特个性也随之萎缩。第三个机遇属于穆旦，穆旦直接师从英国现代诗人燕卜逊，对当时英国最先锋的诗潮和诗艺有深入了解，加上其诚挚的人格和丰富的战时经历，可以说具有成就大诗人的优越条件。但出生于1918年的穆旦，历史给他的时间太短暂了——现代诗歌创造的规律很难允许一个人在30岁之前完成大诗人的成长过程。此外，"新月"的两员大将徐志摩、闻一多先后死于非命，使他们过早地退出了竞争大诗人的行列——实际上，徐、闻即使不死，从其既往的诗歌气象来说也很难担此重任。冯至、戴望舒、卞之琳等在诗艺上各有所长，但以大诗人的要求衡量，则都显得格局有限，而且他们最好的作品都完成于40岁之前，卞之琳更是在30岁之前，此后便都走了下坡路。

  第二次失败是朦胧诗人的失败。从1949年到1976年是新诗在诗艺上不断败落的过程，诗意的创造本身面临断种的危险，更谈不上成就大诗人的目标了。20世纪70年代末，朦胧诗重新接续了新诗的现代血脉，而且涌现了一批富有活力的年轻诗人，让人们对大诗人的现身又有了期待。但结果令人失望。所谓朦胧诗的"五大领袖"中，舒婷、江河很快停笔，北岛、杨炼的写作也在80年代中期以后呈现僵化的趋势，顾城虽然以个人特出的语言才能在诗艺和诗意的表现上时有突破，但其杀妻自杀的结局也暴露了其人格、心理上的重大缺陷。多多几乎成了朦胧诗人中唯一持续保持了创作活力的诗人——当然，多多并不承认自己是朦胧诗人。

这样，成就大诗人的历史性任务就落到了第三代诗人身上。第三代诗人在20世纪80年代中期的诗歌热潮中登场，拥有人数众多的才华特出的诗人，这个数量上的优势超过了新诗史上的任一时期。与终告失败的前辈诗人相比，第三代诗人还拥有许多额外的优越条件：完整、系统的教育经历；开放的知识环境，特别是西方现代诗歌资源的广泛译介；相对自由、活跃的思想、文化氛围；大体和平、稳定，同时充满变化和生机，也不乏危机、极具张力的社会环境；日趋成熟的现代汉语和之前数代诗人艰苦努力的诗艺积累。个人的、社会的这些有利条件让很多人对第三代诗人充满期待。20世纪80年代中期，一批第三代诗人年少成名，意气风发，也有一种舍我其谁的自我期许。骆一禾、海子适时地提出"大诗"概念，正是这种自我期许的外化。海子欲"融合中国的行动成就一种民族和人类的结合，诗和真理合一的大诗"，骆一禾则要实现诗与精神合一的"博大生命"，让诗的语流"作为最高整体开放出它们的原型"。从才华、精神人格、诗歌抱负来看，骆一禾和海子是第三代诗人中成就大诗人理想的最佳候选者，两人在80年代末的骤然去世是第三代诗人朝大诗人目标挺进之路上的第一个挫折。20世纪90年代初，欧阳江河、肖开愚等诗人提出"中年写作"的概念，是第三代诗人一次重要的自我调整。这个自我调整正是基于大诗人的目标，并吸取了前代和同代诗人包括骆一禾、海子冲击这一目标而被迫中断的教训。这一教训在这些诗人看来，主要就在于青春写作的不可持续性。要改变这种状态，必须在写作方法论、写作心态、学养和生命状态上进行相应的调整。这应该是"中年写作"这一概念的基本内涵。

　　从1993年欧阳江河提出"中年写作"的概念，到现在已经过去了四分之一个世纪，一代诗人真正步入了中年（第三代主要诗人大多过了55岁，有的超过了60岁），按照过去的标准，也可以算晚景了。这一代诗人在这四分之一个世纪中，在"中年写作"理念指导下的写作，其成色如何，也到了一个可以检验的时候。敬文东的两篇长文《从唯一之词到任意一词》《从超验语气到与诗无关》，对骆一禾、海子去世以后这代诗人中最为引人瞩目、自我期许最高的两位诗人——欧阳江河和西川，以严格的批评观点进行了衡量。敬文东得出的结论是欧阳江河晚近的写作"从他原本前途无量的正午，走向了黯然无趣的黄昏"，西川则从前期的超验语气，几经转换，最终走向了一种诗人自称为"说话体"而实为饶舌的废话诗——第三代诗人的两支，超验写作和世俗写作，最终殊途同归于废话的狂欢。这既令人意外，也有其逻辑的必然性——但这里不是分析这一问题的场合，我们且放一边。按照敬文东的判断，第三代诗人在冲击大诗人的目标上可以说又一次失败了。这是继海子、骆一禾等诗人夭折之后，第三代诗人冲击大诗人目标的再次挫折。当然，就年龄而言，多数第三代诗人仍处盛年，现在就断言其失败，似乎为时尚早。但从这一代诗人目前总体的创作状况来看，我基本同意敬文东的结论。在这样一个判断里，我们当然不单以作品的数量、诗作篇幅的长短数字化地衡量诗人的成就，而且是以生命的完满和实现程度、诗意的独创和丰盛的程度为考量。陶渊明的诗作不多，但其生命的完满、心灵的深广、诗意的丰盛足可以媲美所有中外大诗人。卡瓦菲斯的情况也是如此。这位希腊诗人不但诗作不多，题材和主题也有限，但他所拥有的完整的、强大的精神性让他实现了自我生命的完满，故仍可称为不世出的大诗人。以此衡量，众多的第三代诗人作为个体取得的成绩，我以为并未超越骆一禾、海子25年前已经取得的成就。25年之后，一代诗人仍然在同一关口前徘徊，而未能迈步从头越，确实令人遗憾。其实，海子、骆一禾所缺少的只是生命的长度，如果他们活得再长一点，而且其后的生命能够一直保持其精神的完整——简单说，只要他们在后来的生命进程中没有走向精神的自我解体，他们必为大诗人无疑。从一个更长的时间序列来看，当人们能够摆脱同代人对"年轻"的偏见，也许他们总有一天会被追认为大诗人。

新诗百年来这种反复的失败确实值得我们深思。这种失败属于个别的诗人，还是属于诗人这个共同体？造成这种失败的原因有哪些？哪些是内在的原因，哪些又是外在的原因？什么是中国诗人最要命的"阿喀琉斯之踵"？这些问题都值得认真地探究。1949年以前的第一次失败，文学史家和批评家常常归因于严酷的社会、历史环境，认为战祸绵延、内外交困的严酷环境打断了诗人自然成长的进程，让一代诗人错失了成长为大家的机会。这种说法表面看有一定道理，但细想却站不住脚。试想，苏联、东欧的诗人，像帕斯捷尔纳克、曼杰斯塔姆、阿赫玛托娃、茨维塔耶娃、米沃什、赫贝特等等，还不是一样生活在类似的甚至有过之而无不及的严酷环境中。唯一可以用这个理由开脱的可能是穆旦。穆旦写作的中断带有被迫的性质，后来他转而以极大的毅力和热情从事诗歌翻译工作，并取得重大成就，为现代汉语诗艺探索积累了丰富而宝贵的经验，其顽强人格令人肃然起敬。但是，翻译毕竟不能替代创作。穆旦晚年重启写作，这些作品曾得到很高的赞誉，但我个人的看法是，与其早年作品相比，它们失去了意识和感受的复杂和精微，并不能算穆旦的成功之作。穆旦的情况和最好的苏联、东欧诗人比起来，也还是有所逊色。

朦胧诗人的失败，多归因于其教育经历的不完整所造成的学养的欠缺，多方面的感性、理性潜能的未及开放。其更深层的原因则是其精神结构的缺陷。朦胧诗人在其精神发育的关键时期，长期生活在物质和思想都定量配给的体制下，其精神结构深受这一体制的规训和影响，而与之具有内在的同构性。虽然他们在成年后成了这一体制的反叛者，但其内在结构并未因这种反抗而得到根本的清算。相反地，他们越是反抗，这一结构就越是变本加厉地控制他们，犹如孙悟空头上的紧箍咒。这就是反抗诗学的内在悖谬。从写作技术层面讲，反抗诗学也从主题和题材上限制和缩减了写作的可能。但在同样甚至更严厉的处境下，布罗茨基依然成就为无可置疑的大诗人。可见，朦胧诗人的失败还有更深层的原因。

　　第三代诗人在拥有前述优势的情形下，依然没能打破魔咒，尤其值得我们反省。敬文东的文章分析了欧阳江河和西川的个例，认为他们在某种程度上仍然受到当时那个时代的精神结构和"毛语体"的影响。这是有道理的，但恐怕也不是事情的全部真相。还有一个可能的原因，就是现代汉语本身的限制——或许现代汉语作为诗歌语言不够成熟，或许它就不是诗歌表达的理想语言。如果这个理由成立，倒是可以解释百年来现代汉诗的屡次失败。但是，现代汉语的诗歌翻译实践可以反驳这样的推论。冯至、戴望舒、赵萝蕤、穆旦、罗洛、李野光、王央乐、智量、江枫等一大批杰出的诗歌译家已经成功转译了里尔克、洛尔迦、惠特曼、普希金、拜伦、瓦莱里、埃里蒂斯、塞菲里斯、艾略特、奥登、聂鲁达、博尔赫斯、狄金森等西诗的大家和名家，其中有些诗人的作品是以表达的幽微复杂和难解难译著称的。这种成功的翻译实践证明现代汉语作为诗歌表达的语言具有足够丰富的表现力和韧性，经得起不同语种、不同诗人、不同风格作品转译过程中的强力敲打和揉捏，体现了巨大的适应性。这样看来，把诗人的失败归于现代汉语实在没有足够的说服力。

　　那么，到底什么才是中国诗人的"阿喀琉斯之踵"？百年来，几代中国诗人的历史、社会、文化处境各不相同，但都在某个关键时刻陷入滑铁卢的尴尬，显然需要我们越过诗人的个别情况，寻找其背后更为普遍的、深层的原因。我认为这个原因很可能在于百年来几代诗人都未能彻底摆脱的一种精神结构。从更长时期来观察，宋亡以来，元明清三代五六百年间的汉语诗歌一直未能出现原创性的大诗人，也和这个精神结构有关。当初胡适倡导新诗，改变了诗歌的书写语言，但诗人的精神结构、人格原型并没有因为这一语言层面的改变而改变，也没有因为我们引进西方的科学、哲学、艺术而改变。我们最优秀的作者、译者对西方文学、西方诗歌的译介投入了巨大的热情和精力，我们的诗人孜孜不倦地阅读西方诗歌的原作和译作，不遗余力地学习西方诗歌的表达方法、表达技巧，乃至直接移植西方的诗体，但那个内在于我们的东方灵魂、东方人格并没有改变。也许在诗歌领域，也像在其他诸多领域一样，我们仍然深陷在"中学为体，西学为用"，"师夷长技以制夷"的洋务思维中。我们以为引进了科学，其实引进的只是科学之用，只是技术，科学精神并没有在我们这里生根；我们以为引进了新式的教育，但"学而优则仕"的想法不变，高考也只是科举的变种；我们以为引进了西方现代诗，用现代语言、现代技巧写诗，但其实西方现代诗的内在精神，仍然与我们绝缘。很可能，这才是新诗越百年而未有公认之大诗人的原因。

这个内在地约束诗人创造力和诗人成长的精神结构，我称之为"世故—市侩型人格"。这是中国人中最为普遍的一种人格模型，其最主要的特征就是功利和势利。市侩敏于利，世故精于算；市侩为其内，世故为其外。这一人格以功利主义为基础，其根源可以追溯到汉文明的实用理性。蒙元以来，汉民族长期屈服于外族的威权，其中又渗入了屈己徇人、圆滑机变、怯弱自馁等因素，对权力和暴力的崇拜和畏惧也达到极点。这些因素的共同作用导致精神主体的消失。陈寅恪1928年在《王观堂先生纪念碑铭》中首倡"独立之精神，自由之思想"，而此精神的独立与思想的自由自那以来便不断遭受种种惨酷之荼毒，终致在"文革"十年间消磨殆尽。如此，欲以丧失独立、匮缺自由之身，而求为大诗人，戛戛乎其难哉。我们可以用这种"世故—市侩型人格"来解释中国诗坛的很多奇怪现象。首先，它造成了一种功利主义的处世和写作态度。东风吹来往西倒，西风吹来往东倒。一会儿为人生，一会儿为艺术，一会儿为大众，一会儿为精英，口号种种虽然不同，其为利则一，其中并未有一种自在的根性。诗坛种种变脸，种种魔术也根于此。为文学史写作是一种功利；为汉学家写作，为英语读者写作，是另一种功利。在"世故—市侩型人格"的操控下，甚至成为大诗人的目标，也成为一种功利，而无关于诗人生命的完成与实现。这种种功利既扭曲诗人的写作，也扭曲诗人的心理。在中国，成名诗人对于后进诗人的压制已成惯例，如老兵之虐新兵一般。这种状况和阿赫玛托娃在自身极其困难的条件下对年轻诗人的奖掖、提携，是完全不同的两种人格、两副心肠。其次，它造就了诗坛的江湖化、山头化。什么是江湖？江湖就是分赃的市场。中国诗坛山头之多，派系之林立，关系之复杂，令人惊叹。全国是个大江湖，各省是小江湖，下面还有更小的江湖，层层相嵌，每层各有帮主、长老、精英、帮众，入会要拜帮主、敬长老，内要兄弟团结，外要结交同盟，如此方得风调雨顺，江湖稳固。1999年年初，百晓生（王来雨）曾作《中国当代诗坛108英雄座次排行榜》，拿当代诗坛比拟千年前的江湖黑帮，其中透出的消息耐人寻味。而此类排行榜古已有之，有人甚至称为"一种独具民族特色的诗学批评方式"，说明诗歌这个坛子其实古今如一，并未因我们用白话，他们写五七言而有什么变化。其三，它抑制了诗人精神上的成长。世故可以说是精神最大的对立面，它之扼杀精神，比恶更甚。恶自有其精神，而世故完全是精神的反面。"世故—市侩型人格"最大的危害，乃是它把诚挚、善良、美这些诗的品质全都摆摊出售，使诗沦为赝品。精神的自由、高贵的人格、微妙的感受、美的领会，在市侩的眼里全无价值，如果有什么价值，也只有在它们可供出售的时候。在世故者那里，真理也是精明的，是算计的结果。它造成了一种骆一禾所谓"油亮的性格"，精神就为这种性格彻底牺牲了。中国诗人往往未到中年，就骤然衰老，停止生长，其根源在此。世故既扼杀了精神，我们就不难理解诗歌中会有那么多虚假的表达，无论是官方的，还是民间的，也无论是忠诚的，还是反叛的。在很多诗人的作品里，没有真实的感动，只有感动的表达；没有真实的同情，只有同情的表演；没有爱，只有爱的表白。在某些诗人那里，人和面具已成一体。在这样的情形下，我们怎么可能洞察历史，并作同情的表现呢？其四，"世故—市侩型人格"也造成了中国诗人突出的青春写作现象。青春是反世故的，因此是诗的；反过来说也一样，青春是诗的，所以是反世故的。在青春时代，世故还没有占据诗人人格的全体，诗人还保有可贵的天真，诗人的感受力、想象力是自由的，思想也是开放的、自由的。所以，30岁以前，中国诗人有能力写出好诗，写出杰作。然而，随着青春的消逝，世故的一面越来越成为诗人人格的主导，诗人的感受、想象、思考越来越受制于现实的利害，诗人的创造力消失了，创作也就停滞了。也就是说，青春写作现象的成因不是诗人没有能力在诗中表现智慧，而是诗人根本就没有智慧——因为诗人对世故的屈服已事先把智慧排除在诗人的精神结构之外了。自从冯至在20世纪30年代把里尔克"诗是经验"的名言译入中国，诗人们便想方设法在诗中引入叙事、戏剧成分，以为那种片段的、零碎的叙事和戏剧便是"经验"，并视为对天真的超越。我以为这是绝大的误会。从根上说，天真是想象力的发动机，是诗人营造诗意、点铁成金的法宝。实际上，里尔克即使在其最后的哀歌和十四行诗中，也没有失去其本性的天真；布莱克的《经验之歌》力图呈现经验的真实，但它对经验世界的洞察仍有赖于一双天真之眼。天真和经验绝非矛盾，而是彼此相成。佛教有所谓"正法眼藏"，"朗照宇宙谓眼，包含万有谓藏"，诗人亦须有此境界。"朗照宇宙""包含万有"，就是要求诗人超越唯我主义——唯我主义和世故是绝配，天真则是其仇雠。孩子的天真出于童稚，成人的天真则以克服唯我主义为前提。它不是一种自然的、被动的状态，而是一种主动的、精进的状态，是主体的自由之体现。然而，中国诗人一旦步入成年，其出于童真的天真品格固消失殆尽，而以超越唯我主义为条件的那种成人的、有修为的天真又没有养成的机会与空间，世故便彻底主宰了其人格。然而，诗的创造离不开这样的"眼藏"，失去这一"眼藏"的诗人，不得已就只好摹写和重复以往的写作了。实际上，在中国诗人中，在青春期结束以后仍葆有写作的活力，一直维持较高水准的，也正是那些在其性情中保持了本性之天真而对"世故—市侩型人格"具有某种程度的免疫力的诗人，穆旦、昌耀、多多、顾城、臧棣、陈东东等均是如此。而我们之所以对海子、骆一禾、戈麦这些诗人的早逝感到超乎寻常的痛心，就是因为他们拥有最大的天真，使我们可以对他们有更高期待。毋庸讳言，海子、顾城等诗人的天真，某种程度上仍停留于童稚的状态，而未能超越唯我主义，进入一种"正法眼藏"。照我看来，上述诗人的写作实际上已有大诗人的气象和格局，他们所缺的只是一个世俗的承认。一旦某个大奖落到这些诗人中任何一位的头上，人们便会纷纷拜倒在他们大诗人的名头之下了。

谈敬文东《从唯一之词到任意一词——欧阳江河与新诗的词语问题》

雷武铃

我对欧阳江河诗的了解很有限，只是随缘碰到时读到过一些，因为不太理解。像《凤凰》《泰姬陵之泪》那样的诗，觉得很隔膜、很困惑，不明其意，因此缺乏动力去全面深入地阅读与思考。我在新诗研究方面没有学术抱负，视野自然不开阔，只是作为一个诗人，凭个人兴趣与喜好来看同时代诗人和评论家的写作，因此，我的看法肯定不全面。我愿意谈谈自己的看法，其实主要是一些困惑，想求教于各位。

对敬老这篇文章，我首先当然是非常敬佩。读完之后，我就成了敬老的粉丝。此前的文东兄在我心目中就此成了敬老。欧阳江河的诗，我一直觉得挺邪乎，他的文章也挺邪乎，滔滔不绝，雄辩凌人，但是有违常识，逻辑诡异。我清晰地感觉到某种不对劲，但不清楚为什么，抓不住其中的要害。看过一些评论，也是不得要领。感觉他就像一位邪派高手，那些站出来的名门正派都不是他的对手，拿他没办法。敬老的文章一下子把问题说清楚了，让我有茅塞顿开、疑窦全释之感。用欧阳江河爱用的"蛇"的隐喻来说，敬老使出了一套降龙十八掌，一下子抓住了这条蛇精的七寸。文章读起来有一种魔高一尺道高一丈的痛快感。

这篇文章我最喜欢之处是对欧阳江河诗歌写作的描述和分析。对一个诗人的研究，大致可分为对其诗歌写作的事实描述、分析和价值评判。一般来说，价值评判部分最引人注目，也最容易引起争议。但我觉得诗人诗歌研究文章最重要的，首先是客观、准确、清晰地描述、分析和概

谈敬文东《从唯一之词到任意一词——欧阳江河与新诗的词语问题》

括出一个诗人及其作品的本质特征，把其原本混杂在众多因素之下被掩藏的根本面貌清晰地揭示出来。这种描述和分析展现出一个评论家的洞察力、敏感性，他辨别事实、把握文本和发现问题的能力。这种描述和分析其实就是把事实呈现出来，把问题揭示出来（当然涉及在什么样的背景中如何去做到），让人们清晰地看到。准确的描述和分析之后，好坏判断就顺理成章，各随所好，不那么重要了。同时，价值判断必须成为一种洞察力体现在对事实和问题的发现与揭示之中，必须成为一种道德热情体现在其根据的充分性与合理性之上，否则就只是一种个人好恶的表态，意思不大。诗歌研究并不能解决问题（那是诗人在实际写作中要做的事），因此呈现事实、揭示问题和分析问题就是其使命之所在。很多诗歌评论抓不住一首诗和一个诗人的根本特点之所在，无法将它清晰地描述出来，揭示出来，只会东拉西扯而让人觉得不知所云。敬老文章抓住了欧阳江河诗歌写作的根本性特点——他诗歌的立足点、方法论，他的词语中心主义，他的诗歌观念和他写作的招数与套路；揭示了欧阳江河是如何发展成了一种"任意之词"的写作，以及这种写作的意外好处及其恶果。敬老用词语的瞬间位移，词语的直线性原则来描述欧阳江河的"诗歌方法论"，揭示他持之以恒的修辞手法、一再重复的句式，把他诗歌写作中的这些招数全破解了。文章举出了有说服力的诗例，还有很多犀利的金句。这些对我理解和把握欧阳江河的诗都非常有启发。

我由此理解到欧阳江河诗歌的效果及其合理性。他的诗有汉赋一样的方式和气势。把同类的词语全部搜罗一起，穷尽所有可能性，将它们铺排编联起来，如大型团体操一般，很有效果。确实有种大国气象，像汉大赋的夸耀性渲染了汉帝国的威仪、富豪和强盛一样。汉赋夸耀的是同主题下的排场，欧阳江河的诗里夸耀的是同主题下的词义。技法都是堆砌和渲染，目的都是追求效果。我想这也合乎欧阳江河提出的"大国诗歌"的逻辑。汉大赋属于典型的类型写作，类型很容易穷尽，它的套路简单，很容易趋向雷同。这也容易解释欧阳江河诗歌的重复性。还有汉赋这种平面性的、场面性的、任意性的、发散性的、渲染性的诗歌，在情感的深度、认识的统一性与深刻性这些方面的欠缺也体现在欧阳江河的诗中。中国诗歌并没有走汉赋的路子,汉末之后,诗就走向了具体的个人发现(赋也成了个人性的抒情小赋),以及对世界存在和对个人情感的发现与体察。因为这种发现提供了更大的可能性、更大的空间来容纳诗人的个性。这可能也是欧阳江河看不上个人诗歌的小情小调的逻辑所在。敬老这篇文章还让我想到诗歌和语言的边界问题。现在很多人都在谈跨界问题,这当然是激动人心的展望,但我想在越界之时,我们也许还是要意识到诗歌和语言的限度问题。语言没有限度、没有节制、没有逻辑,也就没有责任,词语的放纵就会走向"反诗"。欧阳江河提出的"反词"似乎也正合乎他的逻辑。

这是受敬老文章启发之后,我个人对欧阳江河诗歌的一点认识。但今天我最想谈的、敬老文章引发我思想上更深思考的、我自己最关心的,是下面我要谈的问题。

敬老的文章首先遵循的是一种历史性逻辑,来说明欧阳江河诗歌(也是新诗)出发点(词语中心)的合理性。在古诗及其清晰稳定的农耕经验和新诗及其黑暗不明、复杂难缠、转瞬即逝的现代经验之间,在古诗词语的直观性、重复性和新诗词语的分析性、一次性之间,构建了一种二元对立的历史差异。这是一种最具普遍性的论述方式,虽然对历史的具体理解可能不相同,甚至针锋相对,但这种对历史合理性的诉求几乎是具有通用性的。这种历史发展差异是新诗合法性的基础。新的历史的新需求,也是所有求新求变的艺术发展的理论基础。所有现代艺术理论都是建立在这种历史逻辑之上的。

我的疑惑是,如果我们把我们的诗歌理论完全建立在这种历史决定论之上的话,那么新诗的"新"就不在于诗歌的"新",而在于某种"新"本身,某种对历史潮流新迹象的认定,诗本身变得无足轻重、无所归依了。这种"新"的认定本身缺乏价值性的导引,"新"本身成为唯一的价值依据,最后导向的只能是投机性的虚无后果,或者陷入一种机械论之中,或者陷入矛盾之中,完全丧失评判能力。比如,欧阳江河的词语直线运用方式和"毛语体"的时代影响的关系。再比如,欧阳江河的《凤凰》恰恰是遵循了一种历史逻辑,比所有人更激进、更彻底的历史逻

谈敬文东《从唯一之词到任意一词——欧阳江河与新诗的词语问题》

辑：新时代之新诗（社会主义的新时代新诗和资本主义的个人先锋诗歌在其意识形态所诉求的根本历史逻辑上是完全一致的）。欧阳江河诗歌观念完全是历史性的，就像现代艺术理论一样。历史逻辑本身无法评判他，他完全可以躲进自己的这种历史逻辑的堡垒之中，逃避一切对他的批评。甚至把一切对他的批评视为恰好是他的诗先锋的结果，反转为对他的赞赏——除非引入历史决定论之外的新的因素、要求和标准。

事实上敬老文章也引入了非历史性的因素、要求和标准。比如，心脑相对的心（个人情感）与现实社会问题的关联，对真实的洞察与发现，真与诚。它们的引入非常有效（在必须借助它们的时候），但这种引入不像历史逻辑那么明确、那么具有统一性，完全是实用主义的，怎么趁手怎么用，怎么合适怎么抢。对这些非历史性的标准和要求，这些本质论的理念的借用都是临时性的，并未有事前自觉的深思的审察，因此有时候让人觉得它们只是被策略性地征用，它们本身的正当性还有待于加以清晰地确立。这一点让我想到的问题是，我们如何确立一些评判新诗的标准？我们通常以新为由，拒绝了一些不合适的古诗的标准。但我们还是需要一些标准，只是为自己、为新诗本身。这个标准一方面是历史性的，要求新（新是新诗的政治正确），一方面还是本质论的（本质论在政治上早已成了反动的保守的），要求是诗，是好诗。这好诗的要求适合古今中外所有的诗，而不仅仅是新诗。这一点换一种提问的方式，就是我们如何看待新诗的新？这种新的界限在哪里？新如何维持在诗的限度之内？也就是历史论的政治正确如何受到本质论的价值的指引？这些如何确立新诗的标准，如何看待新诗的新与旧的关系，新诗与诗的关系问题，牵涉到整个现代诗歌艺术的基本观念，是我最大的困惑，是我今天最想请教大家的。

这些问题可能与我在准备参加这个讨论的时候正读到黑格尔的《美学》有关。黑格尔的方式在今天看来当然显出一副老套的专断和细琐的学究气，但清晰有力、毫不含糊，对我们这个在什么问题上都采取含糊的回避态度的时代来说，仍有一种强烈的思想刺激。黑格尔认为："只有在观念已实际体现于语文的时候，诗才真正成其为诗"，"只有由精神灌注生命的有机的统一体才是真正的诗","诗要提供一个完整的世界,其中实体本质要以艺术的方式展现于人类动作、事件和情感流露所组成的客观现实"等等。它让我想到我们也有这种更深入的思想需求。想到我们可不可以通过仔细审察,明确订定一些新诗的标准——这实际上是敢不敢的问题,因为任何这种标准的确定都会被视为守旧、落后,相当于把自己树为被攻击的靶子。但是我想即使是一个被推翻和违背的标准,也总比什么都没有好。比如:激情,有着强烈情感和心理能量;普世的民主和人道主义态度(那种腐朽的封建专制思想会以反现代的旗号沉渣泛起);对现实的洞察和发现;等等。当然,提出这样的标准必然涉及对整个现代诗歌艺术理论的反思。我觉得不对现代诗歌艺术理论本身做一些清理,对它们隐含的一些根本性前提做一些清理的话,我们就无法评判新诗,无法在根本上评判某个诗人的好和坏。

从"先锋诗歌批评"到对"先锋诗歌"的批评

冷 霜

多年以前,有诗人曾不无抱怨地表示,当代先锋诗人的写作已经取得了很可观的成就,但诗歌批评还远远没有跟上,不能及时地对这些成就给予揭示和阐明。时至今日,他的抱怨大概可以平息了,如今诗歌批评已经相当繁荣,在数量不断增长的诗刊和诗歌连续出版物上,都不会缺少诗歌评论的版面,对于那些重点推出的诗人,一篇或几篇评论文章已经是"标配",诗人出版的诗集里,常常也会附录几篇关于他的作品的评论以示其分量,更不用说名目繁多的诗歌奖那些文字越来越长、措辞也越来越堂皇的授奖词……正如他所期待的,这些文字都是对诗人们写作成绩的肯定性阐述。客观地看,这些肯定性阐述固有其意义,对在市场化社会中仍从事诗歌写作的诗人们来说,它们是其寂寞和辛劳的安慰与鼓励。当他们在诗思诗艺上的用心被敏锐地剔抉、辨识和阐扬,也能使他们获得写作方向上的确信,或展开新的实验。不过,与这一状况相关的另一面是,诗歌批评越来越像是一种可以"定制"和"量产"的文类了。一些谈论具体诗人创作的评论文章,无论是所使用的概念和语汇,还是基本见解、论述方式,都如出一辙、鲜有新意,而在这种模式化、套路化的评论写作背后,是诗歌批评的"内卷化":没有认识的努力和发现的激情,观念和认识视野始终停留在同一水平和范围内,匆匆地掠过所谈论的话题,或草率地发明出某些欠缺学理、面目可疑的概念和说法,论述行为仅服务于诗歌场域内部的逻辑……与此同时,越来越多的评论文章都形同捧场式的"表扬",想一想诗坛更常见用"评论"而非

"批评"一词来指称这类文字就可思过半矣。偶尔出现带有明确批评意图的文章，却又常常流于意气，乃至充满戾气沦为"骂街"，凡此种种，都难以让人感受到批评应有的尊严。

在这样的情形下，文东这两篇批评长文的价值是显而易见的。这两篇长文所讨论的对象，是两位很有分量的当代诗人，也可以说是"朦胧诗"之后的两位标杆性诗人。而且，我们也知道，这两位诗人的写作作风和对自身诗歌观念的论述，都表现出很雄辩的姿态，如何有效地展开对他们写作的分析和批评并非易事。而文东这两篇文章展示了庖丁解牛般的批评功夫，通过回溯两位诗人各自的写作历程，将这两篇文章放在他们写作历程所对应的历史、政治、文化语境中，也放在他们的写作所关联的新诗诗学观念的脉络中，来把握他们写作的独特性，既肯定了其曾有的贡献，也对其作品在自身逻辑僵化和极端化之后暴露出来的弊病提出了很犀利的批评。他的剖析所展现出的细致和深入程度，表明了对批评对象的尊重。同时，他的批评作风又像一位斗牛士，一方面力求身姿优美，论述行文缠绵摇曳，并不急于直抵结论；另一方面却又能够抓住要害，一击而中。在这两篇文章中，文东显示出他非常内行的诗歌批评眼光，他的分析并没有局限于所涉及的作品在意识层面的表达，而是深入到诗歌修辞、形式的最内层，敏锐地从声音、语气这些不易把捉也往往为人忽视的因素入手，作为贯穿性的认识线索，来考察欧阳江河和西川的写作演变历程，确实极具洞见。就我个人而言，这两篇批评文章给我最大的感想是，文东不仅有批评文体的自觉，是诗歌批评的文体家，也可以说是诗歌批评的"战略家"。这么说，既是因为他这两篇文章，其意并不仅仅针对这两位诗人的写作本身，也有借助对他们的个案性分析和批评来重新审视"朦胧诗"之后对当代诗歌历程的关切。而且，如果把这两篇长文和他近年的《感叹诗学》等著作放在一起看，可以看到它们是内在于他对涵盖了古诗和新诗的更广阔诗学问题的整体性思考之中的，后者构成了支撑其论述立足点的批评视野。

由这两篇文章我想到，我们今天很有必要认真清理、检点"朦胧诗"之后直至今日，当代诗的美学与诗学上的成绩与问题，并由此重新出发。

从"先锋诗歌批评"到对"先锋诗歌"的批评

文东在《从唯一之词到任意一词》中提出,过分倚重"唯脑论"的诗歌方法论,从未调整且变本加厉,造成欧阳江河写作的亢奋式衰退,也分析了这种诗歌方法论背后的历史和意识形态成因。顺着这一分析思路,我们可以看到,欧阳江河诗歌写作的观念化特征,以往多被认为与他对西方当代某些人文理论的借重与吸收有关,但其深层或许也残存着20世纪50年代至70年代文化造成的思想和语言方式上的影响。"唯脑论"和唯意志论的中介是唯观念论,它们共同轻视人类经验和情感的复杂性与个体的差异,这方面,"非非主义"等80年代的一些诗歌流派也有类似之处,只是在观念上表现得更加激进,文本也更加干燥和单薄。也就是说,在思想和语言方式上,那一代诗人中部分成员的写作明显存在共性,只是程度和表现方式有异,也是在这个意义上,欧阳江河的写作具有相当的代表性。而进入新世纪,伴随着所谓"中国崛起","唯脑论"的认识方式与经济领域的虚火、当代艺术的泡沫更容易勾兑在一起,因为后两者也都是通过概念/观念的构架设想来实现增殖。因此,文东对这种"唯脑论"的揭示和批判既包含了清醒的现实感,而且连同他对西川早期诗歌中箴言体、颂歌语气与革命话语的声音层面联系的分析,也体现出对"朦胧诗"以来当代诗歌的历史化认识意图。很长时间里,我们对"朦胧诗"以来(尤其是"朦胧诗"之后)当代诗的认识和叙述,都建立在一种"断裂论"的观念基础之上,即认为它的发生和展开是在对20世纪50年代至70年代主流诗歌观念与形态的反叛过程中形成的,但对两者之间,尤其是通常以线性历史叙述划分的"后朦胧诗"与前30年诗歌之间可能存在的联系缺乏足够审视。文东这两篇文章在这方面有明显的突破,而且,他对这种联系的思考和分析也并不限于50年代以来乃至"五四"以来的新诗史内部,有时也会把相关问题线索延伸到古典文学、文化中,这提示我们,对当代诗的认识和理解,在有些问题层面上有必要建立起一种长时段的视野,在一个更宽广的"历史—文化"视域中,当代诗的价值或局限才有可能看得更为清楚。

沿着这一历史化的认识方向,20世纪80年代先锋诗歌的观念逻辑就可以得到更深入的反思。文东把欧阳江河的诗学起点概括为"词语的一次性原则",这一原则的反面是钟鸣曾指出的当代诗歌中的"单词"现象,在钟鸣那里,50年代至70年代主流诗歌与80年代初诗歌风尚正是在这一现象上,在表面的显著差异下形成了隐在的联系。就"单词"概念所揭示的弊病而言,我们也可以把对它的观念纠正称之为词语的语境原则,也就是说,一首诗中的每个词只有通过与其他词的有效"协同行为"(仍借用钟鸣的表述)构造出生动饱满的诗境,才能生成其具体别致的意义。然而,欧阳江河对词语之于诗歌之重要性的玄学化阐释,今天看来恰是对80年代先锋诗歌的美学和文化逻辑极致化的表达,文东用"词语的一次性原则"来概括它,也很好地呈现出它的这种极致性。文东一方面在肯定的意义上使用这一概念,认为它是"新诗现代性应当具备的主要内涵",但也指出了这种极致性的先锋美学逻辑的脆弱:"这个原则实施起来如此困难,以致它的倡导者都难以做到"。文东接下来的分析放在了倡导者的精神无意识层面,不过,对20世纪80年代先锋诗歌观念或原则本身也还有讨论的余地。在文东的文章中,新诗与古诗、50年代至70年代诗歌/文化与"朦胧诗"之后的诗歌/文化是两组对照性的范畴,在后一组范畴中,80年代更像是一个过渡性的段落,更多地体现出与前30年之间的联系,就像他在文中所说,两者往往分享了同一个逻辑。但如果要更细致地检视"新时期"以来40年当代诗的历程,可能还需要把80年代作为一个相对独立的单元来对待,更进一步说,是需要将我们有关当代诗的认识前提中遗留的80年代成分作为分析对象,以与我们反思和批判的问题和现象拉开更多的距离。对于"朦胧诗"之后的80年代先锋诗歌的不同诗学观念构造,今天已经有了很多分析,但它们所共有的某种"观念感觉"也许还未得到足够清理,就像对包括先锋诗歌在内的80年代文学的美学与文化意识形态的解剖如今在文学研究界已经很盛行,然而对使之曾经形成相当有活力的实践的"感觉结构"却还有待认识和揭示。由于仍未对它们给予清理和揭示,它们今天就还是不同程度地影响和左右着我们,而如果能做出此种清理和揭示,我们在反思这些诗学观念和写作实践的蜕变和颓败的过程中,就可以获得一些新的认识——同时也是写作——的立足点。

在先锋诗歌蔚为潮流的时候，也同时涌现出了大量"先锋诗论"和"先锋诗歌批评"，它们为前者的价值辩护，也伴随前者的发展而发展。这在现代文艺史上是一再出现的现象，其意义自不待言。而当先锋诗歌的诗学观念和写作实践已逐渐蜕变和颓败，其观念逻辑却仍颇具势力，并妨碍我们认识当下写作所需面对的现实，也无益于新的诗歌生命力的生长时，就有必要展开对"先锋诗歌"深入和有力的批评。在我看来，作为"先锋诗歌批评"的重要参与者，文东以这两篇长文对欧阳江河和西川两位当代先锋诗歌代表人物所做的重磅批评，一个很重要的意义也在于此。

同行时刻与分界时刻

王　炜

对于我个人而言，这次讨论的主题虽有一定意义，却有些乏味。因为在早些年的失望以后，我很少再关心作为这次讨论主题的两位著名诗人的言论与作品——并非拒绝阅读，而是再读到时也未能改变失望。这次讨论，我理解为，不是为了批评某个或著名、或盛名难副的个体，而是处在一种同行时刻：一种尴尬的、有问题显现而当代汉语新诗写作者们曾有意无意回避，现在已经无法回避的时刻。其一，尴尬是当代汉语新诗已经整体呈现出的尴尬，某些在20世纪80年代以来的时间中产生的写作现象及其在社会中的形象，集中标志了这种尴尬。当我们不满于某个曾被视为楷模的诗人的写作"崩坏"了的时候——这种"崩坏"近几年频频发生——可能还须分辨，哪些是出于诗人的个人选择，哪些是出于当代汉语新诗的共同征状。其二，通过诗人个案，进行针对性的讨论，在推动问题意识方面也许会产生一些起点作用。当我们从某位诗人那里看到当代汉语新诗的尴尬境况时，也可能是在面对与自己有关的一部分尴尬，同时，自己也同样有"崩坏"的可能。然而要厘清"当代汉语新诗写作"这一现场所积累的症状，可能又不得不从对同行的直接、尴尬的批评性讨论开始。我把这种尴尬与起点并存的时刻，理解为一种真实的同行时刻。

我很赞同冷霜的提议：当务之急中的一项，是"对汉语新诗写作的'感觉结构'进行反思"。这可能意味着，与我上述所理解的今天这次讨论的主旨相一致，对"感觉结构"进行反思同样是再次辨析、尝试指出当代汉语新诗写作的真实现场为何的路径。我不确定，我的理解是否与冷霜所指相一致。例如，我们都不陌生的一种诗人之间相互辨认而又相轻的方式是，一方判断另一方所写的"不是诗"。或者，当一个诗人对另一个诗人"失认"，并且做出非常确定却又往往谬误的描述时，可能是因为双方其实并不共享同一个"感觉结构"。尤其是双方并不共享——或其中一方并不参与——在20世纪80年代以来诗歌写作中突出的"感觉结构"。冷霜的提议所针对的，也许更多的是80年代诗歌写作中突出的感性观、自我中心视角、反智主义等一些在以后时间中表现出其排斥性、并且自我本质化了的观念，并不是对整个汉语新诗的意见，也许并不包括时间上更靠前的诗人，比如20世纪40年代前后的汉语新诗写作者。所以，可能还需审慎分辨20世纪80年代诗歌写作"感觉结构"中的积极元素为何，且这些元素无论对于20世纪40年代前后的先辈，还是对于今人来说，都可以是积极的。同时，从20世纪80年代诗歌肇始的"感觉结构"又因为什么，不论在思想还是美学层面，都走向贫乏。

冷霜的提议，使我又回想起自己对当代汉语新诗写作在问题意识与风格意识两方面的长期不满。随着时间过去，我已经不允许自己的注意力总是被这些不满所牵制，因为这也会导致我作为写作者的意识的平面化。奥登的教诲仍有意义，在抨击平庸时，我们也会损失美学上的道德，因此注意力仍应放在辨析更有价值的事物上。可是，有时我们又不得不"弄脏自己的双手"去挪动事物，从我们身处其中的这个不完美的现场开始。批评的真实美德也可能正是从一个主动的、却又并非无懈可击的批评者身上发生，而认为受到攻讦了的同行也并不与他共享同一个"感觉结构"，并且，后者同样可以不认为前者因其主动性或"积极的不完美"就绝对有理由沾沾自喜。那么，当我们今天在此讨论，是何种主动性可以使我们有理由认为自己已经不受这一"感觉结构"的束缚控制？离开了这一主动性——或者甚至我们还并未在写作和思想上担负这种主动性——不论"同行时刻"，还是姜涛所提出的"把敬文东文章中的话题往前说下去"的意图（我理解为是姜涛发起的一种关于"何为现场"的共同辨析），可能就不成立了。

冷霜所指的"感觉结构"可能更为内在，值得深化为一次以"感知论"为主题，且以当代写作实践为前提，在美学、政治哲学等层面展开的讨论。但是，我想补充"感觉结构"的一些外化的，或者在中国现实场域里的社会化样态。

其一，与之前的文学环境相比，在今天被我们作为案例来讨论的诗人，属于第一批积极利用20世纪欧美诗歌文化资源的诗人，其写作方法的效果，在一个比较空白的阶段中堪称显著，我们也都曾或多或少迷惑于其写作的虚假的深度感。不论在文本外观还是在主题方面，他们主要是模仿者，我不认为他们可以被称作"强力诗人"。我甚至认为——这可能会使我得罪人——继续把他们视为"强力诗人"即使不是一种外行意识，也可能是诗人对诗人的认识受到媒体话语所影响的表现。

其二，获得社会成功者身份的诗人，为了自己的利益（包括意义方面的利益），会非常浅薄和激烈地强调一切不利于自己的智识的可憎。这种强调，有时针对异己的观念，有时针对自身经验以外的现实，有时则针对知识。这其中的原因可能是：诗人害怕变得陌生，害怕认不出自己，从而环境不能赋予他们意义和荣誉。诗人的自恋可能是：当他们使用一些心知有限的依据时，他们会希望这些依据可以被无限使用下去。或者说，希望其文学性可以被无限使用下去。有必要区分的是，我并不反对诗人的自恋，我反对的是诗人的利己主义叙述。区分这两者，也好让前者不必被压抑其应有的美学权利。

其三，诗人们的模仿可以视为一种**容易被看见**的模仿，且在写作材料和写作姿态上限于非常有限的来源与样本，其有限性源于20世纪80年代这一文化不成熟时期，并且处在容易模仿的部分。其原因可能是希望**立刻被看见**具有某种文化重要性。因此，肤浅写作也即一种希望**立刻被看见**的写作吗？这其中有一种常有的申辩，称诗人只居于那个呈现为"词语的最佳排列"的"表面"，或称诗人的语言可以"无意义"。在我国，始终利用维特根斯坦的"鸭头兔"案例来为自己的文本背书的诗人，也许是一种深度的语言无聊者。我们都不陌生，"词语救世主义"和"词语混世主义"是这个深度的语言无聊者的一体两面。当我们指责某个成名诗人的写作坠入无可救药的浮泛或"表面性",可能也要反思,是否自己身上也流着同一种表面主义美学的血液。处在"表面",恰好因为"表面"是最容易利用意义之处,而且"表面"不会怀疑通过它所制造出的意义,"表面"会没有争议地顺应、近乎甜美地陪侍这种意义。这样的"表面性文本",甚至并没有达到其维护者需要援用阿多诺在《论介入》中所分辨的"美学自律"来为之辩护的层面,而是更接近一种间接官方文学(无论是有意识的还是无意识的),虽然诸公随时能做出把离鼻尖最近的东西看成远方的流亡异见者的表情。应当以尼采在《施特劳斯——表白者与作家》中的力量,廓清间接官方文学的思想和语汇的利益性质。以上三种样态——结合为一种——具有典型性,汉语新诗写作"场域"里的陈词滥调和主流语境,主要就来自这一典型性,不仅在造成汉语新诗写作者粗糙的思想习惯和"知性的不诚实"方面难辞其咎,也是间接官方文学的容身之所。

再往前一步,即需要做布尔迪厄式的深化。这件事可留给以后或他人。我想再稍稍区分的是,我不反对"简单文学性",我反对的是陈词滥调,前者实际上沦陷于后者。我们也都知道,20世纪80年代以来的文学写作中有太多陈词滥调,使空泛平庸的作品被视为重要成果。有意思的是,视觉艺术工作者和哲学从业者在其领域以"超克"和前沿自许,却也会加入到80年代以来文学陈词滥调的共鸣之中。另外,我并不认为一个诗人"必须不断改变风格"(这不等于说我认为"不必改变风格"),因为也有那些坚持"单一性"的诗人被尊重,例如卡瓦菲斯和安东尼奥·马查多那样的诗人。但是,"感觉结构"的固化与"单一性"不可等同。情况可能是,在"感觉结构"中,即使"单一性"的可能也被关闭了。"单一性"是裂隙,不是重复。臧棣的"丛书"与"入门"系列,也可视为具有"单一性"。张志扬有一段很好的对"有多少个《哈姆雷特》研究者就有多少个'哈姆雷特'"这句会一听就烦的老话的见解:

> 有多少个《哈姆雷特》的研究者就有多少个"哈姆雷特"。
> 但哈姆雷特再多也否定不了那唯一的哈姆雷特。无论你怎么解

释,也决计解释不成堂吉诃德。

可是,唯一的哈姆雷特在哪里?隐而不显,确切地说:"显即隐"。

这又只有回归解释学才能做到。也就是说,接受解释学走多的路线,

而回归解释学则能走向"一"所标示的"裂隙"。①

——如果系统地读臧棣的这几大系列,考察是否有"裂隙"发生以及如何发生,而非褒美"多",这会是我的一个认识视角。

诗人们不能共享同一种"感觉结构",问题可能还指向更为内在和广泛的层面。以下,我较为宽泛地以当代中国现实这一共同境况为前提。

与其反复说写作者们"不能相互理解",不如说中文诗写作者们已经来到一种事实上已非常普遍化的认知空白之中。如果我们已经无法"理解"现实中发生的事和我们所在的现场,如果已经非常普遍化了的认知空白以压迫性的乃至灾难的方式抵达,"不理解"意味着什么?在何种层面上,我们"不理解"或有理由"不理解"?启蒙时代以来,经历过数次普世化的知识路径,不能像过去帮助知识分子一样帮助我们面对今天的这种认知空白。也可能,再没有比文化平等主义或虚假公正更经常被使用于替代和填充认知空白。我们已经在面对一种巨大的,不能通过推论、不能仅仅通过知识(或某一专业领域的主人意识)以及某种更任意的自我中心视角,来替代、填补认知空白。

我比较倾向于暂停写作者对万神殿意识的标举(比如,年轻时我们表达观点总是"正如我热爱的诗人××所说""正如我热爱的哲学家××所说")。这并非是打破拆毁它,而是让它处在静默之中。一方面,总是需要对文学传统进行辨析性的回顾与再描述;另一方面,却要认识到,这些"传统"并不包括我们,并不与我们同在,我们并不在这种"传统"之中。我们并不处在"世界文学"之中,同时,也并不处在

---

① 张志扬:《解释学分类及其他》,《现代哲学》2009 年第 1 期,第 82 页。

"民族文学"之中,实际上我们已经处在这两个历史范畴相互斗争所产生的一种认知空白之中。我们离"传统"非常遥远,而一个可能并没有我们写得好的同时代英语诗人却更有机会说自己来自"传统",更有可能引发对这种"传统"的尊敬。同时,我们也很难同意一个不了解本国文学的人会比一个对此有过研读的非本国人更有权说自己是这种文学的主人,或称自己为这种文学的第一读者。作者(或第一作者)被消灭后,读者(或第一读者)也将被消灭。

偏离的态度——向"反成功性"延伸的态度——并非源于傲慢,而是因为我们已经在面对并且还未跨越那个巨大的认知空白。我们处在一个连"共鸣的消除"也无法支持我们去应对的,被认知空白所反复劫夺的、溃败性的现实中。

在这一现实中,没有一个西南版的、中原版的、东北版的、西北版的艾略特可以说"历史就是现在和中国"。在这一现实中,声音从未停止其原始性,文明的声音——世界古典诗人的声音——在此是匮乏的,或者常常没有合法性(我认为"感觉结构"也参与了对此合法性的否决)。今天,更经常的情况是,一个世界古典诗人必须——经常是无条件的——经受摧毁,而一个可能早已模式化的先锋人物(艺术家、理论家或现代作家)却容易被置于某种对"前沿事物"的认同语境中。我们在"前沿事物"中容易彼此认同,但是,在古典作者那里分离。

一个世界古典诗人必须经受摧毁,而一个实际上早已间接官方化了的先锋作家(这里专指20世纪80年代意义上的"先锋")却可以置身于某种简单的泛文艺普遍主义之中。

我倾向于认为:汉语新诗写作者不仅要陪伴,甚至也要经受古典作者所经受的那种摧毁,并且,也要把"诗人的未来"交付给那种分离——仅仅在知识路径上具有"反潮流"的面向是不够的——也交付给"反成功性"。在今天,在中国,成为一个"著名诗人"可能是可耻的。同时,汉语新诗诗人的道路有可能向"反成功性"延伸,而作品也将因此具有临时性和临界性。

汉语新诗第一个阶段的工作可能已经完成了,这个领域堪称一直是自强不息的,因为总有新的写作实践产生,不论它们是否已经得到应有的辨认和理解。当我们说"为汉语新诗做点事"的时候,不是做活动、搞雅集、造势颁奖。"为汉语新诗做点事",至少,应当是当代汉语新诗的一个不同于当代文化生产行业的行事逻辑的自我叙述机会。"为汉语新诗做点事",应当首先是置身于具有更新性质的实践语境之中,推动问题意识的动态进展。我认为,如今我们已经处于这样的分界时刻。自命为诗人、写作者的人,应当主动参与到这一时刻之中,且不恪守于文学史叙述的局限。同行时刻也是分界时刻,处在这一时刻,也意味着没有老人和新人。自命为诗人/写作者的人,都应以自己的写作实践——此写作实践提供更新了的美学事实——来介入这一时刻。

"元诗"之"元":新的视景还是旧的格套?
——由敬文东先生两篇诗学长文引发的思考

刘祎家

近两年读当代诗,总有一种烦心而扰乱的感觉,仿佛一些原本读诗所基于的"常识",诸如词与物的对应、风景与人事的牵绊、抒情和叙事的起承转合,乃至某种修辞的美感,都在当代诗里消失了。最基本的"言之有物"的文学传统,仿佛在当代诗的写作中被"质疑"得最厉害(仿佛它不是一种"现代"而"时髦"的方法),也自我破损得最厉害,读得多了,多少让人觉得疲乏,头脑中也丛生疑惑。置身于学院之中,我们其实很容易用一套自我生产的学科话语来把握和提取诗歌中"非诗"的部分,发明一套概念、生产一套知识,给它定位,然后形成系统性的完整论述,在"造史"的意义上赋予这些新现象一些新的命名,从而延续当代诗歌史话语绵延的脉络。然而,厌倦之心牵连着那种不免失望又想要一探究竟的复杂情绪,不断地让我重新回到它们,但始终没有找到可以集中谈论阅读当代诗的种种复杂心情和感觉的切口和契机。敬文东先生评论欧阳江河和西川先生的两篇诗学长文的发表,以及敬文东先生诗学新著的即将出版,便非常及时地给我内心那种颇为扰动和不安的读诗的感情和经验提供了一个可以借此加以梳理和整合的切口和契机。

我的一种整体的感觉是,自20世纪90年代以来,"元诗"之意识乃至方法论似乎愈发成为新诗写作中一个不言自明的方法论本体,甚至成为具有一种统摄性的"语言—思维"结构,好像不这么写,你写的就不是当代诗,就不具有当代性。张枣从华莱士·史蒂文斯那里吸收的

"元诗"概念,在诗学后进和实际的诗歌创作中,逐渐发生了一些新的变化,从语言内部的"田纳西坛子"(史蒂文斯语),逐渐把诗歌的内部视景开放为一个不断吸收周身原本"无诗意"的日常生活褶皱和细小的历史灰尘,不断使诗的面貌"非诗化"的"装置",形成一套复杂、含糊,意义的边界始终在游移、流动和生成的综合性的诗学效果。但90年代以降,因应着开阔历史时景的闭合,所谓"元诗",所谓打开的自我在日常生活和日常历史的层面上的开放、吸纳和对经验的重组与整合,都只是"在方寸间自我腾挪"(孙文波语)的细碎舞步,诗里的"我"仍然没有足够的向历史和他人开放的伸展空间,"元诗"之"元",对于在90年代以来不断从公共事件和公共讨论中向内退避的个人来说,究竟能"元"到什么程度,除了在语言内部花工夫外,好像向外开放的程度依然是非常模糊和有限的。

因应着一种日常的芜杂和外部历史视景的内卷化,"元诗"诉诸如下的一些语言方法:在新诗的体式中广泛运用征用、联想、引申、观察、描摹、议论、拼贴、混杂、搓揉、絮叨、饶舌、滑溜、闪转腾挪指东打西,不涉及、不指称,无话找话、虚张声势,悖论、矛盾、反讽等综合性的诗学方法。而"元诗"方法论的核心是反讽。"反讽"不仅是一种诗学层面的矛盾形态,更是写作者个人的一种生活和历史态度,而此种生活态度的形成,与芜杂失焦的外部历史境况之间,是一种互为影响和相互生成的关系:外部的历史境遇没有提供给写作主体足够的正向参与历史与现实生活的机遇和潜能。而"元诗"方法的背后,仍旧是20世纪90年代以来的文学逻辑,还是要为所谓"新诗现代化/现代性"找更多的突破口,因应的仍旧是新诗立法或"新诗"这一文体如何自存和自我迭代的文类焦虑。于是,在这里,我们可以提出的一个问题或许是,在"古典—现代"二元的几乎自明的论述框架内,所谓的"现代经验"或"现代性",就一定是复杂的吗?"古典主义"就不复杂吗?"传统"是一成不变的吗?作为核心方法的古典诗的"情景交融"相比于当代诗的"元诗"意识,在诗歌演进的道路上,就一定是简单的吗?"现代经验"的复杂是不是只是在语言的机理上呈现的"面子",其对应的心灵状态的

"里子",相比于"古典"就一定是更复杂的吗?

综合敬文东先生的两篇长文来看,我们可以拎出一个线索来:如果说在20世纪90年代的诗歌里,诗人主体所伸出去的是一只"巴枯宁的手"(姜涛语),是够不到真正的实物的、想象性的、多少带有一点伦理遗憾的手,但至少它保留了一种通向外部和他人的伦理性可能。而到了21世纪,那种严肃而不是通过揶揄、戏谑和反讽建立的伦理向度,全然内卷化为一种语言的嬉戏和自动生产,严肃的伦理意识转换为一种内部的自嘲、意义的平面化乃至无穷无尽的话语增殖和话语瓦解之间繁复拉扯的不平衡界面,在写作主体与历史材料之间,看似逼近了某种写作者可以巧妙无所负担地玩转和观看其写作对象和写作素材的反讽式关系,个人与历史之间的态度亦愈来愈变得没有亲和度、失去信任、油滑和不再天真。

这让我想起《新诗评论》在2010年年底和2011年所开辟的有关"诗歌伦理""新诗与公共性"之间的丰富讨论。词与物之间的对应,或者这种对应在新诗的体式之中究竟如何展开,修辞的策略乃至修辞中所呈现的主体与历史之间的观照模式是否有一个限度?词是有其自身的伦理和边界的,其意义似乎不能无限地加以延展和更生,词也同时是语境中的产物,也就是词与伦理性的他人、与外部世界、与日常生活的异质性元素之间,有一种你需要去严肃对待的激情,而不是完全通过外部历史细节的内卷化、戏谑、揶揄和反讽的方法去化解词与物之间的伦理关系。此种基于"化解"的"中年"书写策略和整体风格,如果在20世纪90年代多少还有些许"无奈"的意味,那么到了21世纪,则变得自夸、矫饰、麻木、无可而无不可。而此种态度在诗歌语言上的集中表征,就是诗歌愈写愈长,诗里的话愈说愈拉杂和絮叨,叙事者或抒情主人公愈来愈急于在诗歌中抛头露面表达自己的意见,人工调度的痕迹愈来愈明显,语言内部话语增殖和自我重复的面貌愈来愈显豁。其实作为同时代人,我们很难去下一个判断,此种"综合"的当代诗学策略究竟是"好"还是"不好"。在"综合"和"自然"之间,新的时代精神的天平偏向于前者,而同样在"综合"和"自然"之间,又如何求取一种新的、四处合度的"综合",来把某种切正的历史态度和伦理的肉身的态度与当代诗繁复、艰深的语言技巧统合起来,使"语言"这一容器的体积,在扩大的同时,不至于膨胀得变形而失去骨架,而其面上铸刻的花纹,也不至于怪力乱神,而是在新的纹饰变化中,你还能看出它的画法和逻辑。

当代诗的"元诗"策略及其在新世纪的变化与发展,也影响到新一代青年习诗者的诗学选择。同时代青年诗人秦三澍就曾"发明"出"硬诗"的说法来指涉一种"元诗"的形态。三澍在他的创作谈《"硬诗":即兴的偏至》中,谈论到他近年来新诗写作的一些新的诉求和方法:着力于在新诗语言和修辞的内部实现一种非提纯的、"表面未被美化造作的原生深度",即修辞对于技艺的重新召唤,而与诗歌中的诗意依赖于主体"自省式"的"深度写作"的诗学策略拉开距离。三澍谈道:"我愿借'硬译'的构词法改装出'硬诗'的说法,意在偏执于'不纯',褪去语言的洁癖而不畏惧'粗制滥造'——当然这是指一种意识和态度,其写作学的前提就像我反复申明的,技艺须过关。我渴念和语言贴身起居,手眼并举,诗的书写和发现的运动缝合为一,但杜绝于修剪盆景和发明精雅的幻境,而是体察语言、现实、语言—现实中粗粝的杂质和'诗外之诗',如'实'记载。""硬译"这一说法乃至汉语的翻译策略来自鲁迅。在鲁迅看来,翻译是两种语言发生交互关系时,对接受国的母语产生更新作用的一个契机。鲁迅认为,衡量译作的标准不在本国语言的现有状态,相反,译作是处于通向一种新的语言的可能性的途中。通过有时甚至不免佶屈聱牙的"硬译"方法,鲁迅在翻译中把输出语的语气、精神、力量传达到中文中,给正在生成的现代汉语书面语系统带来持续变动的异质性元素,从而丰富、完善现代汉语的表达方式,并且在持续更新和接纳突然闯入的陌异语言经验的同时,使得写作者通过现代汉语传达的现代经验、现代思想和现代情感得以更生和变化,从而勾连于开放、流动的现代主体的建构和生成。秦三澍借用鲁迅之"硬译"方法"改装"出的"硬诗"观念,可以说是在当代诗的层面上延展了这个话题,与张枣之"元诗"意识,乃至20世纪90年代以降当代诗的主流方法和历史意识之间,建立了一种内生性的诗学关联。

但我们似乎已经厌倦了诗歌概念的发明。话语似乎是"隔空打炮"和无限增生的诗学内部的自我生产。我们已经熟习了"元诗"以来当代诗歌的"综合"技艺,这种"技艺"仰赖于语言对开放而变动的社会、历史、政治、经济等诸多人类当代生活经验的内部吸收,乃至在语言内部频繁、灵动地自如转换。如三澍所言,在这样的诗意生成过程中,"语言的流速借助词的聚合、离散而张弛相间,像埋伏暗桩,考验世界'表面'在诗的限制时间内'自行展现'的能量边界,以语言杂质裹挟进局部的历史意识以克服或纠偏某种浮华蛀空的玄学冲动"①。此意多少是不错的,但在"语言的流速"内部,对于"世界"的能量和边界的体认和吸收,在落实到"语言杂质"这一诗学策略之后,一首诗就可以"满意"地完成,我们对于当代诗的期待也就可以停止而"满足"了吗?当代诗的絮叨、饶舌、油滑和混杂,在在基于"语言杂质"这一诗学面貌;而"元诗"敞开了那个多少封闭的"纯诗"的"玄学冲动",把诗歌语言敞开到"语言杂质"的程度,现在也已经成为一种主流的方法,也没有太多真正新鲜的变革容纳进来。在某种意义上,"元诗"的开放,在多大意义上真正把历史的东西有效地转化进来,又在多大的意义上真正有效地传达一种"历史意识"和"历史态度",结合敬文东先生长文里评述的对象来看,其实是颇可怀疑的。换言之,"元诗"所诉诸的历史和当代"综合"经验在语言内部"方寸间自我腾挪"式的开放,在当代诗面临诸种写作和表达困境的历史现场,好像既无力于审视自身的危机,也无法自成为合适的解决良药,它的活力似乎限制在了一套内部的自我指涉之中。在这个意义上,"元诗"带来的当代诗语言的开放,究竟是一种真正的诗的开放,还是换了一套修辞的、从自我到世界的"封闭"呢?

敬文东先生的长文,提供了站在最切近的当代历史现场重新审视新诗写作问题的契机。如欧阳江河和西川先生这样享有盛誉的当代诗歌作者,其新世纪诗歌创作中频频出现的种种问题征候,亦牵连着20世纪90年代以来"元诗"意识及其方法论在面对更加"内卷化"、更加驳

---

① 以上引文均引自秦三澍:《"硬诗":即兴的偏至》,《名作欣赏》2017年第31期。

杂和微妙的历史气候和时代精神时,难以调试和更新自身的认识和体验"装置"的多重尴尬。除却诗人批评家的自我陈述和学院内学科话语的知识生产,"元诗"在多大意义上不是一种"陈词滥调",从而能够重新打通词与物、个人与历史之间的张力空间,提供真正新鲜的元素呢?我想,这大概是一种新的诗学期待吧。

刘荣恩研究专辑

刘荣恩自20世纪20年代末至40年代末活跃于平津诗坛,主要从事西方现代文学的翻译和诗歌评论工作。华北沦陷后,他先后创作了六部诗集,但以往很少有关于他的研究,本专辑集中刊发青年学者吴昊搜集整理和编订撰写的一组资料,包括刘荣恩写于20世纪30年代的四篇诗歌批评文字,20世纪40年代后期毕基初、李广田关于他的诗评,以及刘荣恩的年谱与传论,以使读者对这位"新诗史上的失踪者"获得一个较为全面的认识和了解。

刘荣恩评论

吴昊（选辑）　冷霜（校订）

谈"商籁体"Sonnet[①]

一首商籁是一个曲子的波荡：
从一个恳切的灵魂充胀的水里
一片潮乐的洪涛，单个的，完整的
流进那"十行"里；后来呢，自由的，
在"四行"里卷滚着它的落潮的巨浪
归回到生命底猛烈的海洋的深处。

—— Theodore Watts-Dunton[②]

商籁（Sonnet）的故乡是在多斯加纳 Tuscany（西西里）[③]。首先它只是种歌儿。因为它的特殊诗式，渐次运用它的诗人就多起来。商籁在彼屈阿克（Petrarch）的手里获得了地位。那正是欧洲文艺复兴的时候，无论哪[④]儿的文艺都娓娓生动起来，去应"新生"的召唤。商籁也是一条

[①] 本文原载于《益世报·文学周刊》第 6 期（1934 年 4 月 11 日）。
[②] 即英国评论家、诗人西奥多·瓦茨—邓顿。
[③] 原文如此。本专题中的文章均依原文实录，当时人名、地名及其他专有名词的译法与现在有所不同，行文表述也与现在有所差异，但为了反映出作者写作原貌，除明显错误之外，均不做修改，只在必要处给出原文以便对照。下文同，特此说明。
[④] 原文为"那"，刘生活与写作的时代"那""哪"不分。由于刘荣恩先生这组文章成文较早，因时间久远、字迹模糊，以及作者的笔误等原因，后期录入的个别文字为明显误用。对于此类情况，编校者均做了修改，但为了保持文章原貌，均以注释形式将原用字给出。下文同，特此说明。

出路。法国有马洛脱（Clement Marot）和德龙沙（Pierre de Ronsard）用商籁体作诗。后来杜伯雷（Joachim du Bellay）在新运动的宣言里劝法国诗人学意大利彼屈阿克他们的商籁。英国在依利萨伯时代，起了一阵商籁狂，各色各样，初出茅庐的诗人，你商籁，他商籁，结果有位对维兹（John Davies）把他们大开玩笑。英国在同时受二种的影响，起初是从法国来的，后来才大大地受了意大利的影响。这时候大部分的商籁都是些译品意译，抄袭，三不像的玩意儿。这等到石垒伯爵（Earl of Surrey）把意大利的商籁用英国古来的诗律化了后，他们才产生像样的商籁诗。在1609年，莎士比亚的《商籁》刊印，从此商籁在英国诗坛里就奠定了。在莎氏的时候，商籁诗几乎是完全用来写男女恩爱的。到了弥尔顿，他就用来写他自己个人的、宗教的情绪。他发觉了商籁的单纯性。弥尔顿的商籁的平静和高贵已经达到了绝顶，除了往古希腊的悲剧家里去找，此外就没有了。英国在18世纪时，商籁诗清落了一下。在19世纪时，渥兹渥斯（William Wordsworth）便卷土重来，以后它在英国诗坛就不断了，尤其是那些出于名手的，如济茨（John Keats）、白郎宁夫人（Elizabeth Barrett Browning）、罗刹蒂（Dante Gabriel Rossetti）、斯文本（Algernon Charles Swinburne）、白理基士（Robert Bridges）等。

起先商籁是像白郎宁夫人的情诗一样，把许多串在一起来崇扬一个理想的爱人，不过每首还是能独立的。但是大多数的商籁都是一首一种情绪。

"'商籁体'那诗格是抒情诗体例中最美最庄严，最严密亦最有弹性的一格……商籁体是西洋诗式中格律最谨严的，最适宜于表现深沉的盘旋的情绪。像是山风，像是海潮，它的是圆浑的有回响的音声。在能手手中它是一只完全的弦琴，它有最激昂的高音，也有最呜咽的幽声，"徐志摩先生这样说道。（《新月》创刊号）商籁是一个完整无瑕而一统的诗体，在音乐方面尤其美。它给我们的喜乐是有节制的，固定的，它是一种从困难之中完成的一种表现。有人说："在创造一首成功的商籁的时候，心，头脑，手都要对才行。"所以我们念它的时候好听，领略时能满足我们的艺术欲和智识欲，看起来又端整玲珑。商籁创造的第一个信条确实是在一切艺术的完美。一个意思，一段情绪在十四行里表现出来，既不太长，又不太短；既没有多的篇幅给你来累赘，又没有地方给你来重复。商籁，因为它是一种活跃万分的宝贝，所以自然而然成了一个世界的诗式。在欧洲任何一国里都有妙绝的商籁，不久它在中国的成功是无疑的。

　　中国在文学革命后的几年里，人说，只是"白话"而已，没有什么诗可以讲。诗在闻一多、徐志摩诸位先生的手里就起了重大的变化。他们都以为诗底艺术比诗底"白话"还要紧。他们对于英国诗是很有研究的，所以他们自己的诗"大半是模仿近代英国诗"。但是他们没有明明白白地说，我们应该模仿这种诗式、那种诗式。商籁体，我觉得，是他们特地摇旗呐喊来提倡，来劝中国的诗人来学。闻一多先生用他老练的字句把白郎宁夫人的《从那个葡萄牙人那里来的商籁》译成了，把头十首刊印在新月的创刊号里，又加上了徐志摩先生的《白郎宁夫人的情诗》；一篇译文，一篇论文，这两篇可以说是一种宣言。这是第一次，他们故意地向西洋借了一种诗式来。由此在中国新诗的历程里树了第一块的记程石。这是件值得纪念的事。徐志摩先生，像英国的海林顿（John Harington）对英国诗人们说一样："当初槐哀德（Wyatt）与石垒伯爵既然能把这原种从意大利移植到英国，后来果然开结成异样的花果，我们现在，在解放与建设我们文字的大运动中，为什么就没有希望再把它从英国移植到我们这边来？"

　　商籁体可以说是分三种：彼屈阿克式或意大利式，莎士比亚式或英国式，还有一种相似英国式的，史本塞式（Spenserian）。严格地说来，每式都是十四行，每行十音，内中有五个重音平均间隔一轻一重。韵脚三种都不同：彼氏式一起有五个，莎氏式七个，史氏式五个。

　　彼氏式与莎氏式商籁的材料的布置也是不同的。在彼氏式里，前八行是把那促进某种情绪的境地都说了出来，在后面六行里要用一些新的脚韵来说出一种相反的境地。譬如，前半是恐怖，后半是希望；失望，安慰。在莎氏式商籁里，前三个四行里是一种情绪渐次的发展，末了的二行就把整个的情调结论一下，时常是把一支情绪简成了一句机警句

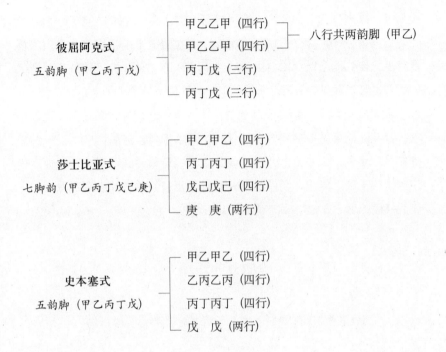

(Epigram)。史氏式差不多与莎氏式相同，不过它的好处是在整个诗的音乐上，三个四行都有韵脚彼此连续弄来，这个四行的音乐便蔓延到那个四行中去。这都是一些古板的东西，在能手手里就起了许许多多的变化，每个诗人应着他自己诗的需要而改换。渥兹渥斯说，在这个商籁体的拘束里还可以给许多觉得到大自由的灵魂寻觅些喜悦。

商籁体是有人反对的。在《诗刊》里的两封信可以代表一般人的意见。梁实秋先生是赞成模仿外国诗的几点，韵脚他是赞同的，"音节……格调……我不主张模仿外国诗。用中文写，Sonnet 永远写不像"。胡适之先生说："Sonnet 是拘束很严的体裁，最难没有凑字的毛病。我们刚从中国小脚解放出来，何苦去裹外国小脚呢？"照我看来，小脚天足等都不是什么了不得的问题，问题是在试看看中国诗人运用诗的艺术怎样。我们不应该一看了商籁体就定它的好歹生死，我们应该看它被运用后的结果如何，再来批判它的死刑。我很赞同梁宗岱先生说的："我想，镣铐①也是桩好事，（其实行文的规律与成语又何尝不是镣铐）尤其是你自己情愿带上只要你能在镣铐内自由活动。"（《诗刊》二期）在严格约束的诗律的手掌也可以翻一个三万八千里的斛斗，结果也只翻了一半路。

我是主张对于商籁以及其他的诗式，我们一切都要模仿，无论是格调、音节、韵脚、取材、内容的结构、艺术等等，然后再产生出一种新的能服水土的、有乡土味儿的、像爹像娘的诗与诗式，用来"表现现代中国人的生活，思想，情感"，"开端都是至微细的，什么事都得人们一半凭纯粹的耐心去做"（徐志摩先生语）。

一个牧师的好儿子②

《铁马集》 陈梦家创作 开明书店 半元 1934年

有人说，自从陈梦家先生出版了《梦家诗集》后，在新诗的历程里又树了一块石头，从此新诗就有土产的了。吹来的是钱塘江的风，醉的是绍兴的酒，寂寞的是蓝庄，笑的是唐朝的微笑，娇艳的是汉族的女儿。

陈先生的诗有二点是很可以注意的：一是"无限"的追求，一是"潇洒的美"。

说说"爱"吧，中国人对它的概念是渺渺茫茫的。我们从没有探求到它的绝顶，也不想探求。沏一盏茶，买一大枚果仁，就完事。人一说"爱"，那就是"你爱你的太太"，"你爱你的儿子"。这种猴儿戏的"爱"，尽有，只是利用猴儿向小三子骗钱的玩意儿。徐志摩先生发表了一首三百多行的《爱的灵感》，真像范进挨了他的丈人胡屠户一顿夹七夹八的骂，骇得黄帝的子孙摸不着门儿。在这年头谈"爱"比把妓女坐在

---

① 原文为"撩拷"，后文两处亦同。
② 本文原载于《益世报·文学周刊》第10期（1934年5月9日）。

自己的腿上谈道德还难。现代的诗人不是替兵工厂编目录，就是替那个□□①——"肉麻"说话，或者说些呓语，胡嗳一下，愈不懂，诗的价值愈高。没有深刻的思索，伟大的魂魄，实践的生活，哪②儿来诗呢？他们"自我"的表现，确是忠实的，因为他们的生活就是虚伪、懒惰、苟且的结晶品。心灵里感觉不到一种渴望，一种饥饿，一种冲动力在驱赶着汉族的灵魂去寻觅"无限"。

接力赛跑的火焰快灭了，接跑的人，为何还没有出场？火焰已经在跳跃它末了的几下了。老年人垂头丧气着。忽然来了一阵喝彩，一位少年的壮士从竹林里出来，他是用本地的酒、青菜和米饭滋养大的。在他的躯体里"九条龙一齐喊：我们要生命！"他来接下了盛火焰的器皿，又奔跑上去。那位新来的壮士就是陈梦家先生，他最新出版了他的第二部诗集，《铁马集》。

他像"智慧"一样，在街头上喊：

> 我常常睁开伤心的眼睛，
> 向你望，
> …………
> 流不完苍老的泪，
> …………
> 从罪恶上洗抹下来的污秽。
> 在迷雾中启示那一句骇怕
> 惊人的信息
> …………
>
> ——《桥》

他要"真实的美"，"爱黑暗里光明的闪动"。是的，

---

① 原文如此。
② 原文为"那"。

给你带回我们的许愿，
安分的灵魂献一炷虔诚：
愿天堂的云梯接着地面，
我们好登上上帝的金城。

——《圣诞歌》

…………①

（委实，我们只借了彼得堡的烂泥来涂天，能一照亮良心的雪倒没有免费的带回来。）谁肯拿把火焰来照照我们待死的众生呢。

当初上帝创造天地，有光有暗，
太阳照见山顶，也照见小草。
——世界不全是坏的。

伤感在②穷人是一件奢侈的事，
快乐在人手上，也在人心上。
——世界不全是坏的。

——《致一伤感者》

我们有多少的诗人俯首说安慰话，仰首老向天看的。

我们的子女和子女的子女要纪念这位诗人，还不是因为他那"潇洒的美"，这个"美"几乎全在他的短诗里。

多少白皮松的萧萧③，
多少云纱挂住松梢？

---

① 此处有十余字由于印刷质量原因无法辨认，故省略。
② 原文漏排"在"字。
③ 原文为"潇潇"。

刘荣恩评论

> 多少山泉流的幽悄①，
> 山下的驼铃，有多少？
>
> 谁信云纱还送羊群
> 踩着松梢下山？谁信
> 今夜远远的骆驼②铃
> 在十七的月下，像星？
>
> ——《西山》

　　这首诗是忘不了的，听！那不是骆驼铃声！《焦山》《天没有亮》《夜渔》《太平门外》《叮当歌》《秋江》等③，首首都是阵阵五月夕照下的微风，使我联想起那些"Old, unhappy, far-off things"，法郎士（Anatole France）说得妙，小孩子和诗人是一样的天真烂漫，正像人类正在黄昏时代的时候，庸凡的众生，上帝却不给他们一种能吸"美"的本能。毛驴怎么能向玫瑰取蜜呢？

　　陈先生的《在前线》塞外诗，还有那篇《黄河谣》都是极悲壮的。诗人，颂扬中华，歌咏她的江山，溪流，村庄，庙宇，"竹林和小桥"，江南的姑娘们。

　　陈梦家先生有一个缺点，那就是意象④的贫乏，有时我还感觉到灵境的贫乏及重复。顺便说几个字眼"飞""眼""风"用得太多了。自从徐志摩先生"飞"死了后，诗人都"飞"，像做旧诗的人，老"肠断"，动不动"肠"子就"断"，虽然这是生理上的进步，不过在新诗里把"飞"字用腻了也一样难受。在这本集子里，"在高天飞""向天上飞""无穷止的飞""飞上云边""飞到天门""看他们飞""云在飞""什么事不飞呀？飞呀！"满天都是。徐志摩先生"不知道风是在那一方向吹"，陈梦家先生

---

① 原文误作"情"。
② 原文为"驼骆"。
③ 此处原文标点较乱，编校时做了统一。
④ 原文为"意像"。后文亦同。

"欢喜听见风……"结果在这集子里我一数一起有30次的"风"。"眼"字也用23次。雪莱用"云"字似乎也不少,这也是意象的贫乏,也许这根本就是人类意象的贫乏,不是一个个人的问题,那我可说不上来了。

还有一个更糟的缺点,那就是有些地方不懂。这问题可以从两面说,不是他写得不明白,便是我不行。譬如说吧,《我是谁》那首诗,是首好诗,可惜不懂的地方恰巧是顶紧要的地方。如果拿"死不给人懂主义"的那些诗人的诗来比,陈先生的诗可以说全懂,除了一两句外。写诗,像写旁的文体一样,第一是要写得人人都懂,小学生也能懂,老妈子也能懂,懂的程度深浅,那是读者的事。诗人至少是要使我们懂得他的文字。我们始终是脱不了野蛮人的成分,我们是爱①"单纯"的。写得单纯些,不自谦的人才把自己蒙着了,他们不会被邀请到奥林帕斯山上,去赴神们的筵席。

这集子里的诗,在音韵、技巧方面都比《梦家诗集》美熟得多;不过诗的灵魂还在襁褓时期。诗人,多多地保养②,苦工和早晨的露水是有益于心灵的。

美的意象的买卖商,愿你的岁月长久!

评《现代中国诗选》③

爱克登、陈世骧译　1936年伦敦出版
Modern Chinese Poetry: Tranalated by Harold Acton and Ch'en shih-Hsiang, Dockworth, London, 1936.

Dockworth 的出版,爱克登和陈世骧两位翻译这本书,都不能不算是

---

① 原文为"受",应为误植。
② 原文第一个"多"字后为",",应为第二个"多"字简写的误植。
③ 本文原载于《大公报·文艺》第182期(1936年7月19日)。

件冒险的事，也不能不说是件积功德的事。在书贾方面，这书的销路决不会像《大地》那样好，在译者方面，实在是有很多吃力不讨好的苦衷。

这书有爱克登先生的一篇引言，对于西方读者可以给他们有一个相当的解释，只是引言写得乱些。还有一篇冯废名①先生的《谈现代诗》（原名不详）。这是一篇值得译的文章，至少说明些今日中国一部分人作诗的态度。书末有诗人《小传》，很显出编译者的苦心和学者的态度。在《小传》里另译有林庚的《谈诗》和戴望舒的《诗论零札》②。书里还有陈梦家、周作人、冯废名、何其芳、徐志摩、郭沫若、李广田、林庚、卞之琳、邵洵美、沈从文、孙大雨、戴望舒、闻一多、俞平伯等的诗，共96首。

我奇怪译者们何以没有选刘梦苇、朱湘、方玮德、林徽因、汪静之、李金发、梁宗岱、饶孟侃的诗？同时，林庚一个人的诗竟③选译了19首之多，几占全书的五分之一。这个荒唐的不平衡是不是受了个人好恶远近的支配？爱克登先生也说有些诗不能翻，果然这是事实，这一类自然不是好诗。照我想，不熟悉中国文字及少了一番读的工作是顶大的缘因。你想想，动用了这么大的一个名字，却有了这个选译标准上极严重遗憾。放在 Waley④ 所译的中国古诗旁，这本译文是件惨事。这本书，我想，决不能充分代表中国现代白话诗坛的全豹。不如称它做 Our Favourite Modern Chinese Poems in Pai-hua。这样一来，自然东方或者西方的读者的诗底鉴赏的航海线会转方向了。

爱克登先生自己也是一个诗人，曾在18岁时出版过一部诗集 Aquarium，另外还有许多散文的著作。所以他的译文是可念的。这是件幸运的事。更幸运的是现代中国的白话诗嫡亲爸爸是外国人，我想译起来比法文译英文差不离。他有几首诗，像戴望舒的《深闭的窗子》《烦忧》，徐志摩的《在那山道旁》，何其芳的《夜景》，译得美极了。不幸，

---

① 此处即指著名作家、学者废名，原名冯文炳。后文亦同。
② 原文为"《诗经零札》"。
③ 原文为"竞"。
④ 即著名英国汉学家、文学翻译家亚瑟·威利（Arthur Waley）。

在许多场所，本书的译者们犯了不"正确"的毛病，增删改窜诗句来凑，来补充 Syllables，这样对于外国人自然是好听些，但是念"不正确"的中国诗等于白念，这不如去念自己本国里七八流的诗。

郭沫若《凤凰涅槃》[1]他们只选了几首译；《凤歌》原有 63 行，译者是跳来跳去译，除了在第四行后有四点，后来就没有标点了，也不加一点声明，这是什么一回儿事？周作人的《梦想者的悲哀》题目下面有一句"读倍贝尔的《妇人论》而作"也没有译出来。徐志摩的《五老峰》（七六页）的排法是成双的行比成单的行要排低三个字。每节有四个低行是象征峰的高低，这是诗底建筑。译者都给它们铲平了，成了"五老平原"。如果我们把雪莱的 To a Skylark 每节的末一行切成两三段同其余的一样长短，那只 Skylark 在诗里底飞的建筑还有没有？还有把"变旧"译作 Altered and old[2]（四九页）；把"怪冷"译作 fretful, cold（四七页）；把"寥阔"译作 vast（六九页）：这都是不认识中国词句的结果。何其芳的《花环》、卞之琳的《朋友与烟卷》、戴望舒的《单恋者》是译得最惨的。

悼郝斯曼[3]

诗人死了。天下多加了一层寂寥；绝望像一支风帆驶进来，再也不载来治心灵的药。他再也看不见"黎明的银帆"，"有雪挂在樱桃树上"。他去睡了，穿上地球当衣衫；不用再起去干给人消遣的（Fool's errand）的勾当。这是郝斯曼愿意的，委实我们不用为他哀悼，应该哀悼的还是你我自己。

郝斯曼（A. E. Housman）在世界文坛的地位早已确实鉴定；在我们心里的地位也早已确实鉴定。他是我们千万受苦生灵的一个代言者，一

---

[1] 原文为"《凤凰槃涅》"。
[2] 《现代中国诗选》中实为"old and altered"。
[3] 本文原载于《大公报·文艺》第 310 期（1937 年 3 月 14 日）。

个辩护士：他给我们发了一声唤呼。这一声唤呼是正确的——"晚上闭眼睡下时，希望再也不要睁开来了"。这声唤呼是要流进万世去的，要流给少数忧愁和创伤的灵魂以酒和油。敷上了伤口，把郝斯曼他自己的牲口给他们骑，送往邻近的客店去下榻。

虽然 Harold Monroe 说 1920 年是他的影响末路的一年，以后就是 T. S. Eliot 的天下了。照我想象他那样朴素的诗，像他那样完美的歌，风行了一世，似乎是像山上的野火般熄了，实则它们仍然万里东奔不可当。因为心灵的狂奔不能永远维持下去的；我们不能因为河流不狂奔了，就算它到了末路。Still water runs deep。

在 1933 年五月九日郝斯曼在剑桥讲演《诗底名称与性格》。这篇演讲稿的出版把许多文人和批评家的眼镜帽儿都吓掉了。Ezra Pound 在 Criterion 季刊（Vol.VIII, No. LI）里说他听了高兴，同时也用了他那特殊的文风写下许多有意思的对这篇文章的批判。他的攻击是合理的，不过他所指出来的小错误与正文的大体无关。郝斯曼这本小册子是一篇顶诚实、顶洞悉的论诗的文字，作者既是一个诗人，用的又是极畅爽的风格——这个道德在一切的论文里已经成了一个失去了的懿行。这种文章一世纪里只能出一二篇。最好的是末了的五六页。

他对于诗的意见略略可以这样说。诗应该用"极平凡的字眼写，而且它是纯粹的，没染上一些些散文的杂东西"。诗给我们的是"简单和……无彩色的喜悦"。"我想，移注情感是诗的特殊的工作——并不是传达思想，而是在读者的觉官里唤起一种摆动，这种摆动与作家所感觉的摆动是符合的。"外表或者不纯粹，不美不在乎。近代诗坛的一团糟都是出于诗人，读者把 wit 来混称诗的灵魂，把修辞（simile metaphor）来混作诗的本身；他说这是"不敬，一件亵渎的事"。"诗不在乎所说及的东西而在乎所说的方法……意义是属于理智的，诗并不是。""半疯的诗人能写真正的好诗；内容虽是胡说，可也能算是极勾魂摄魄的诗。诗应有'壮宏的诗韵……一股强而不理智的兴奋抖擞……'"它能"吸引泪……能进入人心去找到在那里隐藏潜伏的某件东西，那件东西比他此刻性格的组织还要古老……"郝斯曼给诗下定义的时候，他引用 Eliphaz the Temanite 的话："一个精灵在我目前越过：我全身的汗毛根根竖了起来。"他再引济慈说及 Fanny Brawne 的话："每件事物能使我想起她的，都像支支的矛刺穿我的身体一样。"诗底功效就要等于这样。郝斯曼正在刮脸时，他说如果"诗"一来，他的刮脸刀因皮肤上的汗毛竖立了就刮不下去。诗底诞生是这样的，诗底感染是那样；诗底家乡是在胃窝里。"我称'诗'是一种分泌……我极少的时候写诗，除非我不受用了，而且那种经验，虽有兴趣，大致却是激烈而费劲的。"

郝氏对于诗的见解既然如此，自然他所取的材料也都应该能使他胃窝里不舒服，使他毛管直竖。（自然人的胃窝和毛管还有别的勾当的作用，所得的结果，也并不是诗。）他的诗大概是诉说死亡的甜蜜和渴望；生命的无意义；兵士的运命和遭遇；情人们的不忠实，有"玫瑰色嘴唇的姑娘"的骗局；看透了生命时的那种悲壮；大自然的残忍和它的小部分的可爱；生活得紧张的必要；生命的短促，青春易过；人类在各样事上的柔懦；友谊的可贵；过往的可赞慕，一种绝望的挣扎；一切世事的虚伪……虽然主题的重复是件显然的事实，可是这种情形是像一个交响乐，一个 Theme，可以有千万个使人喘不过气来的变化。

现在我们试选几个主题来谈一谈。

天下一切诗底"摆动"的强力总莫过于"死"的"摆动"。郝斯曼并不写死底丑的一面。死就是安息；死就是一切人应该企图的；死就是万有的最后凯歌。一切同死一样的东西他都看为是可以爱慕的。我们无论从哪①一页翻起，翻不上两页就可以看到"死"。死能解决一切。赞美"死"，颂扬"自杀"，他并不是第一个。雪莱也是一个"死"的追求者：两人都借了抒情的力量，把死弄得非常甜蜜，把死称为世界上最好不过的事。这样郝斯曼给了英国文学一种新鲜的挽歌的色调。

> 躺下躺下，年青的小地主；
> 　　起身，起身干吗？

---

① 原文为"那"。

一个人千万次的早晨起身
　　可是终于要躺下的，
　　那时候那人才算聪明。

躺下躺下，年青的小地主；
　　太阳老向西沉；
你走去工作的那条路
　　会领你回家休息的
　　那是再好不过。

——*A Shropshire Lad*, VII

现在有朋友，有生人来上你的坟
　　有的带着念恤来，有的嫉妒：
并不曾丢过脸，危险脱离了，
　　罪恶洗净，过那儿归家。

安全的来休息，没有梦，没有醒来的时候；
　　这里，伙计，有我打的花冠：
这并不是一件值得接受的礼物，
　　可是戴上吧，它永不凋谢。

——*A Shropshire Lad*, XLIV

做条好汉，站起来，结果了自己，
　　当你灵魂里有不受用的话。

——*A Shropshire Lad*, XLV

他们找不到一张他们可以躺下而真正高兴的床
　　在他们没有找到坟墓以前。

——*Last Poems*, XIII

生是一个大而无谓的耗费。难道死就是这样甜蜜吗？我们一提及死，拐弯就会想起兵士们，因为兵士的存在和用处几乎就是等于"死"。郝氏写兵士的诗特别多，有时候甚至连着四五首。

> 在日出时她有两个儿子，
> 　　今晚她单独一个人了。
>
> 稻草堆要等我好久，
> 　　羊栏也要等我好久，
> 空的碗碟也要等我好久，
> 　　饭也要凉了。
>
> ——*A Shropshire Lad*, VIII
>
> 有朋友爱他们，可又是炸药的食粮，
> 　　兵士们进行着，全奔死去。①
>
> 呀，我听见吹号
> 　　我在哪②里？
> 我的朋友都起来，穿好，死下去了，
> 　　我也要穿好了去死。③

有人说在 *A Shropshire Lad*, XIV 里"郝斯曼先生已经说了几乎是说不出来的失恋的感觉，这种感觉跟着一切年轻的情人们，他们曾非常的恋爱过人，现在失恋了"。

---

① 原文作者未写明本段引诗的出处，经编者查证，应为 *A Shropshire Lad*, XXXV。
② 原文为"那"。
③ 原文作者未写明本段引诗的出处，经编者查证，应为 *Last Poems*, XIII。

许多无忧无虑的人走过
　　　他说他们的灵魂是自己的：
这里在路旁我溜达着
　　　多闲，独自个。

呀，超过了垂线铊能投的地方，
　　　在海洋中我测不到底，
我的心，灵魂，感觉，
　　　我无始终的世界，全淹没了。

他的愚蠢找不到伴儿
　　　在青天之下
给男的，给女的
　　　把他的心和灵魂。

没有治伤药来保佑他
　　　从地之东到地之西
永久失掉了
　　　他胸中的心。

这里在这辛苦的路上
　　　我空手溜达着：
直到天地末日的早晨，海般深
　　　我的心和灵魂绝望的躺着。

——*A Shropshire Lad*, XIV

当我二十一岁时
　　　我听见一个聪明人说，

"把铜子儿，洋钱，钞票给人
　　可不要把心给人；
把珠子，红宝石给人
　　可是保守你的爱底自由。"
但是我那时是二十一
　　向我白说。

当我二十一岁时
　　我又听见他说，
"从胸中拿心给人
　　决不是白给的；
是付了许多的叹息
　　换来了无尽的懊丧。"
我现在二十二岁了，
　　呀，这是真的，这是真的。

　　　　　　　　　　——*A Shropshire Lad*, XIII

他最爱的姑娘
　　在旁人的身旁惊醒爬起来。

　　　　　　　　　　——*Last Poems*, XVI

野李在花群里不见了，
　　四月的榆是暗的；
这是一个情人的时辰
　　这是个撒谎的时辰，为了他而有的。

如果全花丛都是刺
　　如果北风冻伤了松，

自然，这是另一个人的时辰，

  这是个说实话的时辰，为了她而有的。

——Last Poems, XXII

  这样看来似乎郝斯曼是一个无可救药的悲观诗人。这是一个要搁浅的见解；悲观是对的，不过他的悲观是一种英雄好汉的悲观，能使人想起猛烈的秋风刮过山头。他不像 Omar Khayyam 那样的一个酒皮囊，醉在里面。他却在静的了解里用哲学来醉无可奈何的忧伤。同他比较起来，Omar 还不彻底。他也不像哈代跟上帝吵嘴。他所有的也不是一个屈服者的悲欢。他的两只灵眼早已看透了"生"到底是什么一个玩意儿。看明白了，他的结论是一个积极的、哲理的 Resignation。这种处世哲学唯有领悟生命的痛苦太真实了才会有的。"幸运是机会，可是患难是一定的"，"在你所走的路上——除了夜之外没有别的"。能支持他的生命的只有过去，友谊，以及一小部分的自然。（"大自然，残忍的，无智机的大自然——既不爱护又不知道。"）在这里郝斯曼又在英国文学里添了些新鲜田园诗的味道。

  一阵空气进入我心好煞人

    从那面远城吹来的：

  那些蓝的忘不了的山丘，

    那些尖塔，田庄是什么。

  这是一块失掉了的满意的所在，

    我能看见它发亮的平原，

  那些快活的道儿从那里我走离的

    可见不能再回来了。

——A Shropshire Lad, XL

> 我上次来 Ludlow 时
> 　　在灰色的月光中
> 两个朋友在我旁边走，
> 　　两个诚实健康的孩子。
>
> 现在 Dick 已经躺在墓园里好久，
> 　　Ned 已经好久躺在监狱里；
> 我回到 Ludlow 的老家来
> 　　在灰色的月光中。
>
> <div style="text-align:right">——<i>A Shropshire Lad</i>, LVIII</div>

下面试译的三首，我觉得可以充分代表郝斯曼。

> 安静，我的灵魂，安静；你拿的武器是脆的，
> 　　地和高天是古老而稳固，又结实。
> 还是这样想，——想想，如果你现在难受一点，
> 　　那些我们有安息的日子，哦灵魂呀，它们是长的。
> 那时人们爱残酷，可是我所睡的石穴是黑的。
> 　　看不见；泪掉下来，我并不哀伤；
> 汗流着，血喷出来，我是总不难过；
> 　　那时候我是什么都好，那时①我还没有出世。
> 现在，我想这是为了什么，我从找不到理由，
> 　　我在地面上走着，喝着空气觉着太阳。
> 安静，安静，我的灵魂；只是一季罢②了：
> 　　让我们忍受一小时，眼看着一切不公义的成就。
> 呀，看：高天与地因它们当先的基础不受用；

---

① 原文为"那是"。

② 原文为"吧"。

一切要撕碎心灵的思想都在这里，什么都是虚空：
恐怖，嘲笑，恨憎，畏惧，忿怒——
哦，为什么我要醒来？我在什么时候再睡？

————*A Shropshire Lad*, XLVIII

不要再想了，伙计；笑，高兴：
　　为什么一个人要心急去死？
空头，闲舌头讲话
使得不平的道儿容易走，
愚蠢底傻脑瓜子
　　支持着掉下来的天。
哦，这是开玩笑，舞蹈，喝酒
　　才把忧愁的世界转动着。
假使年轻的心没有这样轻灵，
哦，他们可以永远年轻下去：
不要再想了；就是为了思忖
　　把伙计们葬下到地层。

————*A Shropshire Lad*, XLIX

村中最可爱的，樱桃树现时
挂着花朵在树枝上
在森林的道儿上站着
　　为复活节戴着白色。

现在我七十岁
二十岁再不会回来了，
从七十个春里除了二十
只剩下给我五十。

既然去看树草开花

五十个春不够化，

我要去森林的路上

去看雪挂在樱桃树上。

——*A Shropshire Lad*, II

　　郝斯曼的这种哲学并不出奇，可是他用字的秘诀使他的诗更有力量来传达他心灵的摆动。他那种固执于惯用一点不加装饰，不带诗意的字句，他那种古朴素气的味儿正如他的内容一样古老，所以他的诗的感动力能打动比人类更老的某种东西。我们念他的诗时觉得这些诗似乎是不能从人的手里写出来的，真像我们念 *Iliad*、*Odyssey* 一样；就是拿郝斯曼顶短小的一首也是诗神所默示而写的。自然这是我要说明郝斯曼的诗的完美的一种说法；但是这件神迹也不因此而减色。

　　郝斯曼出版的诗量小（一起共一百零四首，二本的出版期隔了二十六年），缘因是他如果不是在苦心地涵养改作，就是在候"诗灵"的拜望。在 *Last Poems* 的序言里他说："虽然这里印的诗数目很少，我印出来的缘故是大概我不会再迫得不得不写了。我不能希望再有那一阵接连上去的兴奋，像我在 1895 年头几个月所有的。那时候我写了那本 *A Shropshire Lad* 的大部分，倘或那阵东西再来的话，不知道我能不能忍受得了……"这就是告诉我们诗心的可贵，冒牌的可憎。他所写的无论是情诗，自然诗，故事诗，样样是完完美美。首首像火里烧白了的钢针一样，任它碰什么，在一秒钟的万一，那东西就被烧焚了。比起来，他的诗是一个健康直挺挺的女将，他人的却是一个怀病的老妓女，满脸涂了便宜的胭脂粉。这是亵渎我们的眼睛和我们对诗的神圣的欲望。

　　郝斯曼是一位拉丁文教授，曾编辑过 Juvenal 和 Manilius[①] 的著作，发表过许多关于研究拉丁文学的文章。他的诗我们不能不说所受他人的影响大概要归功（到）那些完整的拉丁诗人那里去。虽然他恨极英国

---

① 即古罗马诗人 Marcus Manilius。

18 世纪诗人的诗，可是 18 世纪人作散文的态度也许影响了他的诗的一部分。Blake 的歌及短诗的影响对他是最强；他称 Blake 为"The most poetical of all poets"。

后来我看见了早晨的天空：
唉好，那个故事全是个谎；
…………

——*A Shropshire Lad*，LXII

编者注[①]：郝斯曼（Alfred Edward Housman）生于 1859 年 3 月 26 日，获得牛津大学硕士学位，后在政府机关做了十年事，就上伦敦大学书院当拉丁文教授，从 1911 年后就在剑桥大学教拉丁文。最近逝世。除编辑拉丁文著作外，只有两本文学创作集——两诗集：*The Shropshire Lad*[②]（1896）和 *Last Poems*（1922）存世。饶孟侃先生曾在《新月》发表过几首绝好的郝斯曼译诗。

[①] 此编者注本为原文所有，特此说明。
[②] 当为 *A Shropshire Lad*。

刘荣恩研究资料

吴昊（选辑）　冷霜（校订）

《五十五首诗》[①]
——刘荣恩先生

毕基初

I

各人有各人的眸子，各人有各人的尺度，自不同的方向，错综的角度上观察一件罗丹的雕刻的投影是很难相侔的。是才能的禀赋，文学的传统，生活习惯的累积，使读者意见的方向（正确与谬误，善与恶的评价）和情感的角度（爱与憎，喜与不喜）有了偏差。对于一件作品的估价如果是武断的横暴的，那我宁愿赞同法郎士的主张：

好的批评家便是那记述自己的神魂在杰作中游历时所经历的作家。
——《游神》

因为由情感凝练成的作品的创作与欣赏是给了个人、作者和读者充分个性的自由和想象的放纵。让那种谨严的分析工作，留给科学家到实验室里去执行，是即是，非即非，有颠扑不灭的定理和永世不易的公式做他们的例证。然而在艺术的领域里，是须要有更多的宽容，对于本身即是一件艺术结晶的批评作品。

---

① 本文原载于《中国文学》第 1 卷第 8 期（1944 年 8 月）。

最高超的批评，是较创作更富有创作性。

——《王尔德》

因为它已包蕴了个人的偏见，充分地显示出个人的创作性。有人喜欢臧克家的雄浑有力音节铿锵，有人喜欢卞之琳的轻淡隽永。你读过孙毓棠的《宝马》，你激①昂于那磅礴的气魄，夜传刁斗，战马声嘶，平沙万里的大进军。你也许更喜欢戴望舒的《雨巷》，你向望于那种淡淡的忧郁情调。由于你的倾心，你对别人的批评里，可以看出你有着粗犷的气质，大草原上的民族血胤给你的遗传，你是一个叱咤②风云的人物。或者你是属于另一种典型的，你有过罗曼蒂克的经验，你想到了你曾在汽车站或黄昏的湖上邂逅过一位绝色的美人。是的，在作者与读者中间有一种谐和，它启示了那潜伏在你心里朦胧的蒙昧的意象，你仿佛觉得那是你自己，你的经验，你的记忆，你在一个寂寞的午间的幻想，或者走路时突然闯到脑子里的念头。我们更喜欢我们朋友的作品，并不是为了互相恭维阿谀标榜，而是因为我们更接近作者的心灵，更容易领会作者心灵的产物，更觉得亲切。读辛笛的《松堂一夜》，我想最感动的会是南星。(这在南星辑的辛笛的信札《珍简》里可以看出。)作品的启迪与读者的契合，成为每个人爱憎的唯一标准。你也许读过杜益陀也夫斯基③的《死人之屋》，坐在幽静的书房里或是花木茂盛的小院子里，你身边也许有一盆浓郁的桂花，一只温柔的白猫。我想你对于这本书不会起多大的兴趣。然而一位在死的阴影下爬出来尝过铁窗风味的友人，他读这本书时是怎样的感动，你永不会想象得到。因为你欣赏的是文字，色彩，结构，情调，故事；依据着艺术上的传统④法则，文法的，修辞的，逻辑的，或是亚里士多德的《诗学》，你可以随心所欲地诋毁颂扬。但你和作

---

① 原文为"澈"。
② 原文为"咃"。
③ 现在通常译作"陀思妥耶夫斯基"。
④ 原文为"流"。

者的心灵却是隔膜的，你永远不会体验到作者的甘苦——那么，我还是劝劝你读歌德的《少年维特的烦恼》，假设你现在是失恋了的话。

你说我挖[1]苦你吗？不，在艺术上每人都有充分选择的自由，只要你选择那接近你的，你所熟悉的，你就是忠实于艺术。在题材方面，战争也好，农村也好，都市也好，恋爱也好。在风格方面你可以喜欢何其芳的瑰丽，李广田的淡泊，毕奂午的质朴，南星的明丽的田园牧歌。我不非难你，可是你也别非难我。

这里我想谈的是刘荣恩的《五十五首诗》。

《五十五首诗》的手稿还在三年前就零星地读到，我曾珍贵地把那些小诗抄写在手册上书籍的扉页上。我曾几次地要求作者把它印出来。现在，终于作者把《五十五首诗》汇辑付印。当我看到这诗集时，我心里有说不出的喜悦，我写信给诗人为他喝彩。诗人在覆函里说：

"你喜欢五十五首诗，许是我替你说了一部分的情感，许是在这大的世界里或者说是那么小的距离间找到了一棵一样颜色，一样枝杈的树。"

是的，这是契合，也是偏爱。我喜欢五十五首诗是因为灵魂的脉搏[2]有着等速的震动率，乃谐和的匀整的产生出情感的共鸣。一个没有生过病的人永远不会体会到病人的苦楚和寂寞，他会想象成那是诗意的：白床单，瓶花，温柔的女护士。这里，我看到了我自己赤裸的情感和对诗的虔敬。虽然它对于健康的你也许会是隔膜的生疏的。

克耳[3]在《批评家即创造者》里要求批评者如以色列的王，持着两种象征的器械——弹弓和琴。但是我觉得那未免太酷刻和武断。我以为批评者手里持的应是一个镜子，这镜子不是平面的，因每个人心灵曲折度数的不同，使那镜子成为凹面的凸面的或是三棱[4]的，这样反照出的影子是多少掺[5]加了持镜人的偏爱和固执。你到过市场，照过哈哈镜，胖子变

---

[1] 原文为"挖"。
[2] 原文为"博"。
[3] Alfred Kerr（1867—1948），德国犹太人批评家和散文家，原文误排为 Algrel Kerr。
[4] 原文为"稜"。
[5] 原文为"参"。

成瘦子，瘦子变成胖子，觉得奇怪吗？其实正可以不必非难和讪笑。你看，目前流行的批评风气，除了恭维就是诽谤。你也许会想到我的批评也是一篇颂扬，你看过济慈的书翰集，里面有这样一句话：

"赞誉和谴责仅不过暂时的影响，对于那种由于美的爱是属于形而上，因而使他对于自己的作品形成最严峻的批评的人。"

说老实话，我想说的是我自己，倘若我有歪曲了原作的地方，那也是我的镜子作怪，与原作满不相干，这是我的偏爱，我的固执，我想给你看的不是原作，而是原作里的我。我的恭维或是诽谤不过徒然显示了我自己的肤浅，可是你终不能抑止我心里涌出的热情，因为我选择的对象是近于我的气质。

II

新诗的源流发展到现阶段成为庞杂的，分歧的，象征的，意象[①]的，朗诵的，禅机的，各自走着各自的路子——青年的诗人仍未能摆脱开文字的束缚，用陈旧的磨光了板的文字已买不来新鲜的情感。可是对于刘荣恩先生，我不能把他[②]编列到这些流派里，他没有从别人手里接来诗的规律，他用的是他自己的钱币向诗神做交易，买来了新鲜的意象[③]和譬喻。

他打碎了传统的语言的枷锁，创造了新的语汇。他写诗的题材不是广泛的人间事，不是情节，不是恬淡的悠闲，而是情感的升华，心的号角吹奏的灵魂的呼吁和叹息，那是从生命底层渗透出的痉挛的波动，也正因为这种内心的强烈的冲动，使他不得不抛弃文字的定型失去光泽的色彩，而选择一种流动幻变的捉摸不定的光的组合。你念吧，这里每一首诗都像是附有魔法的符咒——它能使你的灵魂沉湎在昏迷的向望里，可是千万你不要误会，我不是说你让美丽的辞藻震惊住，像读何其芳的

---

① 原文为"像"。
② 原文为"它"。
③ 原文为"像"。

《画梦录》那样，沉湎在画的美，或是惠德曼①的《三叶草》那种澎湃如海潮的气势，像凯旋军通过征服的市街的进行曲，给你一种音乐的启示。不，诗人刘荣恩是一个自觉的先知，你听他说：

  我们应该救诗脱离音乐，脱离图画的手铐脚镣。

——《夜雨轩诗话》

  他否认诗里文字的色彩，音乐的氛围。然而只是否认那群囿于定则的把诗的生命依附在别的艺术上成为附庸的假先知。实际上诗里已含蕴了色彩和声调，甚至于它也可以表现出一种建筑的美（我说的是诗的形式）。你读过徐志摩的《五老峰》，或是张秀亚的《水上琴声》，你就会知道形式在这里表现出了怎样的功用。五十五首诗都像是深夜里的独语，是简单而沉重的，有的能压得人喘不出气，是的，这里的每一首诗都是沉重的独语，他不像其他的诗人，随手捡②拾眼前的景色，说山，说水，说桥——把自己的情感寄托在具体的物象上，把自己溶化在象喻里。然而刘荣恩却就是在说自己，他忠实于诗，忠实于情感。我们可以想象这些诗都是诗人在黄昏里自己轻轻地念出的。

  十月的夜雨下
  在甲板上走
  在异域人的船上
  走末一里祖国的水路

——《江雨中》

  在辞藻方面，刘荣恩毅然地锻炼了自己的文字。你也许可以指摘他的文字的乖离修辞学，但不是李金发的支离，他能让你懂，不至于因文

---

① 现在通常译作"惠特曼"。
② 原文为"检"。

字的魔障而蒙蔽了情感。

   冬已经白了头发
   早晨已是黄昏
    苍白的银月落
   看我无意味的摇动。

  倘若你问诗人的渊源,我答不出。这个陌生的诗人拿着他[①]自铸的钱币到诗的领域来做交易。或者他像一个波斯商人带来了我们不曾常见的东西,我不说他带来的是珍宝,他也许拿来的是顶不值钱的东西,然而玻璃在马哥孛罗的《东方见闻录》里不是那时代的拱璧么。

III

  我说这里的每一首诗都是沉重的独语,而且都是警辟的,带着中年人的辛酸,苦恋了心灵的山界,发出一点对于人生的微喟。诗人曾剖白这些诗是属于另一个时代,这里的诗的时代不是勃雷克所说的诗的银铜铁的时代,我明白诗人的意思是指诗人心灵上季节的变化,春,夏,秋,冬交替地支配着诗人的心,谁都曾有过爱情的经验,我想每一个年轻人都会是诗人,起码他有一篇诗稿附在他给爱人的信里。朋友,想想吧,你别脸红,虽然你这篇诗只有一个读者,而且永远不会印出来。但你配得起称作诗人,因为你的诗里蕴藉着一种粗糙而真纯的情感,是优于那情感窳陋的诗作者,同样的道理我喜欢稚气的孩子画在墙上的可笑的画,却绝端的厌恶展览会里千篇一律的山水画。还是谈我们的诗吧,春天的诗是热的力的疯狂的表现,如泛滥的长江大海,显示出是动的美,色彩是大红的鲜明的。然而诗人刘荣恩的心上已是萧索的秋风,他犀利的眼睛透视了浮像的眩辉和嚣杂,摆脱了纵横的光影的交叉错综而潜入到单

---

① 原文为"它"。

纯的哲学体系的观念里。他不仅仅是一个忠诚的艺术之作者，摄取了美丽的风景，美丽的情感，织成了他的诗。他更是一个哲学家，他所启示的是永恒的真谛。因此对于现实的情感总不免含着伤感的渲染。

    大观园的
     清流泻着
      桂花香
      竹翠
    今朝成了博物院的标本
    钉在中国人的心上。

是中年的旷达。是久经风尘后的凄凉，诗人缅怀着他的祖国、故乡、爱人，以及他记忆里的一个黄昏，在陌生地方短暂的驻留，是在江南，是在风沙下的昭君墓，是在珞珈山，是在燕子矶，是在杭州，是在卧佛寺，读着每一首诗，我不由得就想起陈子昂的登幽州台吊古。

    前不见古人，
    后不见来者。
    念天地之悠悠，
    独怆然而涕下！

这里一首首的诗像勒刻在大山名川间的题诗，像古时不第的书生或弃家出走的隐者题在荒寺古刹的壁上的绝句。当然我不是说那一般伧夫俗子题在所谓古迹上似通不通从别人那里剽窃来的。使你读了后，感到世界的伟大，无论是你眼所看到的或是心所感到的都是宇宙的全体，他昭示了的是整个浩渺的世界和人生。他不像其他的诗人，只显示下部分的零散的，因之就倾向于偏激。唯美者侧重于绚烂的色彩的诡变，颓废派悦意于腐烂丑恶。可是刘荣恩匀称而且谐和地用他虔诚忠实的澄净、无偏执之见的眼睛环视了美丑的各方面，你看美的有，长安夜，蚌壳上的一幅图画，红楼梦，丑的有，英雄传续集，蛆的哈哈歌，本质上却是相同的，是对于人生的伤逝诗人有他自己的哲学体系。T. S. 艾略特在论勃莱克里说：

"他先有了一念（一个情绪，一个意象[①]），其次是发展这一念，或者扩大它，或者把它和别的东西融会在一起。"

我想把这话移植在这里。只有一点，刘荣恩的一念扩张了后是不与其他的东西混合在一起的。现在，诗的行与行之间的距离日见扩大，新诗人在一首诗里往往糅合了若干的意象，烘托出一个情感，看上去是五色迷离容易使人眼花缭乱，虽然是丰盛绚烂如七色板，可是在此误会也就不可免了，你看上去是红的，我看上去是蓝的，假使我是色盲的患者，在诗的十字路口，我与作者就不免分歧了，你能说我成心妨害交通吗？不，我是冤枉，我先天里的禀赋是如此啊。你别说患色盲的人少，为《圆宝盒》的解释，刘西渭与卞之琳有了很大的差异，这也就是说刘西渭也患了色盲。我读过朱英诞的诗，我惊奇于作者意象[②]的丰富瑰丽和错综诡变的优美。但你要我说出作者所烘托的情感，我却要沉吟了。我像看莫奈——印象[③]画派的鼻祖那幅落日的杰作一样的难解。但《五十五首诗》都是单纯的，作者的情感不借象[④]喻直接说出，赤裸得不加掩饰。自然这种抽象的写法是危险的，容易失去了诗的蕴藉，变成冗长无味的谈话；然而那只对于热情的天才诗人，对于建立了自己哲学体系的诗人，我们的担忧是多余。

[①] 原文为"像"。
[②] 原文为"像"。
[③] 原文为"像"。
[④] 原文为"像"。

IV

  在五十五首诗里，我顶喜欢的是《长安夜》《蚌壳上的一幅图画》，作者曾说要把诗从音乐和绘画里救出，那是说不借助于其他艺术的力量，但却不妨碍其有画和音乐的沉迷。这两首诗像古色古香的画，或是幽静的追忆曲。

  在盛唐时
  去走一趟长安的夜街市

——《长安夜》

  我想我自己本身已趋于偏激，对于美的表现有过多的追求与迷恋，我知道多少是受了何其芳的影响。因为这首诗每能引起我的回忆，有一个夏天的深夜，我和一位朋友走过一条有着异国情调方形灯的木桥，头上是沉蓝的天，脚下是淙淙的流水，我们沉默地走着，感到夜的美与柔静，相视一笑，仿佛得到了双独赢——因为我们是自回力球场里回来的，朋友，你别疑心我是一个赌徒，我不过去看了一次球戏而已。走在那木桥上我又记起卞之琳的一首《尺八》，接着又联想一部电影片子 Waterloo bridge，想象着那个忧郁的女人独自踽踽地站在桥上凝视着河水或者手里拿着一把 Forget-me-not（勿忘我）花慢慢地扔到水里去。

  至于那首《蚌壳上的一幅图画》，我觉得它像是情感的化石，把刹那的千变万化的情感都攫住，在平面的勒刻上表现了时间的距离。你可以把它当作故事读，你可以把它当作一个悲剧看。于是你想到幼年的时候在祖父的书房里见到勒刻着人物画的玉屏，有人倚门怅望着驴背上的行人，你觉得远不如卖年画的乡下人箱子里《三国演义》《天雨花》的木版画。然而在今天你当体会到，那静止的片刻间是有使你流泪的魔力，因为：

  自古多情伤离别

你的爱人要走了,你的朋友要走了,或是像我这样的要暂时告别大城,你难道能无动于衷①吗?那么,《蚌壳上的一幅图画》实际就是我们自己的写照,没有人不喜欢自己,那么请你原谅我这一点偏爱吧!

V

《五十五首诗》没有疵议的地方吗?有,也许你可以挑出十倍于我这篇短文长的篇幅的谬误。但,那工作是你的,我却已经满足了。

(1944年7月12日)

刘荣恩的诗②

李广田

我到天津后遇到的第一个新朋友是刘荣恩先生。第一次见面谈了一些文艺问题,第二次见面他送我六本诗集,这些诗集的名字是:《刘荣恩诗集》《十四行诗八十首》《五十五首诗》《诗》《诗二集》和《诗三集》。这些都是他在沦陷期间所作,而且都是自己印了送朋友,从来不曾在外边销行过的。刘先生说,这些作品都是他自己暗中摸索的结果,意思是说在沦陷的地域内既得不到什么鼓舞,也不明了后方诗界的情形,这自然是实情,但同时也可以看出是刘先生的谦虚。

我到这里以后正愁于无书可读,得到了刘先生的诗集,便用了感谢与欣慰③的心情把它们读过。我读过这些作品之后,深深地觉得作者确是

---

① 原文为"中"。
② 本文原载于《侨声报》"星河"副刊1946年10月28日,未收入云南人民出版社2010年版《李广田全集》。
③ 原文为"愈"。

具有一个诗人应有的最好素质。第一，我在他的诗里到处都感到他那深厚的性格与情感。他并不显得过分聪明，所以作品不致失之纤巧，他也并不显得过分老实，作品中也就没有愚执呆钝的毛病，他真可以说是一往情深，而感觉广大。例如在《云冈石大佛》《河南坠子》《我听见阵阵的哭声》《在远方》等诗中都充分地令人感到这一点。《我听见阵阵的哭声》只十二行，如下：

> 我听见阵阵的哭声——
> 小孩子哭着，孩子，少年人，
> 母亲，妻子，抖擞的父亲，
> 我不知道他们为什么哭，
> 阵阵的哭声，我又听见，
> 早晨，白的下午，星夜，
> 靠着门框的母亲，希望着没生。
> 我不知道他们为什么哭，
> 又来了阵阵的哭声，
> 我在街上转着转着，
> 左右四方的打探，
> 不知道他们为什么哭。

诗人说"不知道"，难道真是不知道吗？不然，那是很容易的，不过诗人不曾说，他只说出他的感觉，于是就更令人感到可怖、可悯。其次，在意象的铸造方面，作者也有他优越的才能，例如《翡翠雕刻的鸟》《十四行诗第六首》《无美无艳的春天》等，都是最好的例子。在《无美无艳的春天》中有如下的句子：

> 树林是发狂的野人，
> 踢起土来，
> 拔着自己的头发。

又说：

> 天津城
> 独自很严重的在玩，
> 撒了自己一头的土。
> 说着带土的话，
> 念着带土的书本。
> 就说是已经埋在土里
> 还不得静。

以上，都可以说明作者的质地与修养，假如他是生活在很好的环境里，让他能过更实际的生活，能比较自由地思想，比较自由地表现，那一定可以产生强大有力的作品。然而可惜，他在敌伪的统治下过了八年的黑暗日子，他的灵魂在如此悠长的岁月中休养痛苦的旅行，这正如他在诗里常有的表现：他有"一颗有深藏着的痛的心"(《黄昏里死去》)；他所感到的是"痛的是世界的心"(《翡翠雕刻的鸟》)；他总是"为古今愁着，太难受了哭不出来"(《傍晚散步》)。他无可如何，既不能离开，而住下来又非常痛苦，他既不能像一个实际行动者一样去拼命苦斗，又不能像一个麻木不仁的人一样无感无觉，他既不能向前猛进，也就只好在自己生命中寻找另一种寄托，于是他的诗里边挤满了命运的色彩，到处是愁苦的声音，这也就成为他的诗的主要部分，例如《鼠戏舞台》《在巴黎道上》《夜里的珠子》《蛆的哈哈歌》《全是枉然，徒然》《过路客》《一阵春风》《一套再一套》《红叶和黄叶》等，都是。愚夫愚妇相信了命运就可以自安，而诗人虽看透了一切也还是悲苦，在无可奈何时也就自然地显出一种嘲讽的态度，这一方面最好的例子是《蛆的哈哈歌》：

> 我吃人：能思想，有天才的万物之灵。哈哈！
> 我吃美，吃青春的明媚。哈哈！
> 我吃到人类的历史的字眼里去，

> 我吃做历史的人的四肢。哈哈!
> 我吃管辖百万人的领袖的头颅。哈哈!
> 我是一切活东西的吞灭者,
> 　　死是我的主人。哈哈!
> 我告诉你一个秘密:(哈哈!)
> "你活的时候我已经在你里面啦!"哈哈!

由于这一情形,作者实在有不可一世的忧愁,而他也非常珍爱他的忧愁,他的忧愁产生智慧,他的智慧产生诗。如把他的《忧愁是智慧》和《智慧与诗》两诗连起来看,就可以看到作者的道路。前者说:

> 忧愁是智慧,
> 忧愁是我的力量。
> 我创造我的忧愁
> 用上帝一般的辛苦。
> 我爱我的忧愁
> 像你爱你的聪明——
> 许是愚蠢,朋友,恕我——
> 你将来埋在土里,
> 我却埋入人们的心头。

而后者则说:

> 不是我喜欢听
> 黄昏时的叹息:
> 却因为黄昏时的叹息
> 是宇宙中一切的智慧。
> 不是我喜欢看,

满眼泪的眼睛；
却因为满眼泪的眼睛，
是宇宙中一切的诗歌。

因为如此，所以总览作者的作品，可以说：写个人的，多于写社会的，表现感觉的，多于表现思想的，因之抒情的也就多于叙事的；同时，也可以说：写个人的，较长于写社会的，表现感觉的较长于表现思想的，因之抒情的也较长于叙事的。这情形大概也正是今天我们所不要的，把这样的作品提示出来，也一定有人对之加以责难，然而我却不愿意责难，因为我今天才知道了他们留在沦陷区里的人们的痛苦。何况作者对于他所处的黑暗环境也并①是不见不闻无声无息的，不过由于轻轻②限制，只作了极有限度的表现而已。如前面举出的《我听见阵阵的哭声》，即是一例。此外如《城门》一首中说：

它（城门）曾看见过因
眼泪而张大的眼睛；
军旗马匹飞着穿过；
难民像牲口一样爬着……
城楼靠在黑下去的
黄昏天
是一颗印玺
打在民族的头上。

《他还得要死》是写敌人对于同胞的暴虐，然而却不容易看出。在《无题》一首中却充分地表现了敌伪的淫威所造成的恐怖，其中说早晨、中午、黄昏、月夜，总是到处为恐怖所笼罩，最后一段则说：

---

① 原文此处疑漏排"非"字。
② 原文如此，疑为"种种"之误植。

> 日夜在战栗中，
> 像只活拔了毛的鸡
> 向着黄昏的森林窜去。

而《浮尸》一首则用了最简单的文字写道：

> 手反绑着，
> 头没在水里，
> 顺河流去，
> 你是谁？
> 为了女人，钱，
> 田，国家……
> 引起无天亮的恐怖，
> 无能的怜悯。

这是唯一一首记了年代地①的诗，说明这首诗作于"民国三十一年六月天津"，此外，六册诗中都未写明年月。这些地方都可以见出诗人的苦心。这种痛苦，也正是生命尚在的表现，而凡有生命都是要发声发光的，虽然只是低哑的声音，虽然只是暗淡的微光，也许就正好相当于在另一天地中的辉耀与呐喊，假如连这一点也没有，那就真是一切都完了。

刘先生的六册诗作于敌伪统治时代，"胜利"以后是否尚有新作，我们不得而知。假如他并无新作，那大概正在酝酿一个新的变化，假如已有新作，那当然与前不同，因为现在摆在诗人面前的一切都已经变了，或说是已经完全自由解放，或说是又有了新的枷锁，或说是已经不再那么痛苦，或说是又有了更大的痛苦，都是可以的，总之，一切都变了，这也正如作者在《夜里的珠子》一首中所说的：

---

① 原文此处疑漏排"点"字。

什么东西都是要过去的，
就是照情人到林中去的星宿，
诗人怀了病的词句也是一样。

不错，一切都会过去，但未来的也总是在来，问题只在你自己是什么方向。诗人自然有其自己的道路，但我们却也不能不对诗人有某些希望。假如从大处看，从大处想，那么从生活到思想，从思想到情感，从情感到表现……这一连串都应该变一个方向，假如真的变了，那就不但像诗人所说的"千真万确是要毁灭的"（《夜里的珠子》），而且同样，千真万确也是要新生的，不但只"[到]处听到掘坟的声音"（同上诗），同样也到处听到建筑的声音。假如是这样，那么诗人也许就不再如《智慧与诗》中所说的那样太爱"叹息"，而可能喜欢"呼喊"，不再太爱"黄昏"，而可能喜欢"早晨"，因为今天，我们正在为了一个民主和平的"早晨"而"呼喊"，为了有人阻碍这个"早晨"的到来，而我们又必须获得它，所以这期间中许还有一阵苦斗，也许还免不了痛苦，但这痛苦正是新生的痛苦，创造的痛苦，等"早晨"到来了，我们就将高歌，就将欢呼。今天，凡认识到这一点的，都应当为此而努力，而诗人也应当如此，对于一个赋有极深厚的性格与情感而且赋有优越的写作才能的诗人，尤其希望他如此，且相信他能够如此。

（[一九]三十五年双十节，天津）

刘荣恩年谱[①]

吴昊（编订）

1908 年

11 月 14 日 出生于一个基督教家庭，祖籍浙江杭县（今浙江杭州）。"（刘荣恩）生于杭州的一个基督教家庭，父亲是书商，曾在教会书店里工作，很小随父母移居上海，上海话是他终生不忘的母语。"（陈晓维：《好书之徒》，中华书局，2012 年，第 266 页。）

1923 年

11 月 30 日 参加所在上海明强中学[②]与招商局公学的篮球赛，明强中学以 17∶9 的比分获得胜利。见 12 月 2 日《申报》新闻《球战欢声》。

1926 年

1 月 所在上海明强中学创办年刊，担任美术部主任。见 1 月 9 日《申报》新闻《明强中学创办年刊》。

7 月 被沪江大学录取，但要于 9 月 1 日补考中文。见 7 月 14 日《申报》新闻《沪江大学新生录取揭晓》。

[①] 本文为国家社科基金重大招标项目"中国新诗传播接受文献集成、研究及数据库建设（1917—1949）"（16ZDA240）阶段性研究成果。
[②] 明强中学，一说为沪江大学附属中学，见《申报》1926 年 1 月新闻《明强中学创办年刊》，这种说法恐不准确。但明强中学的确与沪江大学都有美国浸会这一宗教背景。

9月 补考中文通过，正式被沪江大学录取。见9月6日《申报》新闻《沪江大学第二次招生揭晓》。

本年 担任沪江大学管弦乐队记录书记，并在弦乐组任一提琴手[①]。（陈晶：《基督教会学校女子音乐教育研究——以江南地区四所学校为例》，中央音乐学院2011年博士毕业论文。）

1927年

10月 3日 《沪大天籁》第17卷第1期发表署名碧青的文章《"为什么……?"》，批评了刘荣恩发表于该刊第16卷第15期的文章《校风日上》[②]，认为刘荣恩整顿校风的愿望是好的，但并不应该把女生的漂亮装扮看作"效仿娼妓"。

10日 于《沪大天籁》第17卷第2期发表文章《评论编辑的牢骚话》，文中谈到自己将任《沪大天籁》评论栏编辑，鼓励学生们自由发表言论："本栏尤其渴望新同学们对于学校不满的言论。"

17日 于《沪大天籁》第17卷第3期发表回应碧青的文章《跪禀碧青——告谢读者！》，对碧青对自己的批评表示不满。该期也同时发表署名"礽"的文章《看了〈为什么……?〉以后的感想》，该文试图调解刘荣恩与碧青之间的矛盾，提倡"素朴而真美的服饰"，希望本校的男女同学"做一个先锋去战胜一切社会的恶习惯才是"。

本月 碧青于《沪大天籁》第17卷第4期发表文章《"为什么……"底余波》，认为刘荣恩是误会了自己的意思。

[①] 从刘荣恩大学时期在学校管弦乐队的经历可以看出，刘荣恩对音乐（尤其是古典音乐）具有一定的欣赏与演奏能力，这与其日后写出与音乐有关的数首诗歌有较大关系。陈子善教授的《刘荣恩：迷恋古典音乐的新诗人》一文便介绍了刘荣恩与古典音乐有关的几首诗，参见陈子善：《纸上交响》，百花文艺出版社，2014年，第41—50页。

[②] 由于资料所限，编者暂时未见该篇文章的全貌。

1928 年

1 月　6 日　于《沪大天籁》第 17 卷第 10 期发表随笔《闲话（四）》（续）①。

本年　于《天籁（季刊）》② 第 17 卷第 14 期发表文章《英国盎格罗萨克森时代文学史大纲——诗歌》。本文对英国盎格罗-萨克森时代的诗歌发展进程做了详细介绍，文末谈到："我写这篇英国一时代的文学史，只是介绍的性质。看看中国乞丐般的大书坊里，几乎没有一本少些好一些的英国文学史来，充充我们文学的灾荒。"

担任沪江大学管弦乐队副团长。（陈晶：《基督教会学校女子音乐教育研究——以江南地区四所学校为例》，中央音乐学院 2011 年博士毕业论文。）

从沪江大学转学至燕京大学英文文学专业。

1929 年

1 月　17 日　写作诗歌《我要回返南方》。

1930 年

1 月　《图画时报》1 月 12 日刊登周振勇所拍摄的照片《新年中燕大学生之滑冰》，右一为刘荣恩。

本年　从燕京大学英文文学专业毕业。

《燕大年刊》刊登对刘荣恩的介绍《毕业生：1930 级文学院 刘荣恩（浙江杭县，英文文学）》。"他——悲观，我——乐观；他我却形影似的相伴着。人生也是这样吧：形投影，影随形；悲中

---

① 这篇文章似为系列文章中的一部分，但由于刊物有缺失，故未能完整记录其篇目。

② 《沪大天籁》为上海沪江大学校刊，由沪江大学学生自治会出版，1912 年创立初期名为《天籁报》，1920 年 4 月改名为《沪江大学月刊（中英文合刊）》，1926 年 10 月改名为《沪大天籁》，1928 年 5 月改名为《天籁（季刊）》，1937 年 6 月改名为《天籁》。见李江：《民国时期教会大学的文学教育与新文学之间的关系——对沪江大学校刊〈天籁〉(1912—1936) 的一种考察》，华东师范大学 2010 年硕士毕业论文。

有乐趣，乐中有悲哀。"（少怀）"荣恩的颜色是苍白，荣恩的声音是轻细，荣恩的身体是 delicate；但是从这颜色苍白，声音轻细，身体 delicate 的荣恩，你可以找到丰富浓厚燃烧的情感，可以找到一线灵敏与共鸣的心弦，可以找到一个日夜追求人生意义的壮士。"（K. T.）"'你这个人太奥秘'，'我不懂你'，'你这个人有些怪'，一个很好的友人，常这样向我说。"（代自序）同页还刊登有对李尧林①的介绍。

1931年

1月　29日　创作小说《丽娜》，怀念因病去世的教友丽娜。

4月　创作小说《末等的投稿家》，讲述了一个屡次投稿失败的小教员李成文梦想出名，被"古木书店"与"韩二小姐"的恶作剧戏弄，但仍然没有放弃投稿的故事。

7月　20日　《大公报》（天津）发表新闻《南大杂讯》，其中提到南开大学文学院新聘刘荣恩为英文助教。

9月　南开大学文学院增设英文系②，刘荣恩进入南开大学任英文助教。（《南开大学周刊》9月22日第112期"本校新聘教职员"名录）

10月　20日　于《南开大学周刊》第116期发表译诗《佩戴绿色》（原作者 Dion Boucicault③［迪翁·布希高勒］）和译诗《牛津的尖塔》（原作者 Winifred M. Letts［威妮弗莱德·玛丽·莱茨］）。

11月　3日　于《南开大学周刊》第118期发表译诗《西风》（原作者梅菲斯德［John Masefield，依读音汉译名理应写为梅斯菲德，

---

① 陈建功编《巴金文库目录》（文化艺术出版社，2008年，第172页）提到中国现代文学馆"巴金文库"所收藏的《刘荣恩诗集》是"刘荣恩赠晓林"，而据编者考证，"晓林"实为"尧林"之误。"尧林"，即李尧林，巴金的三哥，从燕京大学毕业后进入南开中学工作，似乎与刘荣恩交往甚密。

② 见南开大学校史编写组：《南开大学校史（1919—1949）》，南开大学出版社，1989年，第145页。

③ 原文为"Dion BoucicanIt"。

此处遵从原文]）和译诗《在尼庵里的诗句①》（原作者乔治·桑 [George Sand]）。

12月 29日 于《南开大学周刊》第122期发表短篇小说《买哭的故事,（仿柴霍甫）——献于志摩先生之灵》,讲述了一位失去丈夫的女士月娥雇了一位宁波妇人为其丈夫哭灵,又因妇人哭得过于哀伤将她赶走的故事。于同期英文副刊发表译诗 I Would Praise This Wonderous Universe（原作者徐志摩,原诗题为《呻吟语》）。

本年 刘荣恩母亲去世,此事在刘荣恩作于1947年悼念母亲的散文《第一封信》中有提及。

1932年

3月 10日 于《南开大学周刊》第124期发表小说《丽娜》。

17日 于《南开大学周刊》第125期发表诗歌《我要回返南方》。

22日 南开大学英文学会举行本学期第一次全体大会,及德国大诗人歌德百年纪念。刘荣恩到场分享了《少年维特之烦恼》的内容与阅读心得。（《南大半月刊》第4期[1932年3月29日]）

4月 11日 《大公报》（天津）刊登新闻:"南开大学周刊自116期增设英文副刊……116期有刘荣恩君译《牛津的尖塔》一诗,于本刊第二百十四期所登吴宓君译此诗可以比较。惟原诗第二首第二行 Golden years and gay 意云美丽欢乐之年华,吴君译为'韶华不少待',固未精切。而刘君译为'那些金色和灰色的年岁',是以 gay 误为 gray,否则何来灰色之辞耶。"

28日 于《南开大学周刊》第129—130期合刊发表短篇小说《一条小狗与几个人》,讲述了一条小狗在主人家受到各种玩弄,想求自由又不得的故事。该刊编者在《最后一页》中写道:"谢谢刘荣恩、戚佑烈、章功叙诸君给我们征求稿件的帮助。"

---

① 原文为"诗旬",应误。

5月	24日	于《天津民国日报》第2期"文学周刊"① 开始连载小说《初晚——献给我已故的母亲》。该期编后记中写道:"刘荣恩先生的《初晚》是一篇长篇小说,内容写一个青年自婴孩到成人时期的一场遭遇和□□②,情节是非常动人的。"
	31日	于《天津民国日报》第3期"文学周刊"发表小说《初晚——献给我已故的母亲(续)》。
6月	7日	于《天津民国日报》第4期"文学周刊"发表小说《初晚——献给我已故的母亲(续)》。
	14日	于《天津民国日报》第5期"文学周刊"发表小说《初晚——献给我已故的母亲(续)》。该期还刊有徐志摩的遗诗《想象你的句》,编后记有云:"徐志摩先生的遗诗,是很难得的佳作,这一首是他生前赠他的朋友的。我们从刘荣恩先生处拿来,在这里初次发表,我们觉得非常高兴。"③
	21日	于《天津民国日报》第6期"文学周刊"发表小说《初晚——献给我已故的母亲(续)》。
7月	5日	于《天津民国日报》第8期"文学周刊"发表小说《厨子的老婆》。
	12日	于《天津民国日报》第9期"文学周刊"发表小说《初晚——献给我已故的母亲(续)》以及《秋声》。
	19日	于《天津民国日报》第10期"文学周刊"发表对陈梦家小说《不开花的春天》的书评《鸡鸣寺的诗心》。书评中提到徐志摩给刘荣恩写的一封信,信中将陈梦家介绍给刘荣恩:"荣恩——你回来,至喜。……我现在介绍一个诗友给你,陈梦家,你也许见过他的作品。他是鸡鸣寺的诗心。你带回北国的诗情,

---

① 该副刊为南开大学中国文学研究会同学所编,由周作人题字,1932年5月17日创刊,每周一期,至1932年7月26日第11期后停刊。
② 报纸缩微品不清晰,□□两字为存疑字。
③ 赵国忠认为,《想象你的句》可能是徐志摩送给刘荣恩的诗。

你俩一定能结交。——志摩"该期还发表了刘荣恩的小说《初晚——献给我已故的母亲（续）》以及小说《秋声（续）》，《秋声（续）》署名为"荣恩"。

11月 10日 于《南开大学周刊》第134期发表小说《末等的投稿家》。于该期英文副刊发表译诗 In His Eyes You Live（原作者徐志摩，原诗题为《他眼里有你》）。

12月 20日 于《南开大学周刊》第136期英文副刊发表译诗 A Soldier Who Died in Defense of Shanghai（原作者陈梦家，原诗题为《一个兵的墓铭》）。

30日 于《南开大学周刊》第137—138期合刊发表小说《一个不幸的女人》。

1933年

2月 7日 据"南开学校大学部教员录"①，刘荣恩该学期负责教授一年级英语。

4月 28日 于《南大半月刊》1933年第1期英文副刊发表译诗 The Wandering Cloud（原作者徐志摩，原诗题为《云游》）。

5月 15日 于《南大半月刊》1933年第2期英文副刊发表译诗 Two Songs of the Sirens from Siang Lei（原作者郭沫若，原诗题为《湘累》）、Season（原作者徐志摩，原诗题为《季候》）、The Lake of the White Horse（原作者陈梦家，原诗题为《白马湖》）、A Slight Weakness（原作者方玮德，原诗题为《微弱》）。

6月 24日 南开大学校长张伯苓在致魏菊峰（地址为青岛广西路十九号大昌实业公司）的一封信中写道："我校本届暑假中赴青之团体……社会视察团团员二十八人，由刘百高、王维华、吴大业、刘荣恩四先生率领，于六月二十八日前往，到后由青

---

① 该职员录为南开大学档案馆目前唯一能查到的刘荣恩资料。

市教育局代备住地，留青约三、四星期。"① （龚克主编，王文俊、梁吉生、周利成副主编：《张伯苓全集·第六卷：公文 函电（三）》，南开大学出版社，2015 年，第 226 页。）

9 月　12 日　据"南开学校大学部教员录"，刘荣恩该学期负责教授一年级英语。

11 月　4 日　《大公报》（天津）刊登新闻《到八里台去：南开大学秋季运动会》，该新闻提到刘荣恩担任田赛裁判员。

　　　　30 日　于《南大半月刊》1933 年第 7 期英文副刊发表译诗 *Littleness*（原作者徐志摩，原诗题为《渺小》）。

12 月　16 日　于《大公报》（天津）第 25 期"文艺"副刊发表小说译作《一个咖啡车摊的浪漫故事》（原作者梅立克②）。

1934 年

1 月　17 日　于《大公报》（天津）第 33 期"文艺"副刊发表小说译作《挂号信》（原作者刘卞司）。

2 月　6 日　据"南开学校大学部教员录"，刘荣恩该学期负责教授一年级英语。

　　　　7 日　于《大公报》（天津）第 40 期"文艺"副刊发表散文《津郊初冬》。

3 月　28 日　于《益世报》第 4 期"文学周刊"③发表小说《海为什么那样静》，该小说写了一个在杀父之仇和夫妻之爱之间挣扎的人生故事。

---

① 刘荣恩 1948 年成为青岛文艺社所编刊物《文艺》所注明的长期撰稿作者，似乎与此事有关。
② 梅立克（Leonard Merrick），英国作家。陈西滢曾译有《梅立克小说集》（商务印书馆，1930 年）。
③ 《益世报》"文学周刊"这一副刊主编为柳无忌，柳无忌于 1934 年 3 月 7 日至 1935 年 2 月 27 日主编"文学周刊"，共主编 50 期。柳无忌任主编期间，南开大学教师常在这一副刊上发表作品和译文，除刘荣恩外，还有罗念生、罗暟岚、曹鸿昭、高殿森等人。详见杨爱芹：《〈益世报〉与中国现代文学》（附录），中国文史出版社，2009 年。

31日　于《大公报》(天津)第54期"文艺"副刊发表小说译作《呆子》(原作者本涅特)。

4月　4日　于《益世报》第5期"文学周刊"发表小说《海为什么那样静(续)》。

11日　于《益世报》第6期"文学周刊"发表论文《谈"商籁体"sonnet》，该文详细介绍了"商籁体"(十四行诗)的起源、分类及在英国的分化。该期为"十四行诗专号"，刊有朱湘的十四行诗《女鬼》《烽火》、念生(罗念生)的十四行诗《爱》《归去》等，以及若干译诗。

5月　5日　于《大公报》(天津)第64期"文艺"副刊发表小说译作《一个梦想》(原作者梅立克)。

9日　于《益世报》第10期"文学周刊"发表对陈梦家《铁马集》所作书评《一个牧师的好儿子》。

19日　于《盛京时报》副刊"另外一页"发表小说译作《梦想》(原作者梅立克)。

23日　于《益世报》第12期"文学周刊"发表对叶公超所编刊物《学文月刊》的评论《凤凰的复活》。

8月　1日　于《益世报》第22期"文学周刊"发表格言体散文《严少青先生的格言》。

9月　11日　据"南开学校大学部教员录"，刘荣恩该学期负责教授一年级英语。

12日　于《益世报》第28期"文学周刊"发表小说译作《圣方济的兄弟》(原作者 Grance Rhye [格兰切·莱]，署名"子峤"①)。

---

① 凌夫在《"一柳二罗"与〈人生与文学〉》(《寻根》2017年第5期)中提到刘荣恩有笔名"子峤"。综合"子峤"在《益世报》《大公报》《大同报》上发表译文的内容来看，与刘荣恩同一时期发表的译文内容相近，且，"子峤"在《南大半月刊》上发表散文的风格与散文中所诉述事件与刘荣恩的作品风格及人生经历相吻合，所以可以判断"子峤"就是刘荣恩。

刘荣恩年谱

29日 于《大同报》副刊"大同俱乐部"发表译作《圣方济的兄弟》(署名"子峤")。

10月 **1日** 于《大同报》副刊"大同俱乐部"发表译作《圣方济的兄弟(续)》(署名"子峤")。

24日 于《益世报》第34期"文学周刊"发表作家介绍文章《文豪辛克莱：文艺的战斗士》(署名"子峤")。

11月 **5日** 于《南大半月刊》第14期英文副刊发表译诗 Farewell to Cambridge (原作者徐志摩，原诗题为《再别康桥》)。

7日 于《益世报》第36期"文学周刊"发表小说译作《灰尘胡同里的攻击》(原作者梅立克)。

14日 于《益世报》第37期"文学周刊"发表小说译作《灰尘胡同里的攻击(续)》(原作者梅立克)。该期还刊登了刘荣恩所写的作家介绍文章《意大利戏剧家皮兰德罗》(署名"子峤")。

20日 于《南大半月刊》第17期发表回忆散文《云点子》(署名"子峤")。

12月 **5日** 于《南大半月刊》第18期发表回忆散文《在松江》。本期还刊有《本社第十一届职员录》，刘荣恩为特约撰稿人。

8日 于《大同报》副刊"大同俱乐部"发表译作连载《灰尘胡同里攻击(一)》[①] (原作者梅立克)。

9日 于《大同报》副刊"大同俱乐部"发表译作连载《灰尘胡同里攻击(二)》[②]。

11日 于《大同报》副刊"大同俱乐部"发表译作连载《灰尘胡同里攻击(三)》。

12日 于《大同报》副刊"大同俱乐部"发表译作连载《灰尘胡同里攻击(四)》。

14日 于《大同报》副刊"大同俱乐部"发表译作连载《灰尘

[①] 原报纸该期把"灰塵('灰尘'的繁体写法)"误印为"灰鹿"。
[②] 该期也把"灰塵"误印为"灰鹿"。

胡同里攻击（五）》。

15 日 于《大同报》副刊"大同俱乐部"发表译作连载《灰尘胡同里攻击（六）》。

本年 春 参与南开大学三年级学生出演的英文剧《西方世界的花花公子》的有关指导工作，导演为赵诏熊教授。（林筠因：《几张剧照引起的回忆》，《南开校友通讯丛书》1990 年第 2 期）

1935 年

年初 参与由柳无忌与罗暟岚共同发起的"人生与文学社"，社员主要为南开大学外文系师生，先后有刘荣恩、曹鸿昭、梁宗岱、李田意、王思曾、张镜潭、章功叙、黄燕生、王慧敏等。在北京大学任教的罗念生也是社员之一。该社出版《人生与文学》月刊（第 1 卷第 1 期于 4 月 10 日出版，历时两年，共出 10 期），刘荣恩担任发行人。（叶雪芬：《罗暟岚年谱》，《邵阳师范高等专科学校学报》1999 年第 6 期）

1 月 **4 日** 《大公报》（天津）刊登新闻《广播无线电今日节目》，南开大学今日节目中有《介绍各国的民歌》，刘荣恩撰稿。

2 月 **12 日** 据"南开学校大学部教员录"，刘荣恩该学期负责教授一年级英语。

24 日 于《大公报》（天津）第 140 期"文艺"副刊发表小说译作《几封信》（原作者莫洛怀①）。

5 月 **10 日** 于《人生与文学》第 1 卷第 2 期发表小说译作《戈哥尔与小俄罗斯》（原作者给乔［原文未查到］）。

《南大半月刊》第 21 期封底印有该刊特约撰稿人名录，刘荣恩

---

① 莫洛怀（Andre Maurois），法国作家。

名列其中①。

24日 《大公报》(天津)刊登《人生与文学》第2期的出版新闻，其中提到刘荣恩在该期发表的作品《戈哥尔与小俄罗斯》。

25日 于《南大半月刊》第22期发表散文《墓园》(署名"子峤")。于该期英文副刊发表英文诗歌 April Rhapsodies。

6月 10日 于《南大半月刊》第23期发表译作《曼殊斐尔日记引言》(原作者麦雷 [Middleton Murry])。本日还于《人生与文学》第1卷第3期发表小说《北戴河海滨》。

9月 9日 据"南开学校大学部教员录"，刘荣恩该学期负责教授一年级英语。

30日 于《南大半月刊》第24期英文副刊发表英文诗歌 Two Poems (To C. C.、The Sweetest Tale)。

11月 10日 于《人生与文学》第1卷第6期发表书评《苏俄文学史》(原作者 Gleb Struve [格莱布·斯特鲁夫]，署名"子峤")。该期还发表有署名"子峤"的文章《六本苏俄戏剧》。

本年 担任郑振铎主编的《世界文库》编译委员会委员②。(宋应离、袁喜生、刘小敏编：《20世纪中国著名编辑出版家研究资料汇编》[第4辑]，河南大学出版社，2005年。)

1936年

1月 22日 于《大公报》(天津)第82期"文艺"副刊发表抒情散文《除夕的话》。

2月 4日 据"南开学校大学部教员录"，刘荣恩该学期负责教授一年级英语。

---

① 据崔国良、张世甲主编的《南开新闻出版史料 (1909—1999)》(南开大学出版社，1999年)称(第68页)，《南大半月刊》1936年5月10—25日总第21期刊有《出版社第十二届职员录》，刘荣恩为特约撰稿人。这则史料有误。《南大半月刊》总第21期为1935年5月10日出版。

② 据已出版的《世界文库》目录来看，刘荣恩似未实际参加翻译工作。

	10日	于《大公报》（天津）第91期"文艺"副刊发表吉卜龄（Rudyard Kipling）小说的书评《读〈金姆〉》。此期"文艺"副刊为吉卜龄纪念特刊，还刊有柳无忌文章《吉卜龄的诗》，"书报简评"一栏还刊有刘荣恩文章《吉卜龄选集》（署名"子峤"）。
	15日	于《南开校友》发表译文《东方还是西方？》（原作者奥莫尼 [Omony]）。
	21日	于《大公报》（天津）第97期"文艺"副刊发表《文艺新闻·国内》①。
	23日	于《大公报》（天津）第98期"文艺"副刊发表译文《被杀害的好处》（原作者奥莫尼）。
4月	**24日**	于《武汉日报》第61期"现代文艺"副刊发表关于林语堂《吾国吾民》的书评。
5月	**10日**	于《大公报》（天津）第142期"文艺"副刊"书报简评"发表赛珍珠小说的书评《流犯》②。
	22日	于《大公报》（天津）第149期"文艺"副刊"书报简评"发表小钿熏良译《李白诗集》的书评《英译〈李白诗集〉》。
	24日	《南大半月刊》第29期刊出《学生会出版委员会第一届职员录》，刘荣恩为特约撰稿人。
6月	**12日**	于《武汉日报》第68期"现代文艺"副刊发表关于刘易士《这里不行》的图书介绍。
	28日	于《大公报》（天津）第170期"文艺"副刊发表书评《萧伯纳新著三剧本》，文中对萧伯纳《愚人》《六个人》《百万

---

① 李乾坤的硕士论文中曾提及1935年7月至8月间，刘荣恩在萧乾的安排下开始负责《大公报》（天津）"小公园"副刊中"海外新闻"这一栏目。（见李乾坤：《〈大公报·小公园〉副刊发展研究》，黑龙江大学2015年硕士毕业论文）。但据编者考证，刘荣恩并未在"小公园"副刊上发表过任何文章，而当时负责"海外新闻"栏目的为毕树棠。李乾坤的说法可能来自萧乾的回忆录《未带地图的旅人》中相关说法，但萧乾记忆有误。

② 萧乾在《未带地图的旅人——萧乾回忆录》（中国文联出版公司，1991年）中提到《流犯》的评论者是李影心，这说明萧乾记忆有误。

富女》三个剧本做了评论。

7月 19日 于《大公报》（天津）第182期"文艺"副刊发表爱克登（Harold Acton）与陈世骧译《现代中国诗选》的书评《评〈现代中国诗选〉》，该期为诗歌特刊。

8月 31日 陈世骧于《大公报》（天津）第207期"文艺"副刊发表针对第182期刘荣恩文章的辩护《关于〈现代中国诗选〉》，该期为诗歌特刊。

9月 4日 于《武汉日报》第80期"现代文艺"副刊发表吉剌特·亚伯拉罕［原名未查到，疑为Girard Abraham］所著《脱尔斯泰传》的图书介绍。

7日 据"南开学校大学部教员录"，刘荣恩该学期负责教授一年级英语。

26日 于《益世报》"国际周刊"第20期"世界珍闻"一栏发表译作《谁是希特勒？》（节译，原作者John Gunther［约翰·龚特尔］）。

10月 13日 于《益世报》"国际周刊"第22期"世界珍闻"一栏发表译作《西班牙的插戏》（节译，原作者John Gunther）。

18日 于《大公报》（天津）第234期"文艺"副刊"书报简评"栏目发表T. S. 艾略特小说的书评《礼拜寺中的谋杀》。

11月 16日 于《国闻周报》第13卷第45期发表《高尔斯华绥传记书信》的新著介绍。

12月 12日 于《南大》（天津）第1期发表小说译作《"礼拜寺"》（原作者莫洛怀）。

23日 于《大公报》（天津）第273期"文艺"副刊"书报简评"栏目发表A. E. 赫斯曼诗集的书评《赫斯曼诗拾遗》。

本年 第二学期主要负责的课程有：一年级英文、翻译（英文系二、三、四年级选修课），文学名著选读（英文系一年级必修课）。（王文俊等编：《南开大学校史资料选：1919—1949》，南开大学出版社，1989年。）

1937年

2月 1日 据"南开学校大学部教员录",刘荣恩该学期负责教授一年级英语。

3月 14日 于《大公报》(天津)第310期"文艺"副刊发表文章《悼郝斯曼》,该期为诗歌特刊。

4月 3日 《大公报》(天津)刊登新闻《南开大学今日举行联欢运动会》,其中提到刘荣恩担任田赛裁判长。

5月 21日 于《大公报》(天津)第338期"文艺"副刊"书报简评"栏目发表普利斯特利(John Boynton Priestley)小说的书评《他们往城里走》。

30日 于《大公报》(天津)第342期"文艺"副刊发表小说译作《献给维小姐》(原作者梅立克),该期为翻译特刊。

6月 20日 于《大公报》(天津)第351期"文艺"副刊发表书评《吉卜龄自传》,该期为书评特刊。

7月 7日 卢沟桥事变,抗日民族解放战争全面爆发。

12日 日军开始向天津进攻。

24日 南开师生开始逐渐撤离学校。

29日、30日 天津沦陷,日军炸毁南开大学①。

8月 由北京大学、清华大学、南开大学组成的长沙临时大学筹备委员会在南京成立,决定三校师生南迁。刘荣恩也跟随南开大学南迁②。

11月 1日 长沙临时大学开始上课。刘荣恩在文学院外国语文学系教授一年级英文作文(乙)、一年级英文作文(戊)、一年级英文读本(己)(代毛玉昆)等课程。(《长沙临时大学各院系必修选修

---

① 见南开大学校史编写组:《南开大学校史(1919—1949)》,南开大学出版社,1989年,第229页。

② 茱萸在《新诗三百首,尚存天壤间——寻觅刘荣恩的六册自印诗集》(《出版广角》2015年第13期)中认为刘荣恩"内迁不及",这种观点不够准确。

学程表》[1937年至1938年度]，北京大学、清华大学、南开大学、云南师范大学编：《国立西南联合大学史料3 教学、科研卷》，云南教育出版社，1998年。）

1938年

2月　中旬　长沙临时大学师生分陆路与海路两队奔赴昆明①。

4月　2日　长沙临时大学改成国立西南联合大学。

本年　自印诗集《刘荣恩诗集》②，共收录诗歌59首，篇目如下：

卷一：湘水 | 万物万灵 | 薄暮 | 拿什么比 | 黄昏里死去 | 岳麓山 | 春的第一阵夜雨 | 我的摊儿 | 一九三八年的教训 | 冬至夜

卷二：当铺 | 鼠戏舞台 | 南天门的台级上 | 死鸟 | 庙宇与美人 | 风吹 | 北国的冬冷 | 旧歌 | 埃及来的箭 | 在巴黎道上

卷三：一夜的游猎 | 秋歌 | 一个呼声 | 琵琶行 | 翡翠雕刻的鸟 | 歌 | 叫卖声 | 夜里的珠子 | 忧郁颂 | 向海求乞的人

卷四：在城堡里 | 过路的客人 | 苹果花 | 上燕京去 | 蓬莱的姑娘 | 桥洞下 | 五月暮雨 | 太阳与喜鹊 | "狮身女面有翼之怪物" | 田野小景

卷五：森林 | 无音曲 | 今夜的寂寞 | 年秋凭窗看雨 | 眼泪在你的头发里藏 | 印度的月夜 | 太阳与雨水 | 葫芦里的蟋蟀 | 城市的夜 | 小孤山暮过

卷六：香港夜泊 | 雁鹅叫 | 我看人脸的时候 | 骑在海的夜背上 | 奇传中的一出 | 一缕古老的梦香 | *Ballade Dune Blanche* | 黑龙江的明妃 | 戒坛寺

---

① 刘荣恩是否随队伍奔赴昆明，有待进一步考证。因为就目前的资料看，西南联大1938年教职员名单中没有刘荣恩的名字，1939年的教职员名单中也没有。英国《独立报》网站2001年发表的刘荣恩讣告称，刘荣恩1940年因其女友程萌生病而返回天津，但刘荣恩返回天津的时间似乎比1940年要早。

② 据陈芝国考察，刘荣恩是华北沦陷区自印诗集数量最多的诗人，这一说法有待进一步证实。见陈芝国：《抗战时期北京诗人研究》，首都师范大学2008年博士毕业论文。

1937—1938 年

于长沙临时大学文学院外国语文学系教授一年级英文作文（乙）、一年级英文作文（戊）、一年级英文读本（己）（代毛玉昆）等课程。（《长沙临时大学各院系必修选修学程表》[1937 年至 1938 年度]，北京大学、清华大学、南开大学、云南师范大学编：《国立西南联合大学史料 3 教学、科研卷》，云南教育出版社，1998 年。)

1939 年

自印诗集《十四行诗八十首》[1]，共收录 80 首十四行诗，均无题。

1940 年

本年　与程荫结婚。

在天主教会办的天津工商学院任英文教师，直到抗战胜利。

1941 年

10 月　程荫于《妇女新运通讯》第 3 卷第 19、20 期合刊发表诗歌《忆》。

本年　刘荣恩独女刘陶陶出生。

1942 年

3 月　15 日　于《中学生》创刊号发表译诗《老妇人》（原作者 Joseph Campbell[约瑟夫·坎贝尔][2]）。

---

[1] 茱萸认为，《十四行诗八十首》(1939) 的出版日期远早于冯至出版于 1942 年的《十四行集》，后者一直被认为是汉语新诗史上第一部十四行专集——如今这个定论似乎应当因为刘荣恩这部诗集的存在和被重新发现而改写。（见茱萸：《新诗三百首，尚存天壤间——寻觅刘荣恩的六册自印诗集》，《出版广角》2015 年第 13 期，第 100 页）。然而，据许霆考察，中国新诗史上第一本十四行专集应为李惟建的《祈祷》(1933 年 6 月由上海新月书店出版)，《十四行诗八十首》似乎应为新诗史上第二本十四行专集。

[2] 原文为 Joseph Campboll。

4月	15日	于《工商生活》①第1卷第7期发表诗歌《黄昏，寂寞，我》，此诗收录于《五十五首诗》中。
6月	15日	于《艺术与生活》第28期发表诗歌《银壳上的一幅图画》，该诗收录于《五十五首诗》时名为《蚌壳上的一幅图画》。
本月		于《工商生活》第1卷第8、9期合刊发表诗歌《河南坠子》(收录于《五十五首诗》中)与散文《随笔》。
12月		由文辑丛书社编辑，北京艺术与生活社1942年12月出版的诗文合集《友情》收录田苇、郁静、陆人、康伟良和刘荣恩五位诗人的新诗15首。刘荣恩的诗作有《十四行第五十一首》《十四行第七十三首》《秋雨》《在黄昏》《行苦路》等。

1943年

1月	15日	于《艺术与生活》第32期发表诗歌《十四行第七十三首》。
本月		于《中学生》第3、4期合刊发表译作《曼殊斐儿的自白》。
11月	26日	《新天津画报》刊有孙家璆对刘荣恩画展的介绍《刘荣恩个展观后感》："本市名画家刘荣恩氏个展于女青年会，参观者颇众，余曾两次往观，其中作品有海与岩一幅，颜色虽简单而表现力与笔力均颇见常，其礼拜堂一幅，其中寓意颇深教堂系用蓝紫色，一见即令人生肃敬与庄严之感，而天空则用绿黄及浅红等色代之，表似红尘之意即虽在此恶浊之社会中尚有此肃敬庄严之教堂，寓意之深实非一般作家所能及也，其静物菊花及秋等幅，色调鲜艳，令人一见即生美感，其水彩作品以小路及沙滩风景等幅作风特殊，系用钢笔速写后稍加颜色极生动之至，而北戴河风景一幅之松树，其画法实则别开生面，总之刘之展览实为津门艺

---

① 《工商生活》(1941.6—1944.8)为天津工商学院校刊，面向天津工商学院所有学生甚至平津地区所有学生，见范津：《天津工商学院校园期刊中的文学研究——以〈北辰杂志〉〈公教学生〉及〈工商生活〉为中心》，济南大学2016年硕士毕业论文。

坛放一异彩也。"

本年 于《工商生活》第 18 期发表《随笔》，同期有对《刘荣恩诗集》《十四行诗》的介绍："刘荣恩先生前曾刊发《刘荣恩诗集》，近又将其旧存集作《十四行诗》一百首中选出八十首付印，预计可于元日出版，为私人藏版性质，并限定版一百本，定价因纸价飞涨关系，以最低价三元销售，大学合作社代为销售。"本期还刊有孙家璹对刘荣恩画展的介绍《刘荣恩画展》，其内容与发表于《新天津画报》的《刘荣恩个展观后感》一文相同。

1944 年

3 月　**3 日**　创办《现代诗》杂志，1944 年 3 月至 1945 年 8 月出 11 期后停刊，1947 年 4 月复刊，5 月出第 13 期后终刊，是华北沦陷时期出刊时间最久的新诗专刊。(封世辉：《华北沦陷区文艺期刊钩沉》，《中国现代文学研究丛刊》1993 年第 1 期，第 170 页)"《现代诗》专门刊登华北作家的诗歌与诗论……这是抗战时期华北沦陷区刊行的唯一一种新诗杂志，一直延续到抗战胜利后两年，具有重要的文学史价值。"(闫立飞主编：《抗战时期的天津文学》，社会科学文献出版社，2016 年，第 171 页。)于《现代诗》第 1 期发表译诗《早晨凭窗》(原作者爱略忒 [T. S. Eliot])和译诗《回来》(原作者保恩德 [Ezra Pound])。

20 日　天津工商学院附中发生一起日寇逮捕爱国教师事件，由于潜藏在学校的汉奸特务告密，刘荣恩等老师被日本侵略者以煽动学生抗日的罪名逮捕，关进了日本宪兵队。由于查无实据，后被释放。(中国人民政治协商会议天津市河西区委员会文史资料委员会编：《河西文史资料选辑》第 2 辑，1997 年内部印行。)

4 月　**3 日**　于《现代诗》第 2 期发表译诗《晚祷》(原作者 Thomas Edward Brown [托马斯·爱德华·布朗])。

本月　于《公教学志》[①]第 4 卷第 1 期发表《寓言六则》。

6 月　于《艺术与生活》第 38、39 期合刊发表诗歌《江雨中》《寂寞在兆丰公园》《Moto Perpetuo——寄无忌》《长安夜》等四首,此四首诗收录于《五十五首诗》中。其中《Moto Perpetuo——寄无忌》一诗收录在《五十五首诗》中时并无"寄无忌"三字。

8 月　毕基初于《中国文学》第 1 卷第 8 期发表刘荣恩诗评《〈五十五首诗〉——刘荣恩先生》,文中说道:"我说这里的每一首诗都是沉重的独语,而且都是警辟的,带着中年人的辛酸,苦恋了心灵的山界,发出一点对于人生的微喟。""他犀利的眼睛透视了浮像的眩辉和嚣杂,摆脱了纵横的光影的交叉错综而潜入到单纯的哲学体系的观念里。他不仅仅是一个忠诚的艺术之作者,摄取了美丽的风景,美丽的情感,织成了他的诗。他更是一个哲学家,他所启示的是永恒的真谛。"

9 月　3 日　于《现代诗》第 5 期发表诗歌《寄金陵仲鸿》,此诗收录于《诗二集》中。

12 月　25 日　于《公教学志》第 4 卷第 2、3 期合刊发表诗歌《秋雨》,该诗后收录于《诗二集》中。

本年　自印诗集《诗》,共收录诗歌 46 首,篇目如下:

卷一:埋我的心灵 | 挟在回忆底书里城门 | 傍晚散步 | 在夜里看了你一眼 | 康伟良:1942 | 全是枉然,徒然 | 湘水渡 | 悬赏:寻回忆 | 岩石,岩石

卷二:悲哀人的遗嘱 | 回来啦 | 有人在我心里 | 多余者 | 我听见阵阵的哭声 | 他还得要死 | 脚印 | 无题 | 生命便宜 | 有出卖眼泪的吗?

卷三:无美无艳的春天 | 他们留下我 | 告别了 | 过路客 | 一阵春风

[①]《公教学志》(1944.4.15—1945.5.1)为天津工商学院的校刊,主要以公教青年为目标受众,前身为创刊于 1940 年 12 月 25 日、出版至 1943 年的《公教学生》。见范津:《天津工商学院校园期刊中的文学研究——以〈北辰杂志〉〈公教学生〉及〈工商生活〉为中心》,济南大学 2016 年硕士毕业论文。

|傍晚的第一颗星|我怕用一个比喻|做个客店|恋爱|写给未生前的陶陶

卷四:"忧愁屋"|春雨黄昏的街道|处处灵魂的故乡|南国怀荫|春夜下雨了|泉水|圈在城墙里|等着黄昏|上海蒙蒙细雨|寂寞吗?

卷五:翻一翻法帖|暮雨|香山夜雨|北海五龙亭|泰山顶听雨|好个小伙计

自印诗集《五十五首诗》[①],共收录诗歌55首,篇目如下:

问答|行苦路|夜半太湖——寄无忌兄|桃花三日|千古的怨恨|成了回忆|"绿眼的嫉妒"|在黄昏|江雨中|黄河涯|夜渡汉水|悲多芬:第九交响乐|风沙下的昭君墓|长安夜|蚌壳上的一幅图画|红楼梦|海|Moto Perpetuo|云冈石大佛|送济南|在翅膀上的心愿|河南坠子|弥陀佛|丁丑年雨中登珞珈山|"维也娜森林故事"|月照故宫|北国夜半|燕子矶|夜之声|寂寞在兆丰公园|这是什么一会儿的事呢?|黄昏,寂寞,我|一串香珠|我相信,我死后|西洋镜|千万滴雨水|听雨|烟台小住|大沽口|北戴河海滩|杭州|天鹅|算一算|走马灯|英雄传续集|神迹|赶集真有劲|星夜风景|卧佛寺附近|买破烂儿的|蛆的哈哈歌|新月|一块土|十四行诗|谁在喊我?

1945年

5月　12日　于《现代诗》第10期发表《译诗四首》,分别为《催眠歌》(原作者斯特治·摩尔[T. Sturge Moore])、《我从前上集去》(原作者赫斯曼[A. E. Housman])、《海恋》(原作者沙罗德·牛[Charlotte Mew])、《孤独》(原作者蒙路[Harold Monro])。

本月　于《公教学志》第4卷第4期发表《随笔》。

---

① 刘荣恩在1944年3月18日给友人的信中谈到《五十五首诗》即将出版,这与一些沦陷区文学史著作的说法(1940年)有所不同,这里采用刘荣恩本人的说法。

| 10月 | 6日 | 于《天津民国日报》副刊发表诗歌《风雨夜归》。
| | 9日 | 于《天津民国日报》副刊发表译文《美国散文选译》，分别为爱默生《人的普遍性》、霍桑《非比的寝室》、索罗《秋天落日》。
| | 19日 | 于《天津民国日报》副刊发表散文《雨中约》。
| | 23日 | 于《天津民国日报》副刊发表诗歌《秋夜星》。
| | 29日 | 于《天津民国日报》副刊发表小说《小夜曲》。
| | 30日 | 于《天津民国日报》副刊发表小说《小夜曲（续）》。
| | 31日 | 于《天津民国日报》副刊发表诗歌《一夜思念》。
| 11月 | 7日 | 于《天津民国日报》副刊发表诗歌《宝茄某足尖舞曲》。
| 本年 | | 自印诗集《诗二集》，共收录诗歌46首，篇目如下：

卷一：莫愁湖 | 吴淞海面 | 松江 | 趵突泉 | 中南海写生回来 | 北戴河海滨之一夜 | 忆北戴河之夜 | 忆岳麓山爱晚亭 | 黄鹤楼

卷二：翠鸟 | 半刻春 | 江南城 | 一点儿江南的山水 | 海上月出 | 登山 | 秋雨 | 故乡街头黄昏 | 雪与人生 | 春日天阴冷 | 最后之一夕

卷三：感觉底丛林 | 古董铺 | Nocturne in E Minor | 阳间来的消息 | 头放在木笼里 | 上市啦 | 忧郁期 | 一笔债 | "谁打门？" | 展览会寂寞 | 孤魂 | Franz Drdla Souvenir | 无题 | 我的忧郁

卷四：我的灵魂寂寞极了 | 一套再一套的 | 寄金陵仲鸿 | 诗人William Henry Davies | 郁静 | 艾辰 | 浩 | 罗平 | 厉仲思[①] | 埋在江山寂寞的地方 | 红叶和黄叶 | 星星

自印诗集《诗三集》，共收录诗歌54首。篇目如下：

忧愁是智慧 | 白杨 | 我是陌生人 | 那夜我梦见 | 圆舞曲 | 然后 | 我懒得 | 风 | 北京的春 | 好在每天有一个黄昏 | 中国底故事 | 扬子江 | 在远方 | 打更的声音 | 智慧与诗 | 陶陶 | 逢节 | 宇宙皱着眉头 | 黄昏和雨 | 新画揭幕典礼 | 上海，北四川路 | 万物永生 | 白玫瑰 | 晚风中送 J. | 我的诗 | Tchaikowsky: Symphony No.4 | 唱小调人的墓志

---

① 郁静、艾辰、浩、罗平、厉仲思都曾在刘荣恩主编的《现代诗》杂志上发表过诗作或译诗。

铭｜反正要难受的｜没有幻灭｜北京｜我们崇拜忧愁痛苦｜四月廿九日花子猫死｜看见一溪流水｜雨下着，打着房顶｜一人｜一身轻｜一片绿叶｜雨底奇迹｜Sonata in F Minor ("Appassionata")｜黄昏，到处黄昏｜那卷书｜再飞｜晨曦｜咖啡馆里喝啤酒的人｜都有你的故事｜眼睛｜莫扎脱某交响乐｜飘遥｜有苦行僧路过时｜死的回忆在喊着｜忆梦家｜秋雨（二）｜浮尸｜他们会记得我吗？

1946年

1月 **8日** 《大公报》（天津）刊登新闻《南开大学物归原主》，谈到黄子坚于昨日代表接收了南开八里台校区。刘荣恩等十余人作为复校委员会成员协助办理了接收事宜。

11日 于《大公报》（天津）"综合"副刊第29期开始连载长篇小说《一万个勇士》①，本期所标明的标题为《一万个勇士》（一）。

12日 于《大公报》（天津）"综合"副刊第30期发表《一万个勇士》（二）②。

13日 于《大公报》（天津）"文艺"副刊第6期发表《一万个勇士》（三）。

14日 于《大公报》（天津）"综合"副刊第31期发表《一万个勇士》（四）。

15日 于《大公报》（天津）发表《一万个勇士》（五）。

16日 于《大公报》（天津）"综合"副刊第32期发表《一万个勇士》（六）。

17日 于《大公报》（天津）发表《一万个勇士》（七）。

18日 于《人公报》（天津）"综合"副刊第33期发表《一万个勇士》（八）。

---

① 《一万个勇士》题名或许来自莎士比亚戏剧《麦克白》。
② 《一万个勇士》所在版面并不固定，在"综合""文艺""天津客"这三个副刊上都有连载，有时甚至不在副刊上连载，并且《一万个勇士》并非每日都有连载，

19日 于《大公报》（天津）发表《一万个勇士》（九）。

21日 于《大公报》（天津）"综合"副刊第34期发表《一万个勇士》（十）。

22日 于《大公报》（天津）"综合"副刊第35期发表《一万个勇士》（十一）。

23日 于《大公报》（天津）"综合"副刊第36期发表《一万个勇士》（十二）。

24日 于《大公报》（天津）"综合"副刊第37期发表《一万个勇士》（十三）。

25日 于《大公报》（天津）"综合"副刊第38期[①]发表《一万个勇士》（十四）。

26日 于《大公报》（天津）发表《一万个勇士》（十五）。

28日 于《大公报》（天津）"综合"副刊第39期发表《一万个勇士》（十六）[②]。

29日 于《大公报》（天津）"综合"副刊第40期发表《一万个勇士》（十七）。

30日 于《大公报》（天津）"综合"副刊第41期发表《一万个勇士》（十八）。

本月 于《天津青年》（基督教刊物）第4期发表诗歌《无题》，该诗收录于《诗二集》中。

2月 4日 于《大公报》（天津）"综合"副刊第43期发表《一万个勇士》（十九）。

5日 于《大公报》（天津）"综合"副刊第44期发表《一万个勇士》（二十）。

---

① 原始报纸把第38期错印为第37期，这种错误一直持续到2月18日第50期才有所纠正，以下不一一注明。该年表采用的期数是经过编者订正的。

② 该期原始报纸把《一万个勇士》（十六）误排为《一万个勇士》（十五），这种错误一直持续到5月6日才有所纠正，以下不一一注明。该年表采用的标题数字是经过编者订正的。

6日　于《大公报》（天津）"综合"副刊第45期发表《一万个勇士》（二十一）。

7日　于《大公报》（天津）"综合"副刊第46期发表《一万个勇士》（二十二）。

8日　于《大公报》（天津）"天津客"副刊创刊号发表《一万个勇士》（二十三）[①]。

9日　于《大公报》（天津）"综合"副刊第47期发表《一万个勇士》（二十四）。

11日　于《大公报》（天津）"综合"副刊第48期发表《一万个勇士》（二十五）。

12日　于《大公报》（天津）"天津客"副刊第2期发表《一万个勇士》（二十六）。该期还刊有散文《天津客情感的散步》，作者署名为"荣"。

13日　于《大公报》（天津）"综合"副刊第49期发表《一万个勇士》（二十七）。

16日　于《大公报》（天津）"天津客"副刊第3期发表《一万个勇士》（二十八）。

18日　于《大公报》（天津）"综合"副刊第50期发表《一万个勇士》（二十九）。

19日　于《大公报》（天津）"天津客"副刊第4期发表《一万个勇士》（三十）。

20日　于《大公报》（天津）"综合"副刊第51期发表《一万个勇士》（三十一）。

21日　于《大公报》（天津）"综合"副刊第52期发表《一万个

[①] 这个副刊疑似刘荣恩所办。原因有二：其一是这个副刊经常连载刘荣恩的小说，而且还刊登了署名为"荣"的作者的文章，也似为刘荣恩所作；其二是天津音乐家苗晶在《我的写作历程》（苗晶：《汉族民歌旋律论》，中国文联出版社，2002年）中谈到自己曾于1946年在《大公报》（天津）发表过文章，当时的编辑是刘荣恩。查询原始报纸，苗晶的确于1946年9月22日在《大公报》（天津）"天津客"副刊第35期发表过译文《萧邦的幻想即兴曲作品》。

勇士》（三十二）。

23日 于《大公报》（天津）"天津客"副刊第 5 期发表《一万个勇士》（三十三）。该期还刊有散文《画赞》，作者署名为"荣"。

25日 于《大公报》（天津）"综合"副刊第 53 期发表《一万个勇士》（三十四）。

26日 于《大公报》（天津）"天津客"副刊第 6 期发表《一万个勇士》（三十五）。

27日 于《大公报》（天津）发表《一万个勇士》（三十六）。

3月 **1日** 于《大公报》（天津）发表《一万个勇士》（三十七）。

2日 于《大公报》（天津）"天津客"副刊第 7 期发表《一万个勇士》（三十八）。

4日 于《大公报》（天津）"综合"副刊第 54 期发表《一万个勇士》（三十九）。

5日 于《大公报》（天津）"天津客"副刊第 8 期发表《一万个勇士》（四十）。

6日 于《大公报》（天津）"综合"副刊第 55 期发表《一万个勇士》（四十一）。

7日 于《大公报》（天津）"综合"副刊第 56 期发表《一万个勇士》（四十二）。

8日 于《大公报》（天津）"天津客"副刊第 9 期发表《一万个勇士》（四十三）。

9日 于《大公报》（天津）"综合"副刊第 57 期发表《一万个勇士》（四十四）。

11日 于《大公报》（天津）"综合"副刊第 58 期发表《一万个勇士》（四十五）。

12日 于《大公报》（天津）"天津客"副刊第 10 期发表《一万个勇士》（四十六）。

13日 于《大公报》（天津）"综合"副刊第 59 期发表《一万个勇士》（四十七）。

14日　于《大公报》（天津）"综合"副刊第60期发表《一万个勇士》（四十八）。

15日　于《大公报》（天津）"天津客"副刊第11期发表《一万个勇士》（四十九）。

16日　于《大公报》（天津）"综合"副刊第61期发表《一万个勇士》（五十）。

18日　于《大公报》（天津）"综合"副刊第62期发表《一万个勇士》（五十一）。

19日　于《大公报》（天津）"天津客"副刊第12期发表《一万个勇士》（五十二）。

20日　于《大公报》（天津）发表《一万个勇士》（五十三）。

21日　于《大公报》（天津）"综合"副刊第63期发表《一万个勇士》（五十四）。

25日　于《大公报》（天津）"综合"副刊第64期发表《一万个勇士》（五十五）。

27日　于《大公报》（天津）"天津客"副刊第14期发表《一万个勇士》（五十六）。

28日　于《大公报》（天津）"综合"副刊第65期发表《一万个勇士》（五十七）。

4月　6日　于《大公报》（天津）"综合"副刊第66期发表《一万个勇士》（五十八）。[①]

7日　于《一周》第1卷第1期发表小说《除夕》。

9日　南开大学成为国立大学。

14日　于《一周》第1卷第2期发表小说《除夕（续）》。

21日　于《一周》第1卷第3期发表小说《除夕（续完）》。

23日　教育部电令北京大学、清华大学、南开大学三校恢复原校。

28日　于《工商生活》第20期发表诗歌《浮尸》。该诗收录于

---

① 该期之后，《一万个勇士》暂停连载了近一个月时间，原因暂未知。

《诗三集》中。

| 5月 | 2日 | 于《大公报》(天津)"综合"副刊第71期发表《一万个勇士》(五十九)。|

6日　于《大公报》(天津)"综合"副刊第73期发表《一万个勇士》(六十)。①

10日　北京大学、清华大学、南开大学三校开始北迁。

6月　3日　于《大公报》(天津)"综合"副刊第79期发表《一万个勇士》(六十一)。

6日　仲鸿于《天津民国日报》"书报评介"栏目发表评刘荣恩的书评《诗》。

12日　于《大公报》(天津)"综合"副刊第80期发表《一万个勇士》(六十二)。

16日　于《青年半月刊》第1卷第4期发表诗歌《黄昏和雨》,该诗收录于《诗三集》中。

18日　于《大公报》(天津)"综合"副刊第81期发表《一万个勇士》(六十三)。

7月　11日　西南联大最后一批学生迁回。

14日　于《大公报》(天津)"综合"副刊第85期发表《一万个勇士》(六十四)。

16日　于《大公报》(天津)"天津客"副刊第28期发表《一万个勇士》(六十五)。

26日　于《大公报》(天津)"天津客"副刊第30期发表《一万个勇士》(六十六)②。该期"天津客"还刊有《天津客情感的散步》,作者署名为"荣"。

31日　于《大公报》(天津)"综合"副刊第89期发表《一万个

---

① 该期之后,《一万个勇士》再次暂停连载近一个月时间,原因暂未知。
② 该期原始报纸把《一万个勇士》(六十六)误排为《一万个勇士》(六十七),这种错误一直持续到8月17日才有所纠正,以下不一一注明。该年表采用的标题数字是经过编者订正的。

勇士》（六十七）。

8月　6日　于《大公报》（天津）"综合"副刊第94期发表《一万个勇士》（六十八）。

7日　于《大公报》（天津）"综合"副刊第95期发表《一万个勇士》（六十九）。

8日　于《大公报》（天津）"综合"副刊第96期发表《一万个勇士》（七十）。

17日　于《大公报》（天津）"综合"副刊第103期发表《一万个勇士》（七十一）。

19日　于《大公报》（天津）"综合"副刊第104期发表《一万个勇士》（七十二）。

20日　于《大公报》（天津）"综合"副刊第105期发表《一万个勇士》（七十三）。

21日　于《大公报》（天津）"综合"副刊第106期发表《一万个勇士》（七十四）。

26日　于《大公报》（天津）"综合"副刊第110期发表《一万个勇士》（七十五）。

28日　于《大公报》（天津）"综合"副刊第112期发表《一万个勇士》（七十六）。

29日　于《大公报》（天津）"综合"副刊第113期发表《一万个勇士》（七十七）。

本月　《文艺时代》第1卷第3期"本刊撰稿人之一览"中刊有刘荣恩的名字。

9月　6日　于《大公报》（天津）"天津客"副刊第34期发表《一万个勇士》（七十八）[①]。

[①] 该期原始报纸把《一万个勇士》（七十八）误排为《一万个勇士》（七十九），这种数字的增加错误一直持续到12月2日才有所纠正，以下不一一注明。该年表采用的标题数字是经过编者订正的。

22日 于《大公报》（天津）"天津客"副刊第35期发表《一万个勇士》（七十九）。

25日 于《大公报》（天津）"大公园地"副刊第56期发表《一万个勇士》（八十）。

30日 《文艺时代》第1卷第4期发表书讯《文艺界亲录：刘荣恩·郭士浩诗集出版》："《刘荣恩诗集》《十四行诗八十首》《五十五首诗》和《诗》的作者刘荣恩先生最近又私人印行了两册近作——《诗二集》和《诗三集》。他仍然爱着'忧郁的人与叹息的声音'，同时，他注意到古董铺，浮尸，放在木笼里的头，和咖啡馆里的陌生人。"

10月 1日 于《大公报》（天津）"天津客"副刊第36期发表散文《蟋蟀叫的时节》。该期还刊有李影心的评论《厉仲思先生的散文》，开头引用了刘荣恩的诗《厉仲思》[①]中的相关诗句："厉仲思一天到晚想着，/想着、想着，神游他的灵魂。"该期之后"天津客"停办。

13日 于《大公报》（天津）"大公园地"副刊第72期发表《一万个勇士》（八十一）。

17日 南开大学在八里台举行复校典礼。

18日 于《大公报》（天津）"大公园地"副刊第76期发表《一万个勇士》（八十二）。

19日 于《大公报》（天津）"大公园地"副刊第77期发表《一万个勇士》（八十三）。

20日 于《大公报》（天津）"大公园地"副刊第78期发表《一万个勇士》（八十四）。

22日 于《大公报》（天津）"大公园地"副刊第80期发表《一万个勇士》（八十五）。

23日 于《大公报》（天津）"大公园地"副刊第81期发表

---

① 收录于刘荣恩自印诗集《诗二集》。

《一万个勇士》(八十六)。

25日 于《大公报》(天津)"大公园地"副刊第83期发表《一万个勇士》(八十七)。

27日 于《大公报》(天津)"大公园地"副刊第85期发表《一万个勇士》(八十八)。

28日 于《大公报》(天津)"大公园地"副刊第86期发表《一万个勇士》(八十九)。同日,《侨声报》"星河"副刊发表李广田诗评《刘荣恩的诗》。

11月 1日 于《大公报》(天津)"大公园地"副刊第89期发表《一万个勇士》(九十)。

4日 于《大公报》(天津)"大公园地"副刊第92期发表《一万个勇士》(九十一)。

5日 于《大公报》(天津)"大公园地"副刊第93期发表《一万个勇士》(九十二)。

13日 于《大公报》(天津)"大公园地"副刊第97期发表《一万个勇士》(九十三)。

17日 于《大公报》(天津)"星期文艺"副刊第6期发表散文《修道院的诱惑》。

18日 于《大公报》(天津)"大公园地"副刊第100期发表《一万个勇士》(九十四)。

20日 于《大公报》(天津)"大公园地"副刊第101期发表《一万个勇士》(九十五)。该日南开大学自复校后第一次正式上课。

21日 于《大公报》(天津)"大公园地"副刊第102期发表《一万个勇士》(九十六)。

23日 于《大公报》(天津)"大公园地"副刊第103期发表《一万个勇士》(九十七)[①]。

---

① 该期原始报纸印刷错误较多,把"大公园地"第103期印为第81期,将《一万个勇士》(九十七)错印为《一万个勇士》(八十七)。

12月 1日 于《文艺时代》第1卷第6期发表书信断片《书简》,同期刊有魏彧诗评《忧郁的灵魂:刘荣恩的诗》,文中写道:"诗人的心里充满了忧愁,也充满了慈爱。异族侵略者的残暴损害没有激起诗人的愤怒,反而洗净他的憎恨,升华他的情感,像站在高山上向苍冥的宇宙说着灵魂上神秘的语言的先知,把世俗的憎恶仇恨都溶进他深厚博大的爱与怜悯里。他恐惧的不是绞架刺刀和那群说着生疏的异国语言的暴徒,而是灵魂的受虐待,被屠杀,湮没在沙漠的荒凉里的寂寞。——他要求人们保持灵魂上的澄清明洁,忠实的服役于美的情感。"

2日 于《大公报》(天津)"大公园地"副刊第108期发表《一万个勇士》(九十八)。

4日 于《大公报》(天津)"大公园地"副刊第109期发表《一万个勇士》(九十九)。

5日 于《大公报》(天津)"大公园地"副刊第110期发表《一万个勇士》(一百)。

11日 于《大公报》(天津)"大公园地"副刊第114期发表《一万个勇士》(一百零一)。

12日 于《大公报》(天津)"大公园地"副刊第115期发表《一万个勇士》(一百零二)。

15日 《人民世纪(天津)》第1卷第4期发表匡敏诗作《读〈刘荣恩诗集〉》,全诗如下:"我笑你/像一朵小蓝花/簪在历史巨人的乌发上/忧郁地眨着你/寂寞的蓝色小眼睛/连声说/'Forget me not! Forget me not!'"[①]

16日 于《大公报》(天津)"大公园地"副刊第117期发表《一万个勇士》(一百零三)。

19日 于《大公报》(天津)"大公园地"副刊第119期发表《一万个勇士》(一百零四)。

---

① 此诗似有批评刘荣恩诗作中"'忧郁''寂寞'太多而无视'历史'"之意。

22 日　于《大公报》(天津)"大公园地"副刊第 120 期发表《一万个勇士》(一百零五),于《经世日报》"文艺"副刊第 19 期发表散文《我的书桌》。

23 日　于《大公报》(天津)"大公园地"副刊第 121 期发表《一万个勇士》(一百零六)。

28 日　于《大公报》(天津)"大公园地"副刊第 122 期发表《一万个勇士》(一百零七)。

29 日　于《大公报》(天津)"大公园地"副刊第 123 期发表《一万个勇士》(一百零八)。文章末尾有编者按:"《一万个勇士》暂作结束。据编者称:单行本即将问世,请读者注意。"①

本年　刘荣恩回到南开大学,任外国语文系副教授。(南开大学档案馆藏:《国民政府文官处征集南开大学副教授以上人员调查表笺函》)

1947 年

1 月　14 日　袁可嘉于《大公报》(天津)"文艺"副刊第 55 期发表诗学论文《诗与主题》(上)。

17 日　袁可嘉于《大公报》(天津)"文艺"副刊第 56 期发表诗学论文《诗与主题》(中),此部分袁可嘉点名批评了刘荣恩的诗作《等着黄昏》与郭士浩的诗作《秋》。袁可嘉认为刘荣恩的诗"仅仅以自怜自恋的心情,吐诉一些淡淡的哀愁,感情既未从想象或感觉得到渗透,也缺乏广度深度",属于"政治感伤"作品②。

21 日　袁可嘉于《大公报》(天津)"文艺"副刊第 57 期发表诗学论文《诗与主题》(下),此部分袁可嘉点名批评了刘荣恩的诗作

---

① 至今尚未发现该小说单行本。但刘荣恩于 1972 年出版的 Six Yuan Plays (英国企鹅出版社,1972 年、1977 年版)扉页声明此小说已出版。

② 在生活・读书・新知三联书店 1988 年出版的袁可嘉诗学论文集《论新诗现代化》所收录的文章中,刘荣恩、郭士浩的名字被隐去了。

《英雄传续集》，认为该诗以"抽象思想"代替了"纤细感觉"。

| 2月 | 1日 | 《益世报》"文学周刊"[①] 第26期刊有李影心诗评《诗人心中的天地——论刘荣恩先生的诗》。该文从"一、爱的生活和歌唱""二、忧郁，黄昏，声之叹息""三、生命的战栗""四、诗和诗人的声音"四方面评论了刘荣恩的诗。

3月　22日　《平明日报》"读书界"第18期刊出编者文章《杂志，副刊，中国的新写作》，该文章赞美了穆旦的作品，同时对李影心与刘荣恩进行了批评："批评并非不着重，而且颇有几篇好文，如袁可嘉论诗诸篇。袁的批评是分析性的，有时过分辞费，然而至少他比李影心的论刘荣恩诗那样的文章进步得多。刘是袁所认为的坏的诗人，这一点不仅由袁的引文证实，而且也让李所引以为辩护的各节刘诗证实；李文用的是战前一派不着实际的书评家风格，内容上字眼堆砌百多，又一'公式化了的感情反应'之例。我们并非苛刻；我们是失望，拿这样的作品和作家与产生于法国沦陷时期中'午夜抄本'丛书诸作——譬如《海的沉默》——相比，单就精神讲，是如何辽远的两极！"

本月　月初"一个落雪的晚上"，南开大学胜利楼一楼的阶梯教室举行宣布新诗社成立的诗朗诵晚会，会上新诗社成员朗诵了艾青的《大堰河——我的保姆》和《雪落在中国的土地上》，以及何其芳的《夜歌》，一百多名同学热情赴会。李广田、刘荣恩、邢庆兰、辛毓庄和张肇科等中、外文系教授、讲师也应邀参加。李广田教授对新诗社成立表示由衷的祝贺。（凌力学、张瑶均：《热血赋诗章》，天津社会科学院历史研究所编：《海燕翱翔》，中国青年出版社，1984年。）

4月　1日　《现代诗》第12期暨复刊号出版，通讯地址改为南开大学，该期主要发表了臧克家、炎衡、尚土、卞之琳、王逊、李广

[①] 《益世报》"文学周刊"为沈从文主编，从1946年10月13日第10期开始，至1948年11月8日第118期为止。

田、吴兴华、郁静等人的诗作和译诗。

9日 南开大学召开第26次校务会议,确定由校长聘请陈荫谷、刘晋年、袁贤能、司徒月兰、刘荣恩五位先生为训育委员会委员。(南开大学档案馆藏:《校务通报》第3号)

12日 《益世报》"文学周刊"第36期刊出《编者启事》,其中说道:"本刊存诗太多,投诗稿的望寄平津其他副刊。或南开大学刘荣恩先生编的《诗刊》①。"

5月 1日 《现代诗》第13期暨终刊号出版。该期主要发表了水浩然、王子雄、王克增、玄子、李广田、沈宝基、南星、毕基初、郭士浩、钱学梁、彭戈吟、藿藜等人的诗作和译诗。

19日 为支持南开大学学生反内战反饥饿运动,刘荣恩与南开多名教授联合发表《告同学书》并签名。《益世报》5月20日对教授们的支持行动作了报道。

20日 南开大学"5·20"反内战反饥饿学生运动爆发,但受到国民党特务的压制。

21日 南开大学学生自治会召开全体同学大会,决定罢课至6月1日。大会期间,刘荣恩与李广田、滕维藻、何炳林、张肇科、周基堃等南开大学老师一起看望参加反内战反饥饿运动的同学,李广田发表了演说。(中共南京市委党史办公室编:《解放战争时期第二条战线·学生运动卷》(中),1997年。)

28日 刘荣恩与北平、天津两地高校教职工五百余人共同发表呼吁和平宣言并签名。6月3日的《大公报》(重庆)报道了此事。

10月 20日 傅冬菊(傅作义的女儿)于《大公报》(天津)发表通讯《暮秋访教授们》,先后提到的教授有:陈序经、冯文潜、司徒月兰、吴大任、罗大刚、刘荣恩。她在记述刘荣恩时谈道:"他担任外语系莎士比亚、戏剧和近代英诗三门课程。但在百忙之中,还把大部分时间'赠'给教务长室的许多琐事上面。他耐烦

---

① 《诗刊》应为《现代诗》。

地给每一位新生讲解如何填卡片，虽然这些琐事剥夺了他许多宝贵的读书和写作时间，但他是情愿的。他是基督教徒，他深深地爱着人类。反饥饿进行时，听说同学们在六里台挨打了，刘先生夫妇是最先冒险从八里台去看望的。"

本月　写作散文《第一封信》。

11月　28日　《大公报》（天津）刊登通讯《播音剧时代——本市播音艺术研究社访问记》，记者讲述了访问天津播音艺术研究社的经过，其中提到刘荣恩为编剧组成员，称其对"莎士比亚戏剧造诣颇深"。

1948年

1月　24日　于《世纪评论》第3卷第4期发表小说译作《同学》（原作者 James Stephens［詹姆斯·斯蒂芬斯］）。

3月　于《文学杂志》第2卷第10期发表悼母散文《第一封信》。

4月　青岛《文艺》月刊总第4期《编辑记》披露该刊长期撰稿同仁有11个城市的44位青年作家，其中天津的有毛羽[①]、狂梦、刘荣恩、苏夫、万年青、吴伯扬、孟肇、毛永堃。（钦鸿：《〈青岛文艺〉和青岛20世纪40年代后期文学活动》，《文坛话旧·续集》，上海远东出版社，2009年。）

5月　3日　于《天津民国日报》第124期"文艺"副刊发表译诗《代兰·托马斯诗选》。

9日　《申报》刊登新闻《英文委会宣布 奖学金生名单》，刘荣恩为1948—1949年度驻华英国文化委会奖学金获得者。《大公报》（上海）也刊登了此新闻。10日，《大公报》（香港）也刊登了此新闻。

9月　2日　《申报》刊登新闻："本年度获得英国文化委员会奖学金学

[①] 毛羽与刘荣恩似乎关系密切。流传于网络中的一张《诗二集》照片显示此本诗集是刘荣恩送给毛羽的。

生张孝威、陈国珍、金继汉、奚元龄、谢绍安、徐国清、高怡生、廖翔华、刘荣恩、刘且如、卢观全、彭雨新、王崇武、杨新美、姚念庆、阎长泰、严元章等十七名，将于本月六日搭机赴港转英深造。英国新闻处定三日（星期五）下午五时假汇丰银行大厦举行欢送会并邀教次杭立武等出席致辞。"

5 日 《大公报》（香港）刊登新闻《英奖学金学生 即将经港出国》，其中提到刘荣恩等人"定于七日启程赴英，将在英国留学一年。除在港少数人外，彼等将于本月六日自沪离港，在港逗留一宵，翌日离港飞英。"

6 日 刘荣恩等坐飞机从上海抵达香港。

7 日 刘荣恩等从香港飞至英国，刘荣恩自此进入牛津大学贝利奥尔学院进修，此后一直居住在英国，从未回国。

1958 年

为 Mark Robson（马克·罗布森）导演的电影 *The Inn of the Sixth Happiness*（《六福客栈》）[①] 提供技术指导。

1972 年

英国企鹅出版社出版刘荣恩编译著作《六个元代剧本》（*Six Yuan Plays*），包括《赵氏孤儿》《倩女离魂》《窦娥冤》《张生煮海》《汉宫秋》《连环计》六个剧本。

[①] 该片主要剧情为：一位英国女佣葛拉蒂（英格丽·褒曼饰）想参加传教团来中国传教，但却因为资格问题而被拒绝入团。葛拉蒂不放弃这一想法，由西伯利亚铁路来华，到六福客栈传教并且帮忙。此时正是日本侵华时期，葛遇到中德混血儿上尉林（克德·朱尔吉斯 [Curd Jürgens] 饰）。林是国民党的情报官，劝葛回英国，而葛则以自己是中国公民而拒绝。后两人坠入爱河，但是时事不容得他们考虑。西昌传教士带来五十名孤儿，杰米逊博士准备用军车将孤儿撤往后方，葛便带领百名孤儿上路，跋山涉水、经过千难万险，终于将孤儿们带到了西安，完成了一般人视为不可能的巨举。具体剧情介绍引自：http://movie.mtime.com/18070/plots.html（登录时间：2019 年 3 月 20 日）。

1977 年

《六个元代剧本》得到重印。

1992 年

于英国期刊 *Pen International* 发表英文诗歌 *The Hammer* 与 *Action!*

2001 年

5月 6日 于伦敦去世,英国《独立报》发表讣告,介绍其生平[①]。

---

① 刘荣恩的讣告全文见:http://www.independent.co.uk/news/obituaries/liu-jung-en-9220225.html(因某种原因,此网站暂时无法打开,特此说明)。

忧郁灵魂的低语
——刘荣恩生平钩沉

吴 昊

对普通诗歌读者来说，刘荣恩（1908—2001）或许是个陌生的名字，他远不如同时代的沈从文、萧乾、卞之琳、李广田、梁宗岱、陈梦家等诗人与作家知名。实际上，刘荣恩在20世纪30至40年代的文坛中具有一定地位，他不仅自印出版了六部诗集，其长篇小说《一万个勇士》（1946）还于《大公报》（天津）长期连载。他还在《大公报》《益世报》《天津民国日报》《艺术与生活》《文学杂志》等30至40年代较为著名的报纸与杂志上发表过许多作品，这些作品除诗歌与小说之外，还有散文、书评、翻译作品等。从现实身份来看，刘荣恩是一位英文教师（曾在南开大学与天津工商学院附中执教）；就爱好来说，他除了写作与翻译之外，还是一位古典音乐爱好者、一位水彩画家，并热衷于参与期刊的编辑与剧本的编导。因此，刘荣恩可称得上是多才多艺，这是许多诗人与作家难以企及的。

就目前已有的诗歌选本来看，刘荣恩的作品已经得到了一些诗歌选家的关注。比如中国社会科学院文学研究所现代文学研究室编的《中国现代经典诗库（第6卷）》（北岳文艺出版社，1996年）就选了刘荣恩的两首诗：《薄暮》与《城门》。吴晓东所编选的几部诗集给予了刘荣恩较多的关注，比如《中国沦陷区文学大系·诗歌卷》（广西教育出版社，1998年）选了刘荣恩《十四行》《江雨中》《寂寞在兆丰公园》《Moto Perpetuo——寄无忌》《长安夜》等五首诗；《中国新诗总系 3 1937—

1949》(人民文学出版社，2010年)选了《十四行》《长安夜》《江雨中》等三首诗；《中国新诗百年大典 第6卷》(长江文艺出版社，2013年)更是选了《银壳上的一幅图画》《十四行》《长安夜》《江雨中》《寂寞在兆丰公园》《Moto Perpetuo——寄无忌》等六首诗。这些选诗说明，在吴晓东心目中，刘荣恩在20世纪30至40年代的中国诗坛中占有一个较为重要的位置。

　　一些文学史编纂者也观察到刘荣恩的诗歌史意义。比如钱理群、温儒敏、吴福辉所著的《中国现代文学三十年（修订本）》(北京大学出版社，1998年)中"新诗（三）"便提到"有些沦陷区诗人抒写着沉重的独语，倾心于哲理的沉思，显示出主知的倾向，代表诗人有闻青、刘荣恩（书中误作刘恩荣）、路易士等"，把刘荣恩视为"沦陷区诗人"的代表。无独有偶，在徐道翔、黄万华编《中国抗战时期沦陷区文学史》(福建教育出版社，1995年)、封世辉编著《中国沦陷区文学大系·史料卷》(广西教育出版社，2000年)、张泉著《抗战时期的华北文学》(贵州教育出版社，2005年)、黄万华编《中国和海外20世纪汉语文学史论》(百花文艺出版社，2006年)、严家炎编《二十世纪中国文学史 中》(高等教育出版社，2010年)，以及赵敏俐、吴思敬主编《中国诗歌通史 现代卷》(人民文学出版社，2012年)等文学史与诗歌史中，刘荣恩与吴兴华、南星、沈宝基、张秀亚、查显琳、路易士等诗人都被视为沦陷区的代表诗人。其中黄万华所编《中国和海外20世纪汉语文学史论》对刘荣恩的阐释颇具代表性："将个人在现代主义诗艺中的'沉重''低语'跟民族记忆更有意识地融合在一起。""在沉重而繁复的心灵独语中所诉说的，不能不说包含着时代的声音。"[①]黄万华的这种观点与毕基初在1944年所作关于刘荣恩的评论文章《〈五十五首诗〉：刘荣恩先生》中的表述不谋而合："我说这里的每一首诗都是沉重的独语，而且都是警辟的，带着中年人的辛酸，苦恋了心灵的山界，发出一点对于人生的微喟。"[②]20世纪40

[①] 黄万华编：《中国和海外20世纪汉语文学史论》，百花文艺出版社，2006年，第235、237页。
[②] 毕基初：《〈五十五首诗〉：刘荣恩先生》，《中国文学》第1卷第8期（1944年8月）。

年代可谓是充满战争与动荡的年代,"战争与文学与人"成为这个时代的重要主题。刘荣恩那些书写"黄昏的忧郁"、充满"沉重的独语"的诗歌就是在战争背景中完成的,它们不同于那些慷慨激昂的战歌,也不同于简单刻板的口号,而是作为个体的诗人在面对时代的风云变幻中所做出的一种个人化的选择:"诗人的心里充满了忧愁,也充满了慈爱。异族侵略者的残暴损害没有激起诗人的愤怒,反而洗净他的憎恨,升华他的情感,像站在高山上向苍冥的宇宙说着灵魂上神秘的语言的先知,把世俗的憎恶仇恨都溶进他深厚博大的爱与怜悯里。他恐惧的不是绞架刺刀和那群说着生疏的异国语言的暴徒,而是灵魂的受虐待,被屠杀,湮没在沙漠的荒凉里的寂寞。——他要求人们保持灵魂上的澄清明洁,忠实地服役于美的情感。"①

值得注意的是,在20世纪40年代,对刘荣恩的评价呈现出两极化。除了上述提到的毕基初、魏彧的文章之外,在李广田的《刘荣恩的诗》(《侨声报》"星河"副刊1946年10月28日)、李影心的《诗人心中的天地——论刘荣恩先生的诗》(《益世报》"文学周刊"第26期[1947年2月1日])等文章中,刘荣恩的诗都被视为战时诗人生命的独特表达而给予肯定。但在《诗与主题》(《大公报》[天津]"文艺"副刊第55、56、57期[1947年1月14日、17日、21日])这篇文章里,刘荣恩的一部分诗被作为"自怜自恋""政治感伤"的代表受到袁可嘉的点名批判,而袁可嘉认为刘荣恩的另外一部分诗则以"抽象思想"代替了"纤细感觉",也给予了批评。在批评刘荣恩诗歌的同时,袁可嘉高度赞扬了穆旦的作品,1947年3月22日《平明日报》所刊登的编者文章《杂志,副刊,中国的新写作》也应和了袁可嘉的这种观点。其实,无论是袁可嘉还是《平明日报》,对刘荣恩的批评都只不过是个人诗学品味的体现,并不是放之四海而皆准的真理。但在20世纪80年代之后,刘荣恩所得到的评论家与读者的重视要远远逊色于袁可嘉、穆旦等诗人,这种情况的出现,或许与诗人1948年去国(此后再未回国)有

---

① 魏彧:《忧郁的灵魂:刘荣恩的诗》,《文艺时代》第1卷第6期(1946年12月)。

关,也有可能与其诗集出版(自印出版)与流通(赠送亲友)的方式有关,并且袁可嘉、穆旦等人的光环也对刘荣恩这样长期处于华北沦陷区的诗人造成了一定的遮蔽。因此,对刘荣恩的生平进行钩沉,不仅能够使更多的人了解到刘荣恩的作品,也有助于彰显 20 世纪 30 至 40 年代中国诗歌创造的更多可能性。

一、四城记:杭州—上海—北京—天津

1908 年 11 月 14 日,刘荣恩出生于浙江杭县(今浙江杭州)的一个基督教家庭,刘荣恩本人也是一位基督徒。据陈晓维考证,刘荣恩的父亲是书商,曾在教会书店工作,刘荣恩在很小的时候随父母移居上海,上海话是他终生不忘的母语。① 在上海,刘荣恩进入了有美国浸会背景的明强中学,并于 1926 年担任明强中学年刊的美术部主任。由此可以见出,刘荣恩的编辑与美术才能在中学时期就展露出来。在 1926 年 9 月进入上海著名的教会大学——沪江大学之后,刘荣恩更是在音乐、创作、翻译、编辑等方面显示出卓越的才华。陈子善在《刘荣恩:迷恋古典音乐的新诗人》一文中分析了刘荣恩的几首与古典音乐有关的诗作,认为刘荣恩有较高的音乐鉴赏水准,实际上刘荣恩不仅懂得欣赏音乐,还是一位优秀的演奏者。他入学后不久便加入了学校的管弦乐队,并在弦乐组担任一提琴手,一年之后成为管弦乐队的副团长。在倾心于音乐演奏的同时,刘荣恩还从事沪江大学学生刊物《沪大天籁》(后改名为《天籁[季刊]》)评论栏的编辑工作。他在《评论编辑的牢骚话》中,鼓励沪江大学的同学拿出"二十世纪青年"的反抗力与冲击力,来与抑制学生言论的"堤坝"斗争,从文章的措辞中可以见出刘荣恩作为青年学生的个性。刘荣恩在这一时期的个性还表现在与一位名叫"碧青"的读者的论辩之中,虽然因为资料的局限,无以得见整个论辩过程,但从有限的几

---

① 陈晓维:《好书之徒》,中华书局,2012 年,第 266 页。

篇文章来看，刘荣恩对沪江大学此时的校风感到不满，认为有整顿的必要；并就女生的奇装异服问题与碧青展开了辩论。不过刘荣恩并不是只会在文章中倾洒年轻人的热血，他发表于《天籁（季刊）》（前身即《沪大天籁》）1928 年第 17 卷第 14 期的长文《英国盎格罗萨克森时代文学史大纲——诗歌》详细梳理了整个英国盎格罗—萨克森时代诗歌的发展情况及代表诗人，体现了刘荣恩深厚的英国文学功底。文中不少内容是刘荣恩从外国学者的著作中直译过来的，并且刘荣恩在文章的《跋》中称，这篇文章是其整个英国盎格罗—萨克森时代文学史书稿的一部分（第二章），足见其对英国文学史研究的雄心所在，作为一位仅 20 岁的青年学子，刘荣恩在文中展现出来的学术涵养是难能可贵的。

在写下《英国盎格罗萨克森时代文学史大纲——诗歌》这篇长文的同一年，刘荣恩转学至北平的燕京大学攻读英文文学专业。虽然目前还无从知晓刘荣恩为何从上海转学至北平，但从一首作于 1929 年 1 月 17 日的诗歌《我要回返南方》来看，刘荣恩对南方，以及身处南方的母亲，有着深刻的眷恋。这里不妨把这首诗歌展示出来：

> 我要回返南方——
> 　　母亲底故乡；
> 有凉雨在下
> 　　如银星下降。
>
> 我要回返南方——
> 　　母亲底故乡；
> 有往燕子矶去
> 　　黄的扬子江。
>
> 我要回返南方——
> 　　母亲底故乡；
> 因我苦受不了

南风的馨香。

十八年,一,十七。北平

这首诗发表于 1932 年 3 月 17 日的《南开大学周刊》第 125 期,也是目前能找到的第一首刘荣恩正式发表的诗作。虽然这首诗还略显稚拙,但足以透露出一个 20 岁游子的心声。在此后的岁月中,刘荣恩长期停留在北方,"南方"作为一个在空间方面难以回返的意象,伴随其思乡与思亲之情,出现在其 30 年代的一些作品中,如散文《除夕的话》《云点子》《在松江》、小说《初晚——献给我已故的母亲》等。可以说,刘荣恩在 20 世纪 30 年代对"南方"的书写加入了张洁宇所说的北平"前线诗人"群(如卞之琳、何其芳等)畅想"南方"的行列,而刘荣恩也与 1930 年身在北平的浙江籍诗人、沪江大学校友徐志摩相识,并在徐志摩的引荐下认识了另一位浙江籍诗人陈梦家。

1930 年,刘荣恩从燕京大学毕业,翌年进入南开大学新成立的英文系担任英文助教。在南开,刘荣恩正式开始了翻译与创作生涯。他正式发表的第一批作品是在《南开大学周刊》和《天津民国日报》的副刊"文学周刊"(南开大学中国文学研究会办,周作人题词)上,以译诗和小说为主。他不仅把一些外国诗人(如乔治·桑)的作品翻译成中文,还把中国诗人的诗作翻译成英文,比如徐志摩的《云游》《再别康桥》、郭沫若的《湘累》、陈梦家的《白马湖》、方玮德的《微弱》等。尤其值得注意的是刘荣恩对徐志摩、陈梦家作品的翻译,这是刘荣恩传达友情与敬意的方式。刘荣恩在《南开大学周刊》发表的第一篇小说就名为《买哭的故事(仿柴霍甫)——献于志摩先生之灵》。不仅如此,刘荣恩还向《天津民国日报》"文学周刊"的编委会提供了徐志摩的遗诗《想象你的句》,在为陈梦家小说《不开花的春天》所撰写的书评《鸡鸣寺的诗心》中也提到徐志摩给自己写的信。徐志摩、陈梦家在 20 世纪 30 年代对刘荣恩的影响是很大的,这种影响甚至能在刘荣恩日后的诗歌创作中体现出来。

1933 年年底之后,刘荣恩开始以本名和"子峤"这个笔名在《大公报》和《益世报》这两份在天津乃至全国都有重要影响力的报纸上发表译作与原创作品，在《大同报》《盛京时报》《武汉日报》等报纸上也偶有译作与书评发表。此外，刘荣恩还于 1935 年加入了由柳无忌、罗暟岚等人共同发起的"人生与文学社"，担任《人生与文学》杂志的发行人，并在此杂志上发表过作品。因此可以说，从 1933 年年底到 1937 年抗日民族解放战争爆发之前，刘荣恩的翻译与创作达到了一个高潮，这段时期他主要翻译了梅立克的小说，如《一个咖啡车摊的浪漫故事》《一个梦想》《灰尘胡同里的攻击》《献给维小姐》等，但这一时期他最重要的作品还是书评。萧乾在其回忆录中提到自己主编《大公报》后组织起了一支书评队伍，其中就有刘荣恩。刘荣恩的书评以评论国外作品为主，也有一些是评论国内作品的，如关于陈梦家《铁马集》的书评《一个牧师的好儿子》、评林语堂《吾国吾民》的书评等。评论国外作品的书评则体现了刘荣恩广博的外国文学知识与广阔的阅读视野，吉卜龄、赛珍珠、萧伯纳、T. S. 艾略特、A. E. 郝斯曼等作家作品，都在刘荣恩的评论范围之内。更值得关注的是刘荣恩针对爱克登（现多译作艾克敦）、陈世骧所译《现代中国诗选》所做的评论《评〈现代中国诗选〉》。刘荣恩在书评中肯定了爱克登与陈世骧在把中国新诗翻译到国外去这方面做出的贡献，但刘荣恩同时又指出爱克登与陈世骧在选择中国诗人时，忽略了刘梦苇、朱湘、方玮德、林徽因、汪静之、李金发、梁宗岱、饶孟侃等人的诗；并且爱克登与陈世骧在翻译的时候存在一些删节原诗诗句、不遵循原诗格律的问题。陈世骧在之后的文章中为自己做了辩护。从刘荣恩的书评和陈世骧的辩护文章来看，两人对中国现代诗歌翻译的理解有所不同（刘荣恩似乎更倾向于逐字逐句的直译），而《现代中国诗选》也因译者视野所限，无法收入更多的中国现代诗作。但争论本身就足以说明刘荣恩与陈世骧对中国现代诗歌的热爱。

从南到北，从杭州到上海，再从上海到北平、天津，刘荣恩生命中的前 30 年是在"四城记"中度过的。杭州、上海给予了他关于"南方"的回忆，而他在北平完成了自己的学业，并在天津开始了自己的翻译与创作生涯。然而平静的日子没有持续太久，卢沟桥的炮火很快烧到了天津。

二、乱世低语：沦陷区的诗歌写作

1937年7月底，日军炸毁南开大学，而在此之前的几天，南开师生便开始逐渐撤离学校，准备与北京大学、清华大学的师生一起南迁。刘荣恩也跟随南迁的队伍到达了长沙，在长沙临时大学教授英文课程。但刘荣恩是否在1938年跟随三校师生到达昆明，从目前的资料来看还有待证明，因为西南联合大学的教职员名单中并没有刘荣恩的名字。这种情况的出现很大程度上是由于刘荣恩在西南联大的生活与爱情之间，选择了后者——因为女友程荫生病，他穿越半个中国，又回到了天津，并于1940年与程荫结婚。这一时期的天津在之后的文学史叙述中被视为华北沦陷区的一部分，刘荣恩与程荫在天津生活，意味着要忍受困苦与迫害。刘荣恩在天津工商学院附中当英文教师时，就曾因汉奸特务告密，与其他几名老师被日本侵略者以煽动学生抗日的罪名逮捕，关进了日本宪兵队，由于查无实据，后被释放。

虽然生活艰难，但刘荣恩却从未放弃对生活的希望，他给自己出生于1941年的女儿取名"陶陶"，希望她天真、快乐。更引人注意的是，自1938年起，刘荣恩开始了大规模的诗歌创作，并以自印诗集这种独特的方式来展现自己的作品。他先后自印了六部诗集，分别为《刘荣恩诗集》(1938，共59首)、《十四行诗八十首》(1939，共80首)、《五十五首诗》(1944[①]，共55首)、《诗》(1944，共46首)、《诗二集》(1945，共46首)、《诗三集》(1945，共54首)。在战火纷飞的年代，刘荣恩竟然创作了340首诗，这个数量可谓惊人。他的诗集是以赠送亲友的方式传播的，不以盈利为目的，只为向知音倾吐心路历程。刘荣恩的诗作内容以回忆往事、记叙日常生活、表达个人情感为主，基本没有宏大题材。李广田在发表于1946年的一篇文章中谈到刘荣恩在沦陷区期间的

[①] 刘荣恩在1944年3月18日给友人的信中谈到《五十五首诗》即将出版，这与一些沦陷区文学史著作的说法（1940年）有所不同，这里采用刘荣恩本人的说法。

诗:"他的灵魂在如此悠长的岁月中休养痛苦的旅行,这正如他在诗里常有的表现:他有'一颗有深藏着的痛的心'(《黄昏里死去》);他所感到的是'痛的是世界的心'(《翡翠雕刻的鸟》);他总是'为古今愁着,太难受了哭不出来'(《傍晚散步》)。他无可如何,既不能离开,而住下来又非常痛苦,他既不能像一个实际行动者一样去[1]拼命苦斗,又不能像一个麻木不仁的人一样无感无觉,他既不能向前猛进,也就只好在自己生命中寻找另一种寄托,于是他的诗里边扩满了命运的色彩,到处是愁苦的声音,这也就成为他的诗主要部分。"[2]李广田的话揭示了刘荣恩诗歌的基本品质:忧郁灵魂的低语。在战火纷飞的年代,刘荣恩没有振臂高呼、呼吁民众起来抗战,更没有喊宣传口号和标语,而是回到内心,在诗中营造了一个充满"回忆"与"忧愁"的世界。比如这首收录于《十四行诗八十首》的《十四行第五十八》:

经过死亡[3]的幽谷,寂寞得要哭;
　　乡间风光,渡过海江[4],小池塘,
　　一滴一滴的恋爱[5]珠散在去程上,
要带回去的惦念给我心痛的。

竹香中江南的雨点掉在脸上;
　　灰色天,黄的扬子江压在心头;
　　向友人说什么,看看船后的水沫。
下站是九江了,着了岸是半夜;

---

[1] "去"字原文错印为"夫"。
[2] 李广田:《刘荣恩的诗》,《侨声报》"星河"副刊1946年10月28日。
[3] 该诗收录在《十四行诗八十首》内,亦收录在《友情》中,再发表于《艺术与生活》第32期时,"死亡"二字误作"死之"。
[4] 在《友情》中,"海江"二字作"江海",《艺术与生活》第32期亦作"江海"。
[5] 在《友情》《艺术与生活》中,"恋爱"均作"恋意"。

我所站的地会应着远地人的心。
　　长江的尾巴长长的拖着渔村，
　　头向长处去探更远离她的埠头；
骑在江背上没有言语寂寞着看水。

　　没有辞别，走得很快，上了船，
　　几时再能看我北国的云和我的荫。

这首诗从内容上来看似乎是写于南迁之时，一直让刘荣恩魂牵梦绕的"江南"此时成了一个沉重、压抑的意象，因为渡过长江之后，便离"北国的云和我的荫"更远了，不知几时再回返。"经过死亡的幽谷"所带来的悲伤与离愁别绪掺杂在一起，这是身处于战争背景中人的一种普遍心理。

袁可嘉在1947年的文章《诗与主题》中批评刘荣恩的诗"自怜自恋"，有"政治感伤"的倾向，但袁可嘉没有想到的是，一个长期在日寇黑暗统治下的灵魂，他必然要在诗中找到一种纾解情感、自我拯救的方式。刘荣恩在书写日常生活事物时所流露出的对生命之美的热爱、对纯洁灵魂的坚守，呈现出战时诗歌创作题材除"祖国""人民""土地"之外的更多可能性。更值得注意的是，与吴兴华、南星、沈宝基等诗人一起，刘荣恩在沦陷区的诗歌创作加入了在作品中弥合"古典"与"现代"缝隙的队伍之中，他的诗歌中充满大量的古典意象，如"黑龙江的明妃""故宫""红楼梦""昭君墓""湘水"等，但这些意象的使用掺杂了现代人的感受。比如《长安夜》：

　　在盛唐时
　　去走一趟长安的夜街市！
　　埠头小酒家的卖酒幌子[①]招摇着

[①] 该诗选自《五十五首诗》，发表于《艺术与生活》第38、39期合刊时"卖酒幌子"作"卖酒旗"。

>走遍江湖，重赴关山的夜游魂。
>车马载的是中国的幸运儿，
>凤凰飞来装饰丫鬟的头；
>中原千年梦的典型①。
>香的是陕西盛唐时的长安夜！
>这是永远诗底疼，不能
>趁着红灯，月亮跟着，
>有长安的妓女扶着笑
>回家烂醉豪唱的诗人。

刘荣恩在诗中想象了盛唐时的"长安夜"，千年前的繁华与如今的萧瑟落寞形成了鲜明的对比。"中原千年梦的典型"在炮火声中沉淀为"永远诗底疼"，而诗人的"烂醉豪唱"也变为"沉重的独语"，这可以视为沦陷区诗人的典型心态。而与沦陷区许多诗人类似，刘荣恩也在自觉地进行格律的探索，他的《十四行诗八十首》自印出版的时间（1939）要早于冯至的《十四行集》（1942），似乎可以视为自李惟建十四行长诗《祈祷》（1933）之后的第一本十四行诗专集。这部诗集中的作品形式上全部采用莎士比亚体，但在音韵方面有变体，更符合汉语的阅读习惯。许霆在《中国十四行诗史稿》（北京大学出版社，2017年）一书中已经注意到了刘荣恩十四行诗中存在的变体现象，这是一个重要的发现。

刘荣恩自读书时便热衷于编辑活动，即使在沦陷区，他也没有放弃对编辑事业的热爱。1944年3月，刘荣恩创办《现代诗》杂志，至1945年8月出11期后停刊，1947年4月复刊，5月出第13期后终刊。封世辉认为《现代诗》是华北沦陷时期出刊时间最久的新诗专刊，闫立飞主编的《抗战时期的天津文学》中认为《现代诗》是抗战时期华北沦陷区刊行的唯一一种新诗杂志。虽然这两种说法有待进一步考证，但从《现代诗》持续的时间及其收录的作品来看，它无疑为华北沦陷区的青年诗

---

① "中原千年梦的典型"在发表于《艺术与生活》第38、39期合刊时作"中原千年，梦的典型"。

人提供了一个发表作品的平台,刘荣恩也在此杂志上发表了一些诗作与译诗,如爱略忒(现多译作艾略特)的《早晨凭窗》,保恩德(现多译作庞德)的《回来》等。

在天津工商学院附中任教的这段时间里,刘荣恩还在《公教学志》《工商生活》等天津工商学院所办的刊物上发表过作品。他从来没有放弃过创作,漫长的黑暗岁月中,诗歌成为他安慰寂寞灵魂的方式。

三、去国:天地玄黄时的选择

1945年9月6日,《天津民国日报》随着抗战的胜利而复刊。10月6日,《天津民国日报》开辟一个"副刊",刘荣恩在此期副刊上发表了诗歌《风雨夜归》,这意味着经过漫长的等待,刘荣恩又获得了在报纸上发表作品的机会。更值得刘荣恩高兴的是1946年1月8日,他作为南开大学复校委员会的成员协助黄子坚办理了南开大学八里台校区的接收事宜,他也将获得回到南开工作的机会。实际上,当南开大学在天津复校之后,刘荣恩便成为外国语文系的副教授。对于刘荣恩来说,1946年还有一件具有重要意义的事,他的长篇小说《一万个勇士》在《大公报》(天津)从1月11日开始连载,至12月30日连载完毕,历时近一年。据目前可以查明的资料,刘荣恩在1946年还担任过《大公报》(天津)"天津客"这个副刊的编辑。因此,对刘荣恩而言,1946年可谓是平稳的一年。但这样的日子并没有持续太久,随着国共内战的爆发,刘荣恩等南开师生的生活又一次受到饥饿及动荡的威胁。1947年5月20日,南开大学"5·20"反内战反饥饿学生运动爆发,但学生们的游行示威受到国民党特务的压制。于是南开大学学生自治会召开全体同学大会,决定罢课至6月1日。大会期间,刘荣恩与李广田、滕维藻、何炳林、张肇科、周基堃等南开大学的老师一起来看望了同学们。从这可以看出,刘荣恩对同学们的进步运动是十分支持的,已经经历一次战争伤痛的他并不希望悲剧再次发生。5月28日,刘荣恩还和北平、天津两地高校教职工五百余人共同发表呼吁和平宣言,并在宣言上签名。可以说,刘荣恩1947年的生活并不平静,还很忙碌,在傅冬菊所写的一篇名为《暮秋访教授们》的通讯中可以看出刘荣恩1947年的生活状态:"他担任外语系莎士比亚、戏剧和近代英诗三门课程。但在百忙之中,还把大部分时间'赠'给教务长室的许多琐事上面。他耐烦地给每一位新生讲解如何填卡片,虽然这些琐事剥夺了他许多宝贵的读书和写作时间,但他是情愿的。他是基督教徒,他深深地爱着人类。反饥饿进行时,听说同学们在六里台挨打了,刘先生夫妇是最先冒险从八里台去看望的。"①

的确如傅冬菊所说,自从刘荣恩于1947年4月被聘为南开大学训育委员会委员后,他公开发表在报刊上的创作与翻译作品的数量明显少了许多。据目前能够查到的资料,刘荣恩最后一次在国内的报刊上公开发表作品是在1948年的5月3日,他在《天津民国日报》的"文艺"副刊上发表了译诗《代兰·托马斯诗选》。代兰·托马斯,现在通常被译为狄兰·托马斯,以《通过绿色茎管催动花朵的力》《不要温和地走进那个良夜》等诗为中国读者所熟知。而早在20世纪40年代,刘荣恩就注意到了狄兰·托马斯的诗歌,并把 The Force that Through the Green Fuse Drives the Flower 翻译为《那穿透过绿色导电线而驾驭花朵的力量》,除此之外他还翻译了《没有太阳发亮的地方光明爆裂》《二十四年》《签文件的手克服了一座城》《死亡将没有统治权》等诗。从时间来看,或许刘荣恩是最早把狄兰·托马斯的诗翻译成汉语的诗人。而在刘荣恩发表这组译诗的几天之后,《申报》《大公报》(上海)、《大公报》(香港)陆续刊登相同内容的新闻:刘荣恩等十七名中国大学毕业生获得1948—1949年度驻华英国文化委会奖学金,并且有机会去英国留学。这对于一向热爱英国文学的刘荣恩来说是难得的机会,但在1948年这个具有特殊意义的年份,去国成为一个不得不慎重思考的选择。出国意味着刘荣恩可以去牛津大学贝利奥尔学院研究他崇敬的莎士比亚,但也可能从此一去不返,因为在"天地玄黄"的时刻,局势每天都在发生变化。不过刘荣恩

---

① 傅冬菊:《暮秋访教授们》,《大公报》(天津)1947年10月20日。

最后还是选择了出国,他于 1948 年 9 月 6 日从上海到达香港,次日从香港飞赴英国。不知道刘荣恩在登上飞往异国的飞机的一刹那,心中会作何感想。他是否想到了自己几年前写《十四行第五十八》的那一瞬间?

据陈晓维在《好书之徒》中所写,刘荣恩的妻子程荫在当时伦敦大学东方学院的教授沃尔特·西蒙的帮助下,在伦敦大学取得了一个研究助理的职位。1949 年,程荫带着女儿刘陶陶,从北平到香港,又坐船到伦敦,在英国与刘荣恩会合。这一家人从此便远离了国内的纷扰,在英国安静地居住下来,刘陶陶后来也成为牛津大学的老师。刘荣恩仍然从事着他热爱的翻译工作,并于 1972 年在企鹅出版社出版编译著作 Six Yuan Plays(《六个元代剧本》,1977 年重印),把《赵氏孤儿》《倩女离魂》《窦娥冤》《张生煮海》《汉宫秋》《连环计》等六个剧本翻译成英文。由此可见,刘荣恩不仅热衷于莎士比亚研究,还深谙中国传统戏剧,或者他已经发现了元杂剧与莎士比亚戏剧之间的内在联系。至于诗歌写作,刘荣恩出国后公开发表的诗歌难以见到,不过在刘荣恩 2001 年 5 月 6 日去世后,英国《独立报》为其刊登的英文讣告中提到刘荣恩 1992 年曾于英国期刊 Pen International 发表英文诗歌 The Hammer 与 Action!。此时刘荣恩已是 84 岁高龄的老人了,距离他第一次正式发表作品,已经过去了整整 60 年。据说刘荣恩出国之后再也没有回国,他更希望使在中国的往事沉淀为永恒的回忆……

四、寻找刘荣恩

第一次知道刘荣恩这个名字是在 2014 年。我的导师张桃洲教授在一次与我的交谈中提到,中国现代诗歌史上还有很多诗人的作品未得到深入挖掘,比如刘荣恩、南星、罗寄一、吕亮耕……对于初入学术门槛的我而言,这些名字在当时来说都是很陌生的。不过,因为博士论文主要做当代诗歌,所以我一直到博士论文初稿完成之后(2017 年 6 月)才正式进入现代诗歌史料整理与探索的"故纸堆"。我选择的第一个生平钩沉对象是刘荣恩，因为他的诗集为自印出版，其他生平和作品资料较难收集，这对我这个史料研究新手来说是一次有益的挑战。并且我在搜集资料的过程中发现刘荣恩的作品在形式建设、精神资源、语言使用等方面体现了20世纪30至40年代中国新诗发展的更多可能性，因此他的作品的价值有待进一步挖掘。

诗集的搜寻方面，在中国现代文学馆王秀涛与张元珂二位老师的帮助下，我于文学馆"巴金文库"见到了《刘荣恩诗集》，我看到的这本是刘荣恩送给巴金三哥李尧林的。在北京大学图书馆我找到了《诗五十五首》，北大所收藏的这本书注明："刘荣恩送马奔"。此外，我在孔夫子旧书网买到了《诗》的复印本，并从刘福春教授处得到了《十四行诗八十首》（此本为刘荣恩送南星）《诗二集》的全部复印本照片。目前仍有《诗三集》未能找到，希望能在不久的将来见到此书，为刘荣恩出一部诗文集。在生平资料与其他作品方面，我利用知网、读秀、全国报刊索引、民国文献大全、大成老旧刊、爱如生、大公报、申报等数据库查到了部分刘荣恩的作品与生平情况，又通过国家图书馆的缩微文献阅览、报刊阅览等服务找到了刘荣恩在《大公报》《益世报》《天津民国日报》《武汉日报》《大同报》《盛京时报》《文学杂志》《艺术与生活》《人生与文学》《现代诗》等民国报纸、期刊上发表的作品。在此向王秀涛老师、张元珂老师、刘福春老师、李润霞老师、吴心海老师、徐自豪老师以及北京大学图书馆、上海图书馆、国家图书馆的相关工作人员在查阅资料的过程中为我提供的帮助表示感谢！

然而我所做的这份工作仍是不完善的。因现实条件与个人视野所限，我对刘荣恩1931年进入南开之前的资料，以及1948年离开中国之后的资料仍然了解较少，目前所获得的资料也难免有疏漏与讹误之处。因此"寻找刘荣恩"仍然是一个未完成的过程，而与刘荣恩同时期的沦陷区诗人（如吴兴华、南星、查显琳、沈宝基等）的相关研究资料也不够充分，有待进一步的挖掘。

诗人研究

在"现实"里寻找诗的"便装"
——张枣佚诗《橘子的气味》细读

颜炼军

一、绪论

2008年,在笔者(此处指颜炼军)与诗人张枣的访谈《"甜"》的末尾,他说道:"……诗歌也许能给我们这个时代元素的甜,本来的美。"[①]诗人"元素的甜"的说法,启发了笔者以"甜"字作为这篇访谈的题目。更有意思的是,这一表述后来广受关注,甚至被一些诗家视为理解他诗歌的关键词之一。此后很长时间里,笔者都以为这是诗人的即兴妙语,因为与张枣相处过的人,对他的妙言快语的印象是如此深刻。

但最近,在一首新发现的、诗人完成于1999年的诗作里,我们可以惊讶地看到,张枣早就讲过"元素的甜"一词。此中见出的诗人精思熟虑的写作品质,以及诗学观念的一贯性,引发笔者琢磨此诗的兴趣。这首诗叫"橘子的气味",刊发于《今天》杂志2000年第1期,迄今没收入过目前所见的任何张枣诗集之中。不久前笔者整理资料时,无意中发现该诗的一个片段,当即托师友四处寻找这期《今天》杂志,最终看到了该诗的全貌。笔者兴奋地发现,这不但是一首上好的诗作,而且在张

[①] 颜炼军、张枣:《"甜"——与诗人张枣一席谈》,颜炼军编:《张枣随笔选》,人民文学出版社,2012年,第224页;在同年与白倩的访谈里,张枣也有类似的言说,同上书,第230页。

枣的写作谱系中，它具有多方面的价值。

1996年由文化艺术出版社出版的《春秋来信》，是张枣生前在中国大陆唯一出版的诗集，可以说是他的自选集。自那以后，他的创作量比起之前更少。相较而言，2000年前后的几年里，是他后期创作最旺盛的阶段。这期间，他写了包括《大地之歌》《父亲》在内的一批重要作品。在他本人看来，这些作品对他之前的写作形成了一个超越。这首《橘子的气味》应是其中之一。该诗共37行，无论体量和质量，都值得重视。首先，诗中不少细节，都是理解张枣诗歌，尤其是后期诗歌的重要入口。其次，在这首诗里，显示了张枣诗歌的某种变化。由于长期寓居国外，张枣的写作与大陆20世纪90年代汉语诗歌常见的"现实"和"历史"意识，一直有着相当的距离。2000年前后，他开始频繁地回国，几年后，就决定回国工作。因此，他这期间的作品中对中国经验的直接处理也明显多起来，这首诗即是证明之一。

在20世纪80年代后期到90年代中期的诗中，张枣的写作更多地抒写个体在欧洲的流亡和异地处境。因此这时期张枣的诗歌常常写"室内"主题（以《卡夫卡致菲丽丝》为代表）。而在2000年前后的这一批诗里，以1999年写的《大地之歌》为代表，他开始尝试处理较为宏大的社会经验和场景。这首《橘子的气味》(1999)不如《大地之歌》宏壮，但诗歌本身的结构却显示出一种过渡特征：从"室内"主题过渡到社会性主题。下面，笔者拟从三个角度，来谈谈此诗如何逐步从"室内"主题移向"社会"主题，将"小现实"和"大现实"一并统摄于自己独有的诗歌罗网里，呈现于词语的密响中。为方便读者理解，先呈上全诗：

橘子的气味

1

一只剥开的橘子：弥漫的
气味，周游世界的叮当声。
姑息者在理顺一封激烈的信。

你仍在熟眠。你梦见一位
从前的老师,他脱下手套
嘀咕着,你一定要试一试。

2

别人的余温。枪栓的回声。
紊乱之绿,影子移向按钮,
巴基斯坦将隆起政变的肌肉。
更多的迹象显露:石头
出汗,咖喱粉耗费太多,
太阳像只煎蛋落魄在油锅。

3

而且,那一切不可见的,
一个异地的全部沉默与羁绊,
都会从临窗眺望者的衬衣

显露出来,我们,忧郁的伞兵
裸降在夜台北的网球场,
寻找便装,脸上毫无骄傲。

4

你梦见你仍在考试,而洪水
漫过了你的腰际。黑板上
重重地写着考题"甜"字。
你的刘海凝注眉前,
橘子的气味弥漫着聪慧——

　　　　5
你想呀，想：对，一定是
那种元素的甜，思乡的甜。

浊浪滔天，冲锋舟从枝头
摘下儿童，你差点尖叫起来，

如果你不是名叫细心者，
如果没有另一个你，在

纽约密楼顶的一间健身房里。

　　　　6
答卷上你写道：我的手有时
待在我内裤里的妙处，
　　　　　　　　有时
我十指凌空，摆出兰花手，
相信我：我是靠偷偷修补天上的
竖琴
　　而活下来的……

二、从"橘子"说起

　　这首诗里，首先引人注意的是题目中的"橘子"。在张枣的诗里，橘子出现的次数不少，堪称典型的室内意象。比如，"经典的橘子沉吟着／内心的死讯"（《断章》）；"谈心的橘子荡漾着言说的芬芳，／深处是爱，恬静和肉体的玫瑰"（《跟茨维塔耶娃的对话》）。还有一个相似意象："橙子"。比如在《高窗》一诗里，就有一位剥橙子的女性形象。在另外的诗里,也有可作类比的"橙子"形象:"橙子的皮肤脱在地上/心脏却不翼而飞"(《夜色温柔》);"一颗新破的橙子为你打开睡眠"(《空白练习曲》);"它低徊旋转像半只剥了皮的甘橙/吸来山峰野景和远方城市的平静"(《风向标》);"火速运来运去的橙子,谁来拯救?"(《孤独的猫眼之歌》)可以从中看出张枣比较一贯的体物方式:静物内在的对话性,静物与宇宙无限之间的关联。关于"橘子""橙子",张枣的情有独钟,似有一个更为直接的来源。这需要稍作展开,才能讲清楚。

据笔者与张枣的交往经验,他非常喜欢周邦彦。记得2008年,诗人郑单衣来京,与张枣、敬文东两位老师一道,我们在中央民族大学西门吃饭。席间,讲起"郑单衣"这个名字,张枣立即用长沙话背诵起周邦彦的《六丑·蔷薇谢后作》——其中有"正单衣试酒"一句,说明"郑单衣"这一名字的来由。也就在这首词里,有张枣在《空白练习曲》和《云》两首重要作品中都用过的"颠袅"一词——从前读到这个词时,一直觉得有点怪,因为现代汉语里不常用。后来在周邦彦作品里看到,才惊喜其来由。采撷古诗文中的妙词好字,在张枣的写作里并不罕见,哪个细心的写作者不曾为找到最精准的字词动过各种脑筋呢?回到张枣喜爱的"橙子""橘子"。在周邦彦词里曾有一个非常经典的描写:"并刀如水,吴盐胜雪,纤手破新橙。"(《少年游》)。每看到张枣笔下剥橙子或橘子的女性形象,总是令人想起周邦彦的这一句词。笔者一直疑心,张枣的橘子、橙子等形象,正是源于此。所以,看到"橘子的气味"这个题目时,笔者首先猜到,诗中肯定有一位女主人公。当然,张枣在诗歌音律方面的考究与周邦彦也有几分相似,在当代汉语诗人中亦罕有相匹者。关于张枣作品中的音律特征,江弱水的精细辨认和解读可以作证。①

当然,由于张枣乃湘楚人氏(张枣2004年写过一首诗就叫"湘君",直接取自《九歌》,可谓新诗人中的胆大者),我们也可以把张枣对橘子的迷恋,理解为一种对故土的思念("橘子洲头"曾出现在张枣《父亲》一诗里),一种对湘楚古典诗歌的接应。屈原有一首《橘颂》,张枣也非

---

① 参见江弱水:《诗的八堂课》,商务印书馆,2017年,第67—74页。

常喜欢，笔者听过他用长沙话背诵。屈原在此曾写了南国之橘的漂亮："绿叶素荣，纷其可喜兮。曾枝剡棘，圆果抟兮。青黄杂糅，文章烂兮。精色内白，类任道兮。"马子端尝云："《楚词》悲感激迫，独《橘颂》一篇，温厚委屈。"① 张枣写橘橙之温厚细致，颇似屈原。橘树是楚地常见之物，屈原的细致描写，肯定有亲身体验，而非后世所理解的简单人格比附。司马迁在《史记·货殖列传》就曾记述："蜀、汉、江陵千树橘，与千户侯等"，足见古时橘子树遍及南方，带来甜美和富庶。南朝梁代刘孝标《送橘启》亦写过南中之橘的甜美："南中橙甘，青鸟所食。始霜之旦，采之风味照座，劈之香雾噀人。皮薄而味珍，脉不粘肤，食不留滓。甘逾萍实，冷亚冰壶。可以熏神，可以芼鲜，可以渍蜜。毡乡之果，宁有此邪？"② 刘孝标笔下的橘橙，可谓"思乡果"，虽然张枣未必注意过刘孝标此文，但"采之风味照座，劈之香雾噀人"，大可以帮助我们理解张枣诗里出现的"橘子的气味"和"思乡之甜"。

　　现在我们可以回到此诗了。诗的首句是："一只剥开的橘子：弥漫的／气味，周游世界的叮当声。"以此为一首诗的开头，颇有算计。这几句诗可谓看似平易，其实精致。剥开的橘子，潜藏着一层意思：一首诗从此开始了。气味包含着某种时间结构，正如普鲁斯特那块儿著名的玛德兰小蛋糕引起的追忆。气味也包含着一场迷思，比如引起对远方、故乡的想象，与周邦彦甚至屈原作品的秘密衔接。橘子的气味，显然意味着室内，而诗人在"气味"的弥漫里，加上"周游世界的叮当声"，则把诗歌置放到一个浩大的空间之中。浩大亦非空无牵拘，有"气味"和"叮当"使之落实为味觉和听觉的具体感。

　　从"橘子"开始的时间和空间两个维度，在后面的诗句中继续展开。"姑息者"在写信；熟睡的"你"（从第四节里的"刘海"，可知是女性），则正"梦见从前的老师"。"姑息"与"激烈"，暗含了男主人公生活中正在经历不足外道的秘密。把自己称为姑息者，意味着自责；"激

---

① 谢榛、王夫之：《四溟诗话 姜斋诗话》，人民文学出版社，1961年，第60页。
② 罗国威：《刘孝标集校注》，学苑出版社，2006年，第11页。

烈"的信，可能是来自远方的写信人的责备或误解。眼前被梦境笼罩的"你"，显然已非寻常之"你"。"姑息者"与"你"之间的关系，也因此引人猜测，他们之间，是恋人关系？或别的？我们不得而知。总之，置身于此情此景的"姑息者"，暂时从远方激烈的写信者和眼前的熟睡者中摆脱出来，陷入一种类似于《庄子》中讲的"吾丧我"的走神状态，按照张枣本人的话讲，就是枯坐。这种状态，当然也是一首诗微光初现的样子。

三、可见与不可见

　　从第一节的细节和第三节的"夜台北"，我们大致可得知，诗里写的是凌晨天将晓这段时间。作为一个长期的失眠者，张枣写失眠，写长夜补饮、灯窗苦吟的诗不少。他去世前几年写的那篇精彩的散文《枯坐》，对此有过精彩的透露。读这首诗，也能看到一个彻夜失眠者的形象。

　　我们先看第二节。这一节给读者的印象是注重押韵。如果说第一节有明显的情节性，那么第二节是在写环境和氛围。诗人细心地在不同的环境要素之间，建立某种共振机制，形式上体现为三组押韵："余温"与"回声"，"按钮""肌肉"与"石头"，"咖喱粉之多""落魄"与"油锅"。它们就像一个三角形，支撑起这首诗里的氛围。

　　第一组呈现室外的元素：凌晨早起带着"余温"的行人，不知何处传来的枪栓回声（也许是电视里传出），还有绿树窗边送影。同时，与下文形成密通：巴基斯坦和许多伊斯兰国家的国旗都是绿色，上有星月图案。"紊乱之绿"或许也暗指下文电视里举着国旗游行示威的场景。这种双关之法，可谓险而不僻。

　　第二组将视线转移到室内：主人公更换电视频道，看到新闻正播放巴基斯坦突发的政变。经笔者查证，巴基斯坦政变发生在1999年10月12日。13日凌晨3点20分，发动政变者穆沙拉夫宣布谢里夫政府被解散。由诗歌里这个细节，亦可大致推测该诗的具体写作情景。而"巴基斯坦"与"隆起"之间,有着声音和意义上的细致设计,"坦"是"平坦",与"隆起"组合,意味特别。不知电视新闻看了多长时间,东方渐白,因此说"更多的迹象显露"。诗歌本身的推进,即是"更多迹象显露"的过程。当然,接下来写到了露水——石头出汗,诗人荡开一笔到室外,对早晨石头上的露水作拟人化描写(1999年10月9日为寒露,杜甫名句"露从今夜白"中,露亦与思乡有关)。

"咖喱粉""煎鸡蛋"则把焦点聚集到厨房,但诗人很巧地让它们免于日常之琐碎:"耗费"一词,让人想起张枣的"浪费"诗观。① 咖喱粉自然地让人联想到穆斯林的饮食,与"紊乱之绿"形成隐性关联,一个是色,一个是味。"太阳像只煎蛋"有声韵之美,也把室内物象与宇宙物象连贯,与第一节中的"周游世界",以及第二节中的"紊乱之绿"中可能包含的星月图案款曲暗通。总之,通过押韵和换韵,借助拟人和隐喻,凭借室内室外物象之间的共振,仰赖室内与远方(巴基斯坦)之间的勾连,诗人不但呈现了以室内为核心的世界,也为之搭建了一个隐在地充满着色味声响的秩序。

第二节写可见物象,第三节则推进一步,写"一切不可见的"。诗人起笔就用暗劲,把忧郁比喻为伞兵,并直接赋予"我们"的口吻。如何把可见之物与一切不可见的勾连起来,这是现代诗歌的核心命题之一。因为,古典时代的"不可见",是与各种面目的神性/道联系在一起的。一切事物都是神性/道的显露,诗歌乃至所有人认知事物的努力,都是接近其中包含的神性/道,或康德意义上的理性——它们是世界真相、事物完整的保证。无论是中国古典诗学里的"如有神助",还是古希腊柏拉图的灵感说,都与上述秩序相关。在古典知识系统失效的现代,如何在"可见"与"不可见"之间,建立新的有效沟通,是现代人类最大的生存困惑。比如,现代天文学知识建构起来的无限的宇宙,对我们可以说是不可见的,我们如何在其中寻找到自己存在的意义?现代人类大规模地改造了地球上物的质地和秩序所造成的后果也是不可见的,如何规避其

---

① 颜炼军、张枣:《"甜"——与诗人张枣一席谈》,《张枣随笔选》,第213—214页。

中的风险？我们不得而知。如德语现代诗人里尔克（Rainer Maria Rilke）指出的："在这个被人阐释的世界，我们的栖居不太可靠。"① 如此来看这一节，便令人思索良久。诗人写"一切不可见的"，从"临窗眺望者的衬衣／显露出来"，颇费心思。在几年前写的《祖母》中，也出现过类似妙句："给那一切不可见的，注射一针共鸣剂。"张枣诗歌中常见类似表达，在汉语里不常见，他也许是受到德语表达"machtsichtbar"（使看不见的东西被看见）的启发。对于一个现代人来说，"一切不可见的"包含哪些内容？古典式的超验显然无效，但现代人之不可见者，也许更杳渺无望。"无"这个字，在古典汉语中，即是"眼睛不可见的事物"之义，诗人这里暗藏了"有无相生""一阴一阳之谓道"的古典辩证法。

虽然"不可见"，却有"临窗眺望"一句。这既表明现代诗歌的努力，也是对古典诗歌的戏仿：因为"临窗眺望"是古典诗文中非常优美的一个姿势。比如在"窗含西岭千秋雪"中，眺望与"千秋"之抽象相关，又落实到"雪"之具象上，由所思到所见，立象尽意，可谓精妙。顾随解读此句说："诗人的心扉是打开的，诗人从大自然得到了高尚的情趣与伟大的力量。"② 而现代诗人的临窗眺望，已无"千秋雪"之参照，看到的只是忧郁如"伞兵"降落。"伞兵""网球场"……它们作为现代人造之事物，都无法提供"千秋雪"含有的超验的、超历史的参照，自然也缺乏"高尚的情趣与伟大的力量"，但现代诗又必须面对它们，就像现代人以它们构成之世界为日常必需一样。"裸降"似乎有一个向上的、超验的意图，但也只是诗人设置的一个模仿性动作。

基于以上分析，再回头来看"一个异地的全部沉默与羁绊"一句，就有别样意味。表面看起来，"异地"乃羁旅感受。台北对诗人是"异地"；众多当代诗人流寓欧美，是"异地"；中国当代以来大规模的工业化和城市化，令几乎所有人都有"异地"感。诗中的"姑息者"和"你"亦身处"异地"。实际上，失去"千秋雪"式的超验的、超历史的参照的

---

① 里尔克：《杜伊诺哀歌》，林克译，同济大学出版社，2009 年，第 40 页。
② 顾随讲，刘在昭笔记：《中国经典原境界》，北京大学出版社，2016 年，第 300 页。

现代生存处境，如张枣所言，其沉默和羁绊，乃是最难摆脱之"异地"，在无所不在的异地，"我们"的忧郁寻找任何便装，做任何努力，都无法获得生存的骄傲和自在。悖论正在于此：现代诗人必须把这样的普遍处境诗意化，在没有诗意的地方发明诗意。

四、梦境、洪水和答卷

"眺望"结束了，在第四节和第五节里，诗人的写作视角转回到室内。同时，诗人通过写女主人公的梦境，再次将诗歌的时空幅度展开至最大。女主人公继续在做梦，梦中有一场考试，也出现了洪水。这个设计非常好，首先，梦见学生时代的考试，是我们比较常见的梦境，堪称往事之"甜"；其次，"洪水"一方面可以视为梦境本身的隐喻，当然，洪水有时也可以作为两性关系的暗示。

但是，如果我们联系此诗的写作时间，就会发现，诗人借此隐秘而有力地指涉了更大的"现实"，第五节中的诗句明确地证明了这一点："浊浪滔天，冲锋舟从枝头 / 摘下儿童，你差点尖叫起来。"1998年，中国长江流域发生了罕见的洪灾，诗人的家乡湖南长沙是重灾区之一，整个城市都灌满洪水。按张枣精细而严苛的写作习惯，这首标注1999年完成的诗，也许在1998年就开始写作。当然，也有可能是1999年写作时回忆去年的洪灾。诗人在此用了一个特别的词——"摘下"，跟开篇所写的"橘子的气味"之间形成语义上的联想，也与第五节中出现的"思乡之甜"相关。女主人公梦中考试的题目是"甜"。联系第一节里"你一定要试一试"，我们就会知晓，诗人把梦里的考试转换为一个关于诗歌写作本身的隐喻。"你的刘海凝注眉前 / 橘子的气味弥漫着聪慧——"，凝注的刘海，藏了一个"枉凝眉"的典故，也形成了一个以"姑息者"展开的视点："姑息者"在观察"你"的梦，进入"你"的梦。"聪慧"二字在此，颇有一点仙气，因为连接着第五节开头的顿悟。第五节里，出现了"元素的甜""思乡的甜"，呼应着篇首的关键词"橘子"。接着写了两个"你":细心者的"你"和纽约密楼顶健身房里的"你"。这些都紧扣此前出现的"异地"。同时作为细心者和身处异地者,这是现代诗人的基本生存特征。另外,从诗歌开头的"周游世界"开始,我们也发现诗人在诗句各处暗哨般布置了一个"异地"的"世界":巴基斯坦、台北的网球场、纽约的健身房和故乡的洪水浊浪。它们有如尤利西斯漂泊途中的岛屿和险境,却被汉语"橘子"的气味缭绕。

最后一节,也许是这首诗里最为费解,也最为关键的一节:

> 答卷上你写道:我的手有时
> 待在我内裤里的妙处,
> 　　　　　有时
> 我十指凌空,摆出兰花手,
> 相信我:我是靠偷偷修补天上的
> 竖琴
> 　　而活下来的……

诗人说,这是女主人公在答卷上写的内容。从该节最后一行看,显然是写"我"在"洪水"中如何活下来,这里包含了诗人对故乡灾难的关切和祈祷;但从中间几行的内容看,洪水在此似乎已转为隐喻义,超越了现实中的洪灾,喻指生存的危机(当然,故乡的洪水也是生存危机的一部分),全诗不是一直以"姑息者"的口吻展开么?

诗里写到"手"的几个细节非常微妙,联系上下文,第一二行写的是女主人公的睡姿。张枣有不少诗都尝试将两性的、情色的素材崇高化(比如《星辰般的时刻》《南京》等)。诗里写到"内裤",当然会引起读者的情色联想;但这更像是对文艺复兴时期乔尔乔内(Giorgione)的名画《熟睡的维纳斯》的一种戏仿(欧洲近现代画家对文艺复兴时期绘画的戏仿颇为常见),在许多人的解读中,乔尔乔内笔下的维纳斯也是在做梦。此外,从文艺复兴时期波提切利的《维纳斯的诞生》、提香的《乌尔比诺的维纳斯》到19世纪爱德华·马奈的《奥林匹亚》,都曾画过女主人公左手放在私处这一经典动作。显然,这是诗人将"姑息者"与"你"之间关系崇高化的一种方式。当然,我们还可以作进一步的互文联想:维纳斯(即希腊神话里的阿芙罗蒂忒)是从大海中诞生的,本诗则写到女主人公梦见洪水漫至腰际。

  第三行写到手指,接着写到竖琴。张枣早年作品《何人斯》中曾写过,"手掌,因编织而温暖"。"十指凌空"和"兰花手"堪称这句诗的升级版。"空",对应了此前"一切不可见的";"兰花手"是中国舞蹈和戏曲中特有的基本手型。"竖琴"的出现,完成了本节的元诗设计:中国式的手指,在修补天上的竖琴。竖琴是源自古希腊神话里诗歌的象征,西方关于俄尔甫斯和荷马的绘画里,他们常抱着竖琴。竖琴也常常是维纳斯被取悦的方式,比如戈雅就有以此为题材的名作《沉睡在爱与音乐中的维纳斯》,现代画家毕加索的画作《躺在床上的巨大裸女》也以变形了的构图呈现这一经典场景。

  接下来,得注意这一节里人称的变化,才能真正把这节甚至全诗读明白。在前面所有诗句中,只有"你",没有出现过"我"(出现过一次"我们"),而到这节里,诗人将"你"转换为"我"。这是张枣诗歌里经常会有的一种人称游戏。比如,在1996年写的组诗《云》中,诗人这样写父子关系:"在你身上,我继续等着我。"这最后一节中,"我"与"你"可以理解为是合体的。前后出现的两个"我",前一个是女性,是"维纳斯";第四行中的"我",则是第一节里的"姑息者",是依靠修补天上的竖琴活下来的"我",是现代诗人的象征,因为,现代诗人的"竖琴",才需要"修补"。两个"我"之间是什么关系?笔者以为,这里隐秘地借用古希腊神话中的一个经典场景:阿波罗或其他男神弹琴取悦爱神阿芙罗蒂忒。综观之,这节诗表面上是两个主题:爱欲与诗歌。实际上却是一个主题:诗歌如何把"小现实""大现实"之杂,生存的危机与困境,"你""我"之别,攒成对事物和谐的向往与对生存不完美的礼赞。如美国学者阿兰·布鲁姆(Alan Bloom)所说:"语言的微妙是爱欲的一部分。"① 换言之,语言战胜、优化现实,将爱欲崇高化的过程,乃是所有现代诗的秘密主题。

五、余论

经过上面的分析,我们把这首诗上下里外翻看了一遍。诗人处心积虑,机关重重,亦常常别有洞天,调动了全副武装,却往往能够做到举重若轻,踏雪无痕。在这首诗里,诗人张枣做了一个对诗歌写作者颇有启示的诗歌试验。把"大现实"的素材,放置在两性的、私密的"小现实"里。事实上,在当代诗人里,没有谁能像张枣那样,把两性之间的秘密写得如此玲珑精致,摄人心魄。

"历史个人化"常常被用来描述20世纪90年代汉语诗歌的基本特征,事实上,张枣此诗的写作,也是一种历史个人化的诗学尝试。但是张枣对"个人化"始终心怀一种警惕,因为在"个人化"的言语形式里,天然地包含着苍白、琐碎、矫情和幽僻,它们无疑是诗歌天然的敌人。事实上,缺乏这种警惕,是90年代以来许多当代汉语诗歌作品最大的弊病。

因此,秉持其一贯的诗学观念,在一字一句、一分一毫上,张枣都努力地"化敌为友",给"个人化"的内容披上各种崇高的"便装"。奥克塔维奥·帕斯(Octavio Paz)说:"诗歌创造是以对语言施加暴力为开端。"② 张枣的语言"暴力",体现为他解除语言的日常意义和一般连接逻辑,然后使之焕然一新的独特方式。我们在这首诗里看到:"现实"层面的男女室内的独处、橘子的气味、失眠、电视中的巴基斯坦政变、台北夜景、太阳、咖喱、煎蛋、梦境、内裤、1998年特大洪灾、思乡等,从个体孤独到天下忧愁的"现实",经由诗人精心的分解、编织和琢磨,变成了一首值得深究的、迷人的诗。

---

① 阿兰·布鲁姆:《爱的设计——卢梭与浪漫派》,胡辛凯译,华夏出版社,2017年,第1页。
② 奥克塔维奥·帕斯:《弓与琴》,赵振江等译,北京燕山出版社,2014年,第25页。

当然，最值得称道的，是诗人从汉语、德语，以及古希腊神话里汲取的素材和能量，将之变成诗歌精密性和多义性的才艺。笔者以为，这不但会对后来的写作者产生奇妙的启发，也将为汉语诗学空间打开前所未见的宽度和广度。事实上，进入21世纪这十多年以来，这些影响已经在默默地发生。随着信息技术给全球化带来新的面貌，当下的汉语写作如何重新汲取、激活古今中外的文学和文化资源，包容新的经验和想象，越来越成为一个写作的元问题，张枣此诗，堪称一个值得玩味的微观诗学案例。

论当代诗歌技艺的失衡

——以欧阳江河近年的长诗写作为中心

辛北北

一

从政治激情脱序漫溢，到"隔世"般的主动疏远，再到近年，政治热情又频以相对泛化、审慎的姿态在诗歌的内与外重燃，一首诗的审美自治反而像是与之艰难配对的产物：它可以被迎接至聚光灯的中央，也可以瞬间被推送到边缘。更重要的是，聚光灯之下，每一诗行的书写轨迹便都清晰了吗？阿甘本的"当代人"概念已流行一些时日，实则，诗人也应合语境，表达过类似的写作理想："我把每个时代的当代诗人写的针对性诗歌称作当代诗歌，这类作品是困难的产物，是从困难发出的声音和个人情感突围的记录。"[①] 如果结合近年实验性与抱负都比较高的长诗文本来看，这"困难"至少包含着二重含义：一是书写当代的必然之难，二是审美所呈现的疑难。换句话说，在诗歌与政治、社会的关系获得重审之余，诗的写作是否已全然摆脱了自身的困境？

目光由是落至欧阳江河的《长诗集》。一页页翻去，笔者感到的遗憾不少。诚如作者所说，当代艺术通常带着残缺、反美特质，甚至是崇尚丑陋的，这里的遗憾也不尽然是贬义，从诗歌批评的角度，它意味着：诗人写作多年而从未大变的修辞格局；长期以来，诗界似乎总难产生令

---

① 肖开愚：《相对更好的现实》，《飞地》第14辑。

诗人自己也满意的评论；这一番集子里的新作，如《笑的口供》《老男孩之歌》《自媒体时代的诗语碎片》……在令人困惑之余，也依旧难掩阅读上的乏味。几重困境参差叠加，我们则不禁要追问：还有更好的批评欧阳江河诗歌的方式吗？

当我们暂且卸下对"词与物"的执着，顺着遗憾心境去探问和想象，则必须回应一个根本问题：一首诗，如何令它完满地展现自身？在欧阳江河的构想中，其笔法正试图为汉语长诗文体注入新的活力；而在评论者一边，考察一首诗的生成现场，也即更多地关心长诗的技艺问题，而非内容问题，或许正是有力之道。出现在本文的"技艺"一词，主要参考荷尔德林（Friedrich Hölderlin）和谢默斯·希尼（Seamus Heaney）的说法，前者认为，现代诗人在写作时急需技艺，唯有通过它，那些难以"计算和传授"的活生生的意义才能经由一种"更准确和更富有性格的原则和限制"而被显现、识别[①]；后者则把这个概念和技巧做了区分，认为它不仅关系到诗人处理文字的方式，也关系到诗人如何"走出他通常的认识界限并冲击无法言喻的事物"，是一种艺术上"能动的警觉"。[②] 近30年来，"技艺"二字常被各路诗人挂在嘴边，然而准确的含义莫衷一是，这也是本文采纳外延深广的以上二家言谈的原因。综合而论，技艺是诗人为一首诗赋形、赋意所做的整体努力，包含诗人与材料的相互斗争过程，也由此彰显诗人的高度自觉和自我修正。

关于技艺的论说方式，孙文波在《我的诗艺》中所做的界定具有一定的代表性："而正是在技艺的原则下，技巧成为诗歌构成的重要因素"[③]，换言之，正是具体而细微的技巧辨析，让揣摩，进而问诊技艺成为可能。欧阳江河一向以技巧炫丽，具有思辨性与复杂性著称，这构成他

---

① 荷尔德林：《关于〈俄狄浦斯〉的说明》，《荷尔德林文集》，戴晖译，商务印书馆，1999年，第262页。
② 希尼：《进入文字的感情》，《希尼诗文集》，吴德安等译，作家出版社，2000年，第258页。因翻译之别，希尼文中所用"技巧"一词即指"技艺"，特说明，下同。
③ 孙文波：《我的诗艺》，汪剑钊编选：《中国当代先锋诗人随笔选》，中国社会科学出版社，1998年，第98页。

技艺在场的一个证明；而考虑到他近年有意在长诗领域进行开拓，也发表过不少见解，如："故意写长诗，对抗碎片化的生活"，因而，检视其长诗技巧是十分必要的手段。

事实上，欧阳江河的长诗技巧并不完善，由此折射了技艺上的弊端。《凤凰》无疑曾给作者带来信心，然而这首诗在言说上的自由度、厚度，部分还得益于徐冰艺术原作的思想原型，以及汉语词汇"凤凰"的玄妙文化史。接下去的几首诗，如《笑的口供》，尽管作者赋予它一个口供式、随感录式的外形，惜乎全诗223条条目，书写逻辑却极为相像：

4. 笑的泪水比哭还多。眼泪的热成分，被冰镇起来了。
15. 笑是有灵魂的，它痛。
25. 笑有时会从无中笑出有来，有时会把对的笑错。
80. 笑是个男的，却怀有身孕。

这种上世纪末就已为人熟知的欧阳江河式悖论修辞，如今用来，无法再令语义无限翻转，而仅剩空转。更大的症结在于，作为一首长诗，却准允旧技如此无节制地繁衍，实际长度和质量便都令人生疑。

《自媒体时代的诗语碎片》亦是：

1
乌有之地涌起一片建设，
直起腰的万有，发现自己一无所有。
生闷气的啤酒肚子，
从日常花销抬起头来，
望着星空发呆。

12
开车有开出地图的时候。

父亲有比儿子还小的时候。

废话有说出真理的时候。

喜剧有笑坏肚子的时候。

16

一口硅胶英语说给谁听？

午后的忧郁，如找平的水泥地面。

自媒体时代的新经济学，

比凯恩斯更快地过气。

莎翁成了幽灵，还在赚人间钱。

而你，一直在等乡音的电话。

事情正如马尔克斯的有名观点，长篇小说起首一句总是万难，在这首自题目就宣称要以"碎片"映射"时代"的诗中，第一块"碎片"，同样担负着校准基调、营造整体语境的重任。首节的前两行还颇有意思，其中"腰"和"要"是谐音，"腰的万有"充盈着原生性能量，然而"星空"一词的出现便陡增缺憾，在"啤酒肚"还有抬头动作的衬托下，它只显得陈旧、空洞，根本撑不起"自媒体时代"这一在写作上吁求新意的话语场。更何况，整节诗极容易让人联想起《凤凰》写星空、印花税的段落，二者横向对比，前者不过是后者的缩减版罢了。第12节再度派上矛盾修辞，但趣味寥寥。第16节浮现多个名词："硅胶英语""新经济学""凯恩斯""莎翁""乡音"，都是欧阳江河惯用的诗语单位，即对一些现象进行抽缩或拼贴式命名、指认，而在这类段落里，随着"莎翁成了幽灵，还在赚人间钱"一类的句子不再新鲜，命名也彻底地僵化，可以说，整段诗作为"碎片"，只是进一步打碎了自己，而毫无闪光、折射，或在语言解放的意义上"自将磨洗认前朝"的美学可能。碎片是当代文化型构的重要特征之一，拥有富足经验的诗人理应对它有所思考，并在写作的熔炼中设法对其进行诗意的转换，然而目前看来，这首诗无论是整体还是局部，效果都不理想。毋宁说，作者更多是在为其写作上的惯性买单。如此碎片拼接起来的长诗，价值当然又一次可疑了。

值得一提的是《古今相接》。这大约是目前较接近欧阳江河所谓"长诗"理想的一首。欧阳江河本人似乎也看重此诗，他说："那么我在这首长诗里面是有很多激进的极端的实验的，但是它融化在我的诗行的过渡衔接和串联里面，所以最后我把两百多种完全不同的材料嵌在里面，我个人认为是非常有意思的。"[①] 材料既多，长达66页的阅读却恐难用"有意思"来形容，这依然是我们熟悉的那个欧阳江河，他的每一次语言张弛，背后都充满紧张的诡辩感、设计感，若是从写作者角度展开"我思"（乔治·布莱），笔者倒也不难理解他在苦心孤诣"嵌"那些词句时的快乐，以及那份从劳动中获得的自我确证感；然而，写诗终要面临一份质疑敲打：诗如何在根本意义上被接受？又或：诗如何有效地唤起他人？在现阶段的写作里，欧阳江河越来越强调中文是一门博大的语言，应当允许"不被理解，不被读透"，同时，他还自信地把自己归入"一流诗人"之列，声称所做的正是少数有追求的艺术家才会做的事。当代艺术（及一部分文学）一直处于表意争议漩涡的中心，而如果就事论事——就诗论诗，《古今相接》的取材却未见得彼此之间"完全不同"——诗歌意义上的取材不同与否并不那么重要，写出材质之差别，或写出一种材质的不同侧面才是关键——诗中把古汉语、流行语、中外典籍、现实事件等强行关联，企图锻造某种非历时气质的语言效应，然而正因前述作者一贯的不精确、倚重概念、雄辩的写作习惯，很难认为，这首诗已经写出他心中期望的那种"杂"的效果（作者特地引用了庞德"纸上的跳蚤市场"一说）。欧阳江河说："关于美容我完全不懂，但是我把它镶嵌到我的关于金三胖的胖瘦的问题里"[②]，想法固然有些别出心裁，据成诗观察，诸如"这童颜针，一针扎下去，/北朝鲜更老了。瞧，这副鬼样子，/纯靠玻尿酸维持"，却既不精细，也无多少新意可言。看得出来

---

① 欧阳江河：《中文是一个大的语言，我们要允许有些东西不被理解，不被读透，这个恰好是真正意义上的尊重》，微信公众号"厦门大摩纸的时代书店"2017年9月4日推送文章。
② 同上。

的是，诗内欧阳江河施展技艺的抱负极高，然而基础工作的不扎实，令"异质混成""复杂难懂"枉作了冠冕堂皇之语。仅从技巧层面评判，这样的处理手法也是大而无当。

然而问题还存在着另一面：欧阳江河其实持有将一首诗写好的草图和动机。这次收录在《长诗集》最后的《火星人手记：关于长诗手卷》，就是一份写长诗的纲领，当中有些话，对其自我风格的精锐和当下中文诗的写作未必没有启示意义：

> 24. 大众媒体和电子手段"闯入文明"，产生新的用语、修辞、新的传播和消费手段，使得诗退缩到更为费解、更为隐秘、冒犯、过分、晦涩的语言构造。
>
> 26. 许多东西遗留在对诗的微弱纸音的倾听之外。太多东西留在外面。失听。完全消失的听力才是真正的听。
>
> 52. 有人只能写所谓好诗，但更深刻的写作是写原创意义上的原文之诗。好诗、坏诗、非诗，都在这个原诗里了。
>
> 118. 先锋逻辑的诗意，似乎从一开始就与消费逻辑纠缠不清，构成反诗意的、甚至反先锋的辩证法。所以我转向长诗写作的综合性与总括力。

遗憾在于，这篇文字似乎也染上了长诗的毛病：表达欲旺盛，却翻来覆去，缺乏进一步的剖析。但就纲领文字而言，它们确实部分还原了一个诗人的创作心理。希尼在《进入文字的感情》里说："技艺把你的感知音调和思想的基本模式的水印传入你诗行的笔触与质地"[①]，欧阳江河写诗，就时刻践行着这件事。如有的学者指出，长诗写作总会要求某种基本的语言架构，《凤凰》恰恰是"历史对位法"的生动体现[②]；欧阳江河本

---

① 希尼:《进入文字的感情》，《希尼诗文集》，第258页。
② 参见张伟栋:《当代诗中的"历史对位法"问题——以肖开愚、欧阳江河和张枣的诗歌为例》，张桃洲主编:《新世纪诗歌批评文选》，中国社会科学出版社，2016年。

人则一直声称，他的诗属于"更为费解，更为隐秘、冒犯、过分、晦涩的语言构造"，因而，"历史对位法"也好，技艺的考量也好（一个更集中和基本的视角），作者的相关智识储备无须被质疑。一个现象因此凸显了出来：欧阳江河的诗歌技巧，与他一再主张的长诗技艺并不相适。对《古今相接》等诗来说，《火星人手记》不过是一个附加值，如果说他早年的短诗以智性的闪光、写法的别具一格遮掩了写作内部的缺陷，那么长诗体量的扩充恰恰将这种不和谐感放大了。究竟是技巧单方面出了问题，还是规引技巧的技艺本身也有失偏颇才导致这一局面呢？

技艺与技巧的关系是相互制约的。荷尔德林在探讨悲剧的运行时提出，好技艺都诉诸一种"平衡"作用：当剧情正在鲜明的节奏里上演，还需出现一种"被称作停顿的东西"，与节奏相逆，如此，剧本所传达的才不是"观念的辗转变灭"，而是"观念自身"。[①] 回顾欧阳江河近五六年来的长诗，理想、理念和实际的文本效果间总是有着极大落差：一方面，技艺没能对僵化了的技巧做出及时调整，更无所谓"停顿"，只是在对某语言进路的持续执迷中，使得千篇一律、大而无当的文字屡屡浮现纸端；另一方面，技巧有时也会更"动"（主要见于作者的自我解读），但依旧无法提供和技艺论调切实相符的文本，这一定程度上也说明，技艺本身很可能就已经失衡了。

二

欧阳江河发出质疑："在大抱负上耍小聪明是不是太萌了？"（《火星人手记》第99）比起他在多种场合传递出的自信，这个似是而非的问句所包含的几个关键词倒是更加耐人寻味：假如现阶段的中文长诗写作是"大抱负"，就技艺论，"小聪明"却并不鲜见。

探析技艺失衡的根源，欧阳江河早年的几篇文章值得回溯。《1989

[①] 荷尔德林：《关于〈俄狄浦斯〉的说明》，《荷尔德林文集》，第262—263页。

年后国内诗歌写作：本土气质、中年特征和知识分子身份》是 20 世纪 90 年代最有代表性的声音之一，其时欧阳江河指出，写作里的意识形态作为一种神话，有其"历史限度"，"过渡和转换必须首先从语境转换和语言策略上加以考虑"。①《当代诗的升华及其限度》是同一思路的延伸，无论对语境不纯、圣词、升华等问题的批判，还是"反词"策略的提出，显然都是集中在技巧、技艺层面的思考。而值得关注的是，"反词"至今被欧阳江河沿用，在新的写作处境下，他有如下阐释：

  2. 在手卷性质的长诗文本中，词的意义和力量之确立，有赖于反词。反词：写者知道它不是什么，但并不确切知道它是什么。
  3. 长诗的反词不是被"写进"而是被"读进"文本的。它往往在使之软下去的东西里硬起来，从结束的地方开始，在终结生命处获得重生。

欧阳江河的尺度中，"反词"总是有其不可置换的效力。因为满足了对抗公共性语境、复原词的诗意活力的需要，"反词"在前一时代的确一度被锲入诗学进程的索链。文章也早就机警地指出"反词"使用的限度问题："反词"乃是源于词的"类型化意义有一个二元对立的基本结构"，因此在讲求个性写作（某种程度上即个人技艺）的新时期，为避免再受政治／文学二分逻辑的纠缠，它的使用须遵从"不可公度立场"，一切"纯属于诗人自己"。②但不管怎么说，"反词"始终是 20 世纪 90 年代诗歌的产物。也许政治化的语境早已淡去，"反词"仅作为技艺来看，其自身的"二元对立的基本结构"却从未消解。这意味着，它总是急于以好诗歌的名义——实则是有失分寸的自我沉迷——同任一外部现实发生捆绑，而这并不符合常规状态下的技艺求索。事实是，当欧阳江河企图再

---

① 欧阳江河：《1989年后国内诗歌写作：本土气质、中年特征和知识分子身份》，《站在虚构这边》，四川文艺出版社，2017年，第28—31页。
② 欧阳江河：《当代诗的升华及其限度》，同上书，第9页。

度激活"反词"的审美思维,用诸新诗艺的实验和构建,长诗文本的深处便注定会留下某些非技艺的刻痕。在关于长诗的漫谈中,一方面,欧阳江河赋予了"反词"更多未知和朝向未来的成分:"反词不是被'写进'而是被'读进'文本",这是指诗在谋求与不同的历史、文化区间开展互动,文本越是驳杂、粗粝,其经由阅读而在不同时空下被提取的意义就有可能越精深,可是如此一来,写作也极容易沦为对玄奥面向的痴迷;另一方面,他专在长度上做起文章:以长度对抗互联网生活的碎片化,以难解、语义的浩阔对峙日常思考的浅薄,以写得不美、残缺隔开多数人仍在追求的"美文"……即使在最宽容的限度上,这些愿望也将有赖于新鲜、蓄力的技巧,但据前文分析,作者这方面的能力显然不合格。

高涨的激情从何处来?笔者注意到,欧阳江河近年频频有书法方面的访谈登出:"我的书法包含了一种矛盾的、相反的、抵触的性质在里面。我的草书流畅里面也有很多别扭的东西","草书泄露天机,只是泄露了一些零碎的物象。草书深处的幻象和文化形体通过书写或许可能呈现百分之二十,是天机不可泄露"[1]——"天机不可泄露",这是集诗人、书法家、音乐发烧友于一身的欧阳江河在文艺赏析和实践中的一则互通的核心认知。就如他平时也喜欢使用"原生态""消声美学"等语焉不详的词汇,此处"天机"便是其长诗技艺的内驱力和深层镜像。在照应现实层面,也许是为了拓宽"天机"的效力范围,欧阳江河特别引入一个"当代"的概念,强调:"不同的人有不同的当代","当代跟古老的事物不做切割,而是混为一谈、融为一体"[2],这"混为一谈、融为一体"的说辞,在无形中被换位成了豢养"天机"的沃土。由深奥与晦涩出发,"天机"试图对当前的文化孱弱状态进行纠偏,有些批评者也早就留意到诗内充盈的那股崇高感。然而,这种崇高的有力与否,如凤凰飞天意象,

---

[1] 杨公拓、欧阳江河:《草书只泄露了部分天机——欧阳江河访谈》,《诗江南》2015年第6期。
[2] 欧阳江河:《中文是一个大的语言,我们要允许有些东西不被理解,不被读透,这个恰好是真正意义上的尊重》,微信公众号"厦门大摩纸的时代书店"2017年9月4日推送文章。

其实质却不在"凤凰"是否由成吨的工业废弃物——某种现实素材组成，而是出自"大是大非""非如此不可"（前者是欧阳江河长诗与诗集名，后者因贝多芬晚期风格而著名）的心理预判，换言之，是急欲深刻的欧阳江河主动找上了徐冰，而不是相反。而在艺术原创层面，"天机"也以其神秘的色彩，对那些志存高远的诗人形成召唤。事实上，历来深入某件作品的创作而备受艺术摇撼者多矣，人们不会否认"天机"的客观存在，问题全在于此类幻觉的蔓延上：当它被诗人彻底定义为"不可泄露"的，书写就会盲目又失控。古语道："技进乎道"，欧阳江河希望达成的是对"道"的掌握，此间误区在于：作为"技"的进阶和奖赏，"道"并不是由技艺兀自提纯可得，因为后者还将经历一个非主观的修正过程，也即与书写材料的协适，遗憾的是——失衡的是——欧阳江河却把它一味寄托在材料本身的"去蔽"甚至"遮蔽"上，不管他为此采用了哪种高妙的堆砌法，都无疑相当于出让了修正的机会。

　　自臧棣的综述文字《后朦胧诗：作为一种写作的诗歌》（1994）问世以来，由于对"我们对技巧（技艺）的依赖是一种难以逃避的命运"的认识，诗人们的写作貌似普遍进入一个新的阶段。然而该文在论及海子这位重要但非典型的后朦胧人物时也曾提到：他的写作"实际上就是把诗歌变成一种艺术行动"，"许多时候，他更沉醉于用宏伟的写作构想来代替具体的文本操作"[①]，这一反思的倾向如今在另一位非典型后朦胧诗人——后朦胧的幸存者和演进者——欧阳江河身上复现。不同的是，海子早就笃定认为"诗歌是一场烈火，而不是修辞练习"，欧阳江河则多少将这场"烈火"挪移、燃烧至个人技艺的内部。换句话说，在欧阳江河现已走入弊端的长诗技艺中，其实隐含着20世纪90年代前后与意识形态——此处与其说是海子的，不如说是欧阳江河当年文章所判定的以海子为代表的抗议式乌托邦的——相关的诗歌语法。这一点在欧阳江河对"反词"的持续倚用上尤为突出。从表面看，技艺的失衡是指诗人执迷于

[①] 臧棣：《后朦胧诗：作为一种写作的诗歌》，陈超编：《最新先锋诗论选》，河北教育出版社，2003年，第423页。

某种技艺理念,带来了极端的文本状态并对写作造成干扰;追问其来路,则又察觉潜藏的曾经裹挟诗歌的外部意识形态因素。以欧阳江河为例,从效果明显欠佳的长诗,到在长诗中背负"天机",审美与政治两类属性在技艺一事上因果叠合、互为表里,这说明,经"深刻的中断"之后,写作史仍不时遭受变相的自我盘剥,在这一特殊语境下,"作为一种写作的诗歌"或许并未十分健康地来到。

三

诗人务必为自己连年累月的艰苦努力清理出一片澄澈的技艺视野。技艺失衡,一定程度上正反映了诗人们对技艺的认知不足。一方面,技艺二字的确曾引来范围较广且不乏热情的讨论,依洪子诚先生在《诗人的"手艺"概念》的梳理,最早从20世纪80年代中期开始,柏桦、恒平、陈东东、西川、臧棣等便陆续地以各自方式在写作中树立技艺的权威。如西川的"诗歌写作必须经过训练,它首先是一门技艺,其次是一门艺术"[1]。此外也有个别警惕技术至上的声音涌现,如树才的"技艺也许能解决肉身层次上的一些难题,并赋予肉身一种轻盈、飘逸,但谁都不能借此回避灵魂的重量"[2],或是近年王炜重解雪莱时,对"现代写作艺术"呈现出犹疑[3]。这些观点的点到为止,与看似相互矛盾,恰好引出问题的另一面,即诗人们几乎仍只能对技艺保持一种懵懂而又开放的心态。雷武铃《与新诗的合法性有关——论新诗的技艺发明》认为,古典诗歌历来就有明确的技艺路向,而"新诗的最大特点是没有一套明确的形式

---

[1] 西川:《诗学中的九个问题之我见》,《大河拐大弯:一种探求可能性的诗歌思想》,北京大学出版社,2012年,第168页。

[2] 树才:《诗歌技艺究竟是什么》,汪剑钊编选:《中国当代先锋诗人随笔选》,中国社会科学出版社,1998年,第183页。

[3] 参见王炜:《论光·雪莱刍论》,《上海文化》2017年第3期。

规则，因此也就没有这规则之下才能形成的一套明确的技艺"①，言下之意，当代诗人的写作，须时时启动最严格的自我省察。桑克的说法更为直接："你甚至必须学习或者发明语言。这话可能只有把人逼急了才会说出来，否则就过于自负了，而骨子里却是极其无奈的，就像讨论常识问题一样。"②

雷武铃与桑克均把话题落脚至"发明"。这的确是一个极为困难、暧昧的领域。当欧阳江河自视在长诗中有所发明，王敖却如此针锋相对地陈述其心迹：

> 我想要强调的是，所谓"诗人是文明之子"本身是一个很有活力的隐喻，我们不要把它错误地理解成"诗人是被文明化的后果"。诗人是文明的发明和更新者，没有他文明会有危险；而不是相反，文明层层包装造出了一批作诗人状的木偶陈列品。当代中国诗的一个明显问题就是搞错了先后关系，或者说只认后者，很多诗人按照既有的文化阐释去把自己复制成高价的赝品到处展览，这是让大部分知识分子诗人雄心勃勃，却越写越不堪的原因。那些欧阳江河，西川们，怎么看都像是打扮成庞德或史蒂文斯的朗费罗。③

客观与否暂且不论，关于诗人和文明的先后关系，以及行文中稍显尖刻的语气却明白揭示出诗人之间理会技艺的鸿沟。所谓"越写越不堪"，其实是技艺失衡的另一种表述，在王敖看来，这已然构成群体性的现象。说到底，当诗人坐到发明者的位置上，技艺就是个性化的，而其章法也必定囊括了对公式的拒斥。王凌云写于《比喻的进化：中国新诗

---

① 雷武铃：《与新诗的合法性有关——论新诗的技艺发明》，张桃洲主编：《新世纪诗歌批评文选》，中国社会科学出版社，2016 年，第 120 页。
② 桑克：《经验的处理》，同上书，第 162 页。
③ 王敖：《诗的神经与文明的孩子（重读艾略特的启示）》，微信公众号"AoAcademy" 2017 年 3 月 11 日推送文章。

的技艺线索》的一段文字，或许更值得参考：

> 一位诗人更应该做的事情是不断更新自己的技艺，使自己的诗歌形态保持流动的状态，不断地成形和变形，这样他就能够克服程式化的技术所带来的问题，从而使诗艺成为"有机技术"。所谓"诗歌的有机技术"，是指在写作中，按照所要处理的不同主题、事物或事件自身的特征和要求，生长出具有适应性的技术手段，而不是将某套预先就现成存在的技术手段套用在所有不同的主题、事物和事件上。诗歌的有机技术，既不是作为机械程式的技术（它可以像流水线一样生产出同质的诗歌，无论是写什么内容），也不是作为工具箱的技术（诗人像工程师一样根据不同的主题来使用不同的技术手段，但那些手段仍然是事先就有的），而是像生物体那样与其环境特点（在诗中就是主题、事物和事件的唯一性）不可分离的、具有适应性和可进化性的技艺。①

这段论述准确、生动而富有说服力，写作者甚至不妨在发生学的意义上将它看成某种技艺指南。其中"机械程式的技术"和"工具箱的技术"两类，与前文展开分析的技艺失衡内因也有着颇多重合。至于"诗歌的有机技术"，笔者试着找来陈黎的《一首因爱困在输入时按错键的情诗》进行简单读解：

> 亲碍的，我发誓对你终贞
> 我想念我们一起肚过的那些夜碗
> 那些充瞒喜悦、欢勒、揉情秘意的
> 牲华之夜
> 我想念我们一起淫咏过的那些湿歌
> 那些生鸡勃勃的意象

---

① 王凌云：《比喻的进化：中国新诗的技艺线索》，《江汉学术》2014 年第 1 期。

在每一个蔓肠如今夜的夜里
带给我肌渴又充食的感觉

侵爱的，我对你的爱永远不便
任肉水三千，我只取一嫖饮
我不响要离开你
不响要你兽性骚扰
我们的爱是纯啐的，是捷净的
如绿色直物，行光合作用
在日光月光下不眠不羞地交合

我们的爱是神剩的

　　读者首先会被谐音字的趣味吸引；整首诗的关键则在标题，它像一纸说明书，坦陈自己是在"按错键"的情况下被写出来的，而按错键又有前提：因爱而困。在此，我们可以从容地读到个体情爱和科技生活方式的多重交叠，技艺的赋形是通过文字"正确的错误"显现。陈黎从来都是一位擅长在字音、字形上寻找灵感的创作者，若仅以这首诗衡量，谐音的机巧手法显然占据了最中心的位置，也替换不得，这正是从"不同主题、事物或事件自身的特征和要求"中生长出来的适应性。纵观陈黎的写作，此类"有机技术"也足以为我们提供一条向前发展、跃升的路径，因为就在这首诗之后不久，他又写出了同样成功，然而面貌不尽一致的《腹语课》《战争交响曲》等。

　　从某种程度上说，"诗歌的有机技术"正是失衡的技艺的反面。但本文着重探讨的欧阳江河的一批长诗也意味颇多，至少它们向我们敞开了审美的内在困境，以及一部分根本原因。从上引几种关于技艺的旁论来看，欧阳江河身上的短板在当代诗歌写作中显然不是孤例。其实，早在欧阳江河发表两篇长文后不久，批评家程光炜就敏感地在一篇反省文字中质疑道:个人写作中的意识形态终结了吗?[1] 时过境迁,今天这句话又可进一步复述为:那些迁移、隐身至技艺内部,并致其失衡的意识形态因素,可以终止对写作的干扰了吗?可以看到的是,更年轻的一辈诗人群体中,这类规避干扰的自觉意识显然更加充分,并且,"也正因为是要通过写作来明白和证悟,现代写作遂成为一项个人的事业",这样的事业虽"不能让这个世界变得更不坏",但至少令写诗的人"独善其身","让自身变得略微好一点"[2]——当他们携着谦卑的心态,且终于站在审美自治天平的另外一端,所明白与证悟的,便自然包括诗歌技艺的合理、适度这一项。"诗歌的有机技术",或单纯的技艺视野,并非是写出优良诗歌的保证,但"独善其身"未必不是又一个写作意义上的好的开始。

---

[1] 参见程光炜:《误读的时代》,《诗探索》1996 年第 1 期。
[2] 张定浩:《在天神和伪币制造者之间》,马雁编:《几个好朋友》,广东人民出版社,2017 年,第 254—255 页。

卞之琳早期佚诗考释

李丽岚

作为一位惜墨如金的诗人，卞之琳一生的诗歌创作总量本就较少，他又对文字要求极高，在编选诗集过程中常淘汰、删改旧作，故尚有少量散落在报刊的佚诗未受到关注。虽已有研究者对卞之琳诗歌创作的整体面貌做出了较全面、完整的评述[①]，但仍有少量诗作被忽略。现将这部分被淘汰或遗忘的诗作提出来讨论恐非诗人所愿，但我希望能在掌握更多材料的基础上形成更贴近诗人的理解，为普遍被人熟知的卞之琳诗学形象做出一点补充。

本文将卞之琳的佚诗界定为在报刊上发表后从未被收入诗集中的诗。《夜心里的街心》《魔鬼的夜歌》《一城雨》《夜雨》《天安门四重奏》被卞之琳本人所编的诗集淘汰而见于他人所编诗集，视为集外诗。[②] 据张曼仪所编《卞之琳新诗系年》《卞之琳生平著译年表》和《卞之琳集外拾

[①] 张曼仪的《卞之琳著译研究》（香港大学中文系，1989年）做了大量的文献整理工作，从意象与主题的角度提出了时空／距离、镜子／对照、大海／变易等三条卞诗的内在组织规律和解读思路。陈丙莹的《卞之琳评传》（重庆出版社，1998年）试图将卞诗还原到现代中国复杂的历史进程中，涉及一些对佚诗的讨论。江弱水的《卞之琳诗艺研究》（安徽教育出版社，2000年）集中探讨了卞之琳的诗艺，从语言学的角度对卞诗的句法、音韵进行剖析，在李广田的基础上对卞诗的章法做了更具概括性的分类，并仔细辨别了诗人所受的来自西方、古典与时人的影响。

[②] 陈梦家编《新月诗选》（上海新月书店，1931年）收《魔鬼的夜歌》；张曼仪编《卞之琳》（人民文学出版社、三联书店［香港］，1990年）收《夜心里的街心》《一城雨》《夜雨》；周良沛编《卞之琳诗选》（长江文艺出版社，2003年）收《夜心里的街心》《天安门四重奏》。《卞之琳文集》（安徽教育出版社，2002年）新收入的九首1982年至1996年间的诗作不视为集外诗。

遗》①，卞之琳佚诗有《静夜》《家信》《雨珠》《叹》《青草》《八月的清晨》《九月的遥夜》《休息（童话）》《小诗两首（朋友和伞、朋友和烟卷）》《战争与和平》《红河水：献给越南人民》《和洪水赛跑》《支援三首》《巴格达条约断在巴格达》②《生活·读书·新知三联书店三十周年纪念》《痛悼周总理》（旧诗）。陈丙莹指出《垂死》一首为张曼仪附录所未收，并纠正了张的一处误记。③陈越发现了目前所见卞之琳最早发表的诗作《小诗》四首。④我新发现三首佚诗《午睡》《被弃的愁息》《黄昏念志摩先生》。此外，还有少量被卞之琳编入诗集时在报刊版基础上做了较大删减和改动的诗，报刊版在某种程度上也成了佚诗。我将从探讨这些诗被作者淘汰、删改的原因出发，去考察卞之琳的诗学观念、诗歌特质及其生成方式。为较全面地把握这些问题，诸诗集版本之间的篇目增删与文字变动也将纳入考察范围。

抒情的泛滥

卞之琳在写于1978年的《〈雕虫纪历〉自序》中曾对自己诗中的抒情形象有过一系列经典表述，如"怕公开我的私人感情"，"一向怕写自己的私生活"，"越是触及内心的痛痒处，越是不想写诗来抒发"等。出于这些顾虑和矜持的个性，他写诗"更多借景抒情，借物抒情，借人抒情，借事抒情"，"总喜欢表达我国旧说的'意境'或者西方所说'戏剧性处境'"，"倾向于小说化，典型化，非个人化"。⑤以上自述成为许多

---

① 张曼仪：《卞之琳著译研究》，香港大学中文系，1989年，第184—226页。
② 笔者查阅年表所记出处（《诗刊》1958年7月25日第二版支持阿拉伯各国民族独立运动增刊）后未见此诗，暂时存疑。
③ 陈丙莹：《卞之琳评传》，重庆出版社，1998年，第75页。
④ 陈越：《卞之琳的新诗处女作及其他》，《现代中文学刊》2011年第1期，第84—86页。
⑤ 卞之琳：《〈雕虫纪历〉自序》，《卞之琳文集》中卷，安徽教育出版社，2002年，第446、449页。

研究者讨论卞之琳抒情方式的命题基础。但从被卞之琳自编的诗集淘汰的佚诗来看，其中较普遍地存在着抒情泛滥的倾向。因此，卞之琳或许并非如他所言般克制、冷淡，他"非个人化"的抒情策略与新诗史形象除天性使然之外，更可能是基于对某种诗学观念的主动选择和自我塑造的结果。他20世纪30年代的大多数诗歌的确都通过表达"戏剧性处境"等手段达到了"非个人化"的效果，但在一些不为人知的诗作中，抒情主体的内心独白贯穿全篇，甚或有"触及内心的痛痒处"而写真人真事的情形。

《午睡》作于1931年6月至8月，为组诗《彗星及其它》之一。其余五首（《彗星》《夜风》《月夜》《投》《落》）收入《汉园集》《十年诗草》，唯独这首诸集未收。由此可知《午睡》为卞之琳的佚诗无误。全诗如下：

三个钟头一长觉
　　　还睡不掉一身困。
斜阳光在窗上照，
　　　一缕懒软的蝉声
像炉烟在风里嬢。
　　　如果蝉声是人生，
我要等秋风来到，
　　　吹得我不留踪影！
再睡吧，时候还早，
　　　糊涂的真是福人。①

从形式上看，这是一首典型的"新月"格律体诗，每行七字，隔行错落排列，押交韵。上述同期发表的五首诗在诗行排列和押韵方式上都有类似特点。这一阶段的卞之琳深受闻一多的格律主张影响，以字数、音

---

① 卞之琳：《彗星及其它》，《创化》1932年第1卷第3期，第426页。

尺数整齐作为建行标准。除格律观念一致外，贯穿这六首诗的意象和感情色调也高度一致："夜风""冷雨""斜阳光""蝉声""秋风""黄昏天""孤泪"等，无不传达出凄清、孤寂、衰颓等信号。若作者是有意筛除了《午睡》一首，我认为应与他早在编选《汉园集》的1934年前就已形成的"非个人化"的诗学观念有关。《彗星》描写了一个"戏剧性处境"，借"我"梦中回到童年与母亲的一场对话抒发厌世情绪；《夜风》《月夜》《落》中有一个隐含的叙述者在与"你"对话，诗人得以避免直抒胸臆而让情感从对话中溢出；《投》中的"我"是一个旁观者，观察小孩儿投石的行为而联想到他的投世，玩笑般的语气遮掩了自己的真实态度。唯独《午睡》中"我"是一个赤裸裸的抒情形象。开篇"三个钟头一长觉／还睡不掉一身困"便语含怨怒、自责。"斜阳光在窗上照，／一缕懒软的蝉声／像炉烟在风里嬝"，描绘午睡醒来心思懒散、浑身无力的"我"的所见所闻。接着由蝉声的短暂联想到人生苦短，从以通感连接的"蝉声"与"炉烟"到以联想并列的"蝉声"与"人生"，完成了三者之间的等价转换：人生将如炉烟般被秋风吹散。最后两行独白直接道出内心的无奈、失落。这首诗虽不一定是即事即景之作，但在卞之琳的诗中仍显得过于直露，感情未经艺术手法的加工和转化便示于人前，与他的诗学观念不符。

这样的内心独白式抒情较普遍地存在于1931年的佚诗中。诗背后的抒情主体是一个孤独、苦闷的青年，茫然于现实的灰暗和时间的流逝。《家信》[①]以第一人称直抒胸臆，写"我"昨夜写不成家信，梦见在爆竹声中远道回家过节，和父亲虽沉默不语但"挨坐在一起"；醒来却发现"一城爆竹声闹个不休，／我是一个人躺在屋子里！"对亲人的思念、节日的热闹加深了眼前孤独的处境。"今天，我依旧写不成家信，／唉！我怕更梦见你呵，母亲。"独在异乡的生存状态和离愁别绪将日复一日延续下

---

① 人也：《家信》，《华北日报副刊》1931年2月26日。

去，无从挣脱与化解。同样孤独的心境在《静夜》①中抒发得更加淋漓。"从乱梦里醒回"的"我"惊异于自己还活着，却听不到一点声息：这静夜没有人在隔壁说梦话，没有汽笛、微风，也没有残叶滚上阶沿或窗纸发抖的声音、蟋蟀的悲鸣。"除了我的耳朵尽是闹我，／汪汪汪地哼着，不肯停止，／以及不能休歇的夜明表／尽是骂我该死，咒我快死……"半夜醒来，"我"捕捉不到任何其他生命在"我"身边存活的讯息，如死亡般被抛入一个寂静的真空，失去了与周围一切事物的联系。在这样的时刻却仍然听得到时间流逝的声音，时间成为"我"哪怕切断与外界的所有联系也无法挣脱的罗网。这首诗除了抒情的直接、情绪的颓废外，几乎通篇以"也没有……"开头的排比句显得过于整饬，或许也令追求句式灵活多变的卞之琳不满。《青草》②由两个内容基本一致、仅变换了个别字眼的段落组成，反复咏叹着"我"的疲惫、迷茫，与上述几首具有相似的抒情方式和形式特征。

在写作《慰劳信集》以前，卞之琳极少在诗歌中直抒胸臆地写真人真事，但也有情不自禁的例外。针对具体的人或事而写的诗，意象的选择带有鲜明的个人化色彩，情感也显得缺乏克制。而卞之琳是一个同时追求普遍性与永久性的艺术理想的诗人③，为宣泄一时的私人情感而作的诗在他眼里自然不能久存。《黄昏念志摩先生》便是写真人真事的一例。全诗如下：

    悲哀付与暮天的群鸦，
    也罢。 可是为什么

---

① 人也：《诗两首》，《华北日报副刊》1931年4月27日。除《静夜》外，另一首《长的是》收入《汉园集》。
② 季陵：《青草》，《华北日报副刊》1931年9月3日，第11页。
③ 他在小说片段《海与泡沫》中写道："完整的作品是普遍性与永久性兼及的，因而用线条画起来，假设永久性是一条竖线而普遍性是一条横线，就是一个方正的十字，可以作一个整圆；畸形的作品不是一个扁圆就是一个长圆，不是胖了，就是瘦了。"见《卞之琳文集》上卷，安徽教育出版社，2002年，第345页。

抽着烟卷儿看烟丝的
总又要怅望到窗外的云天去？
问你飞去了的人。

飞去了一团火，一股青春，
可不是！ 你知道，在你挥
一挥衣袖后边的朋友
二年来该谁也加重了二十岁，
不然为什么在这种黄昏天
就蜷缩到屋角里的炉边去
瞌睡，像一只懒猫……

这是我，从前被你笑过的，
他这一向可真有了成就：
如今不再害羞了，他会说
"先生看，我总算学会了抽烟了。"①

诗末注明"志摩先生逝世二周年后五日"。卞之琳在北大英文系曾上过徐志摩的英诗课，受徐志摩和沈从文的热心提携才走上文坛。卞之琳在徐志摩去世后并没有如许多人一样加入竞写"志摩与我"的热潮，却停笔写诗一年。想起十年忌也未跟友人提起，而是将《十年诗草》题献给老师（也算写了"志摩与我"）。② 这首写于徐志摩逝世两周年后的诗，可算卞之琳少有的借诗抒发内心痛痒处、公开私人感情的例子，对个人而言想必具有特殊意义。全诗在意象、语词的选择上带有显著的个人特征："群鸦"暗指徐志摩和沈从文原本打算为卞之琳出版的第一本诗集《群鸦集》，隐含感遇之情；"飞去了一团火，一股青春"，对徐志摩遭遇空难的残酷现实进

---

① 卞之琳：《黄昏念志摩先生》，《每周文艺》1934 年第 9 期，第 39 页。
② 卞之琳：《〈十年诗草〉初版题记》，《卞之琳文集》上卷，安徽教育出版社，2002 年，第 9 页。

行浪漫化想象，寄托对他的祝福、哀思；"在你挥／一挥衣袖后边的朋友／二年来该谁也加重了二十岁"，借用徐志摩的诗句勾勒他潇洒的形象，与朋友的衰老形成悲哀反差；"先生看，我总算学会了抽烟了"，更是借回忆私人交往间的琐事来表达真挚怀念。总之，这是一首情深义重、个人化色彩很浓的诗。诗情流畅自然，语言缺乏提炼，或许由诗人在感情过盛时一挥而就。事后为保留写诗时真实的情感状态、作一点纪念又无意修改，更不愿入集。末一段"我"与"他"的人称转化仍可瞥见卞之琳一贯含蓄委婉的抒情方式。结尾"学会了抽烟"与第一段"抽着烟卷儿看烟丝的"将"我"与前面的抒情主体相叠合，在章法上构成一个圆。"暮天""群鸦""黄昏天""瞌睡""抽烟"等乃早期诗作中的高频率语词，诗人在怀念亦师亦友的徐志摩时仍选用了他固定的意象群。黄昏时怅望云天的疲惫青年形象、孤独迷惘的心绪也与早期许多诗作一致。

此外，《在异国的警署》[①]也是写真人真事的一例。卞之琳只在《鱼目集》第三版（1937年2月）中收过此诗。他曾回忆1935年春天初到京都就被查抄了行李并传讯到警署问话的经历："后来我就写了一首纪实抒情诗《在异国的警署》。这首诗我自己从艺术性考虑，认为写得太差，不耐读，不想留存，就像我有关这首诗的可笑的不愉快经历，想最好忘却一样。"[②] 从语序的顺畅、句式的单一来看，这也应是一首速成诗。不论是在徐志摩的忌日受哀思牵动，还是因警察的无理举动而愤懑，卞之琳都以写诗的方式让郁积于心的情绪得到了宣泄。未经提炼的口语、被情绪操控的诗行，大概就是诗人所说"不耐读"的原因。

不少论者都注意到了，卞之琳早期诗歌中存在着浓重的感伤情调。这并非卞之琳所独有，而是时代情绪在诗歌中的反响。需指出的是，从卞之琳早期的感伤抒情中已可窥见他日后成熟期诗作偏爱表达哲思、理

[①] 阮竿：《在异国的警署》，《水星》1935年第2期，第194—195页。卞之琳发表在《水星》上的诗作仅此一首用了笔名，可见他想借机发泄情绪，但又对此诗信心不足。

[②] 卞之琳：《难忘的尘缘——序秋吉久纪夫编译日本版〈卞之琳诗集〉》，《卞之琳文集》中卷，安徽教育出版社，2002年，第554—555页。

趣的倾向。他并未拘囿于小我的感伤情绪，而是将目光投向了现代人普遍面临的生存困境，不断思索着时间、生命等问题。即便他的思考没有得出答案，仍能看出他在诗歌写作中渴望突破自身的努力。早在1926年发表的习作《小诗》四首①中，感伤情调与人生哲思的并存便已清晰可见。"独自倚着临水的阑干。/一我两影——"，这是一个孤独的沉思者形象。"日历声的'霍索'""钟声的'滴搭'"在少年卞之琳心中已留下深刻印记，成为他日后写作的一大主题。"黄莺儿在窗外骂我糊涂；/我在床上反恨黄莺儿惊醒我的好梦。"如陈越所说："那种物我相对的思维方式已经初见端倪，那种在'你''我'的人称设置及其自由转换中所表现出来的戏剧化手法也清晰可感。"②这两行诗表达荒废时日的悔恨无奈时，也在思考着视角的相对性问题。

《叹》是对"新月"格律体的试验，诗行排列方式似与主旨有关：

　　你啊一天天
　　总期待明朝，
　　同时你又要
　　　对昨日留恋。

　　今天你坐看
　　白昼让开路，
　　黄昏来迈步，
　　　你偏又长叹。③

---

① 卞之琳：《小诗》，《学生文艺丛刊》1926年第3卷第5期，第14—15页。
② 陈越：《卞之琳的新诗处女作及其他》，《现代中文学刊》2011年第1期，第86页。
③ 卞之琳：《诗五首》，《文艺月刊》1931年第2卷第7期，第123页。这五首诗为《长途》《一城雨》《雨珠》《夜雨》《叹》，除《长途》收入《汉园集》外，后四首均未收入卞之琳诗集。《叹》还发表于《诗刊》1931年第3期，题为《小诗》。

诗行呈波浪状排列，令人联想到那声"水哉，水哉！"的咏古长叹；同时寓意曲折前行的道路，昨日与明朝、白昼与黄昏永恒交替却永不重复，体现了卞之琳"螺旋式上升"的认知方式。同期发表的《雨珠》[①]在诗行排列上也别具匠心，用少量七字句穿插于其余大量八字句之间，隔一行或两行有规律地错落排列模拟雨珠落地的节奏和被打碎的形状，从视觉与听觉上将诗的外在形式、声音与内容合一。《叹》中的"你"就是诗人自己，而《雨珠》中的"你"应为诗人设想的一个听话者："你听，老天向古城／撒下来一大把珍珠！"诗人将雨珠比作珍珠，充分调动敏锐的感官，描绘了它们落在水潭、树叶尖、电线和黑瓦上的形态，像鸽卵、中元节的莲灯、黄豆和眼角的泪点。诗人渴望在微小的雨珠里包罗全世界色相的努力与后来写作的《圆宝盒》类似。这平凡脆弱的雨珠正因它能落在世间万物之上且生发出不同模样、"一会儿就无影无踪"而被诗人视作宝贵的珍珠："捡来真有点用处——／做项圈，献给你底梦。"诗人的梦也如雨珠般看似微小、易碎、短暂，却能包罗万象、容纳众生。这两首诗都在抒一己之怀的同时融合了对时间流逝或事物的暂存性及其意义的思索，字里行间的感伤情调或许是卞之琳舍弃它们的原因。

　　写于1931年的《垂死》[②]，其厌倦一切的灰颓情绪达到令人窒息的强度。卞之琳设想了自己正要死去的时分，通过床前白泥小炉里最后烧红的圆球、燻黄的灯罩里跳荡的灯花等最后一点光明即将熄灭的意象，将垂死之人可能有的心理活动刻画得很逼真。这首诗每行多达十五六字，节奏冗长、拖沓，首先在阅读感受上便给人以"这一口气倒想慢点儿断"的窒息感。"我正等一声梆敲落这摇摇欲垂的黑暗"，用一个具体可感的动作将听觉上的"一声梆"与视觉上的"黑暗"及心理上的"时间"巧妙连接起来。可见从意象选择、节奏安排到语言打磨都经过了诗人的深思熟虑，这首诗落选恐怕是思想情调过于灰颓的缘故。

　　1936年卞之琳写诗极少，除《鱼化石》屡次入集外，目前只见同年

[①] 卞之琳：《诗五首》，《文艺月刊》1931年第2卷第7期，第122—123页。
[②] 卡之琳：《垂死》，《文艺月刊》1931年第2卷第4期，第12页。"卡之琳"当为手民误植。

发表于《大公报·文艺副刊》的《休息（童话）》[①]和《小诗两首（朋友和伞、朋友和烟卷）》。卞之琳晚年在为自己的诗作分期时，将1936年忽略不计："第三个阶段主要就是我回头南下，在江、浙游转的1937年春天几个月。我差不多一年半完全没有写过诗。"[②]研究者多把1935年视为卞之琳20世纪30年代诗歌创作的转折点："好像是忽然之间，从1935年开始，卞之琳的声音有了很大变化。"[③]但从发表于1936年的《休息（童话）》来看，似乎有更多早期风格的影子而未见1935年开始的转变。据张曼仪编、经卞之琳核改校订的《卞之琳新诗系年》记录，这首诗写于1936年。作者未把它收入集中可能是由于遗忘（印象中1936年几乎没有写过诗），或考虑到此诗与1935年至1937年的创作风格不协调。诗中有一些早期诗作中频繁出现的词语、意象和主题：厌倦、午睡、表上的时间、大海、暖雨、一城的油纸伞。每行八字、三顿，以"厌倦了自己的……"为开头的诗句划分出三个结构清晰的语义段落。童话般的口吻讲述的却是一位厌倦一切的青年"心情跑过了年龄"（《发烧夜》）的苍老心态，风格更接近《午睡》《彗星》等。

此外，卞之琳还有极少数爱情诗具有浓重的感伤情调。《魔鬼的夜歌》作为把卞之琳纳入新月派的有力证据，被陈梦家收入《新月诗选》。多位研究者提及此诗，通常将它用作卞之琳早期写作处于生硬的模仿阶段、受新月派影响较深的例证之一。这首诗堆砌了众多阴森可怖的意象，营造出一种凄冷、荒诞的氛围。多处整饬的语句读来只是平面的字形排列，背后缺乏情感的支撑。就诗艺而言，它可算一次实践"新月"格律体和运用戏剧化手法的练习；就诗的内容和整体格调而言，在卞之琳的作品中的确算失败之作。对自己的作品一向要求极高的卞之琳不愿将这类拙作示人也很自然。

[①] 薛邻：《休息（童话）》，《大公报·文艺副刊》1936年4月19日，第11页。
[②] 卞之琳：《〈雕虫纪历〉自序》，《卞之琳文集》中卷，第449页。
[③] 蓝棣之：《论卞之琳诗创作的脉络》，袁可嘉、杜运燮、巫宁坤主编：《卞之琳与诗艺术》，河北教育出版社，1990年，第58页。

另一首《被弃的愁息》发表于《文化批判》1934年第1卷第1期，署名"之琳"①。《文化批判》1934年5月创刊于北平，由文化批判社发行。②这首诗表达的直露、情绪的泛滥与《魔鬼的夜歌》近似。全诗如下：

帘影清姗的百合的韵情，
呵！结着丁香般愁怨的姑娘，
风吹断了一丝恋情，
一张绯红的脸剩得惨白。

冷清的大理石的雕像，
守道院殉教者的怨望，
呵！蠕动的曲线底雏形，
呵！是颤动的酥胸底愁息！

仰望穹苍闪耀的星，
光亮的眼呵神秘的瞳宫，
今朝我不得再湿吻人间的美处
而像山楂花凋尽！

凭破绒桌垂闭双眼，
零乱的诗章歌调，
不忍歌，不忍歌呵！
被弃人的心是苦寂的！

---

① 卞之琳在《新月》1933年第4卷第5期上发表《工作底笑》和《三天》时也曾署名"之琳"。
② 该刊"以复兴民族文化，研究学术，交换知识，推进中国社会进化为目的。文章有对现阶段文化运动的理论与实践的探讨，对现代文艺批评基本倾向的论述，同时刊登关于文化方面的论著和文艺创作作品，国内外有关文化方面的消息"。参见伍杰主编：《中文期刊大词典·下》，北京大学出版社，2000年，第1656页。

> 流去了过去绮梦和热情，
> 幽长的孤单的幽灵，
> 梦魂闲迢迢的去温旧梦，
> 衣濡吻了斑斑朵朵底泪痕！①

开头挪用戴望舒《雨巷》的名句，将《雨巷》中那位令"我"倾慕、可望不可即的女郎改写为被人抛弃、"结着丁香般愁怨"的失恋者，具有反讽意味。抒情的直露、华丽辞藻的堆砌暴露了文字背后情感的苍白。语气词和叹词（"呵"）、感叹号、名词前修饰成分之多若置于卞诗中则实属罕见。密集的形容词稀释了语言的凝练度和诗意的浓度，使情感流于空疏，诗句在"的""底"的延宕中变得软弱无力。全篇聚焦在被弃者的表情、动作和内心独白上，抒情形象显得透明单薄，不像卞之琳许多抒情之作一样"亲乎情""切于事"② 而能感人。"帘影清嫋""百合的韵情"等装饰性语词空无所指，成为诗歌语意传达、情绪渲染过程中的生硬障碍。"被弃人的心是苦寂的！"这样宣泄式的判断句反而削减了诗歌的感人力量，诗人对抒情距离的把握显得有失分寸。卞之琳晚年曾评价戴望舒的《雨巷》存在"感伤情调的泛滥"，"好像旧诗名句'丁香空结雨中愁'的现代白话版的扩充或者'稀释'"，"用惯了的意象和用滥了的辞藻，却更使这首诗的成功显得浅易、浮泛"。③ 若这首诗果真出自卞之琳之手，即便此诗的写作意图是对《雨巷》的反讽，那么在反讽式写作中他也暴露了同样的问题。

列举以上卞诗中抒情泛滥的例子，并非为了推翻卞之琳含蓄克制、"非个人化"的抒情形象，而是想对这一不刊之论做出补充。首先，卞之

---

① 之琳:《被弃的愁息》,《文化批判》1934年第1卷第1期,第171—172页。
② 江弱水在论述卞诗的"亲切"时指出:"前面我说'亲切'二字,不仅是亲乎情,而且也切于事。主体的情感,正须落实到客观而具体的形象上,否则就浮泛。"见江弱水:《一缕凄凉的古香——试论卞之琳诗中的古典主义精神》,袁可嘉、杜运燮、巫宁坤主编:《卞之琳与诗艺术》,河北教育出版社,1990年,第102页。
③ 卞之琳:《〈戴望舒诗集〉序》,《卞之琳文集》中卷,第349—350页。

琳刚开始写诗便写的是抒情诗，且多采用内心独白的方式直抒胸臆，诗中充满反映时代情绪和个人内心波澜的感伤情调，也有滥情、宣泄之作。抒情主体的情感在诗中呈现为较原始的样貌，诗歌写作对卞之琳而言具有一定的发泄、慰藉作用和反思现实人生的意义。这是他写诗的最初动机。其次，从编《汉园集》(1934)①、《鱼目集》(1935)起，至晚年编《雕虫纪历》(1978)，出于明确的诗学观念和选诗标准，卞之琳有意删除了那些抒情泛滥的作品。"思想感情上太颓唐、太软绵绵、太酸溜溜的，艺术表现得实在晦涩，过分离奇，平庸粗俗，缺少回味，无非是一种情调的'变奏'来得太多的，或者成堆删去，或者删去一部分。"②因此，1931年的诗作为何淘汰率如此之高便也不难理解了。他喜爱表达"戏剧性处境"，"倾向于小说化，典型化，非个人化"的诗学观念除了与个人的文学气质和趣味有关外，更直接的线索是他翻译的两篇诗学论文。1932年，卞之琳翻译了哈罗德·尼柯孙的《魏尔伦与象征主义》③。魏尔伦"节用和善用形容辞""栩栩如生地提起小东西"的写作策略，"仅仅描写还不够"，还要暗示无穷的诗学观念对卞之琳影响很深。1934年，他翻译了艾略特的《传统与个人才能》。"诗是许多经验的集中，集中后所发生的新东西"；"诗不是放纵感情，而是逃避感情，不是表现个性，而是逃避个性"。④艾略特主张艺术感情"非个人化"的论断内化到卞之琳的诗学观念之中，与以魏尔伦为代表的法国象征诗派重"亲切""暗示"的特点一起，成为他日后写作、编选诗集的重要准则。

---

① 《汉园集》于1934年编成，1936年出版。
② 卞之琳：《〈雕虫纪历〉自序》，《卞之琳文集》中卷，第461页。
③ 哈罗德·尼柯孙：《魏尔伦与象征主义》，《卞之琳译文集》中卷，安徽教育出版社，2000年，第251—263页。
④ 托·斯·艾略特：《传统与个人才能》，同上书，第283页。

轻巧的淘洗

"我写诗,而且一直是写的抒情诗,也总在不能自已的时候,却总倾向于克制,仿佛故意要做'冷血动物'。规格本来不大,我偏又喜爱淘洗,喜爱提炼,期待结晶,期待升华,结果当然只能出产一些小玩艺儿。"[①] 如上所述,卞之琳写诗数量本较少,篇幅不长,经不断删改、压缩后,诗作更加呈现出短小精致的面貌。陈丙莹认为"淘洗"即指艺术上的刻意精心镂制,"反映在语言上即为注重锤字炼句",诗人承续了"刻苦锤炼的艺术传统",而他锤炼的目的着重"真切的表现"而非"寻求惊人语"。[②] 刘祥安指出卞之琳所谓"淘洗、提炼、结晶、升华"既受到中国古典诗词锤炼、苦吟传统以及闻一多诗学观念的影响,更与法国象征主义诗教有直接关系。[③] 两人都把"淘洗"理解为字句的锤炼,与"提炼"的内涵基本一致。但刘祥安后文所言"这个'我'只属于'我'的殊相必须剔除、淘洗""瓦雷里式的要从诗中淘洗掉个人的东西的诗学观念"[④] 的"淘洗"又似乎不能简单等同于"提炼"。从"喜爱淘洗,喜爱提炼,期待结晶,期待升华"一语的逻辑顺序来看,似乎有一个由粗到细、去粗取精的过程。若"提炼"指字句的锤炼,"结晶"指诗歌作为艺术品的诞生,"升华"指这精巧的结晶体移交读者手中可能被赋予的新生命;那么,作为第一道工序的"淘洗"应为一种比提炼更粗疏的手艺。它应是在进行字句锤炼之前,对入诗内容的筛选、诗行的剪裁,以此淘洗掉"我"的殊相,留下适合进行锤炼、能够期待结晶和升华的材质。因未发现卞之琳的手稿,他写诗时真实的修改过程已不可考,但从报刊版、诸诗集版本的变动中仍能看出他所谓"淘洗"的内涵。

《足迹》曾发表于《文学杂志》1937年创刊号,在收入《雕虫纪历

[①] 卞之琳:《〈雕虫纪历〉自序》,《卞之琳文集》中卷,第444页。
[②] 陈丙莹:《卞之琳评传》,重庆出版社,1998年,第133、151页。
[③] 刘祥安:《卞之琳:在混乱中寻求秩序》,文津出版社,2007年,第92页。
[④] 同上。

（增订版）》（三联书店［香港］，1982年）时被诗人删去了原诗前11行，仅将最后3行化为一首4行短诗。以下是《足迹》初发表时的版本：

> 十年前卖梨的还叫在你门前；
> 悲哀是谁的？他的还是你的，
> 你经过了千山万水的？
> 想想看，哪一所城市里哪一条长街上
> 哪一面陈列窗抢过你一个面影。
> 哪一面陈列窗里俏丽的新皮鞋
> （多少对眼睛同赞巴黎品？）谁穿了
> 点过了哪一条清脆的人行道，
> 哪一条石桥？该有巴黎皮鞋匠在想吧。
> 想吧，你穿了那双皮鞋的，
> 你经过了千山万水又回来的。
> 蜜蜂的细腿已经拨起了多少只果子，
> 你的足迹呢，沙上一排，雪上一排，
> 全如水蜘蛛踏在水上的花纹？①

"你"穿着一双皮鞋走过千山万水后回到家门前，十年前卖梨的叫卖声似乎还在耳边。皮鞋匠不知道自己造的鞋将被谁穿着走过怎样的路，更无从知晓鞋主人走遍千山万水后的艰辛与喜悦。卞之琳在《寄流水》中写道："别再想古代羌女的情书 / 沦落在蒲昌海边的流沙里 / 叫西洋的浪人捡起来 / 放到伦敦多少对碧眼前。"② 物的来踪去迹、物背后承载的感情、由物见证的人的经验与记忆是卞之琳一向感兴趣的话题。"隔江泥衔到你梁上，/ 隔院泉挑到你杯里，/ 海外的奢侈品舶来你的胸前：/ 我想要研

---

① 卞之琳：《近作四章》，《文学季刊》1937年第1卷第1期，第38—39页。
② 卞之琳：《寄流水》，卞之琳编：《汉园集》，商务印书馆，1936年，第184页。

究交通史。"① 他的小说《山山水水》以自己为原型的男主人公梅纶年便是研究交通史的学者。《尺八》的构思也可以说来源于他对交通史的兴趣。但《足迹》在入集时却舍弃了前面大段有关一双皮鞋的交通史想象而只留结尾:"蜜蜂的细腿已经拨起了/多少只果子,而你的足迹呢,/沙上一排,雪上一排,/全如水蜘蛛织过的水纹?"② 这样的删改应与他"喜爱淘洗"的诗学观念有关。原诗前 11 行的文字表述的确有拖沓之嫌。"十年前卖梨的还叫在你门前""哪一所城市里哪一条长街上/哪一面陈列窗"等都描绘的是具体琐细的殊相。"你经过了千山万水又回来的"这一饱含沧桑的生命体验在原诗末尾三行已得到暗示。"你的足迹"不过"沙上一排,雪上一排",如"水纹"般不留痕迹。废名说:"只要你是写实,无论怎样神秘,我都懂得。惟其写实,乃有神秘。否则是糊涂了,是空虚了。"③ 的确,卞之琳借用科学常识表达诗意时,总能收获一种既"写实"又"神秘"的效果。这里的"蜜蜂的细腿已经拨起了/多少只果子"便是一例。物理与诗意相融合,同时传达了原诗前 11 行那位走遍千山万水回来的女子的全部心情,便是诗人淘洗的成果。没有前面的铺垫和巴黎皮鞋匠的畅想,"你的足迹"略显单薄,但也因此留下了更多想象空间。

以大量删节原诗、仅保留片段的方式修改旧作的现象,在卞之琳的诸诗集变动中屡见不鲜。《泪》在收入《雕虫纪历(增订版)》时,删去原诗的前 15 行,只留结尾 9 行。④ 无论是"黄海滨捡来的小贝壳""旧衬衣脱下的小纽扣",还是"开一只弃箧的小钥匙""我常带往南北的手提箱",都带有个人化的日常生活印记。从"巷中人与墙内树,/彼此岂满不相干?"一行开始,诗人对琐屑日常的描绘转向了对一个哲学命题的思

---

① 卞之琳:《无题四》,《十年诗草》,明日社,1942 年,第 114 页。
② 卞之琳:《足迹》,《雕虫纪历(增订版)》,三联书店(香港),1982 年,第 168 页。
③ 废名、朱英诞:《新诗讲稿》,北京大学出版社,2008 年,第 336 页。
④ 《泪》初发表于《新诗》1937 年第 2 卷第 1 期时曾引李商隐诗句"莺啼如有泪,为湿最高花"作为题记,收入《十年诗草》(明日社,1942 年)和《十年诗草》(大雁书店[台北],1989 年)时仅删去题记,其余未作删减。《雕虫纪历》(人民文学出版社,1979 年)未收此诗。以下诗句引自报刊版。

辨,因此余下诗行得以保留。在最后9行里,诗人用了他喜爱的科学与诗意融合的意象:"你来画一笔切线,/我为你珍惜这虚空的一点"。"巷中人"与"墙内树"彼此本"满不相干",却因一滴宿雨而发生关联,如圆与切线相交的一点,如"你"与"我"的"露水因缘"。为这相聚的缘之宝贵、聚散之无常,"人不妨有泪"。《收稻》从《雕虫纪历》(人民文学出版社,1979年)①到《卞之琳文集》(安徽教育出版社,2002年)仅保留原诗前4段,删掉后10段。

这样的删改现象不仅存在于从报刊发表到入集或不同诗集之间的变动中,1936年,卞之琳还曾在《大公报·文艺副刊》上发表了1933年出版的诗集《三秋草》所收的两首诗(《朋友和伞》《朋友和烟卷》②)的结尾,题为《小诗两首》③。《朋友的伞》再度发表时仅保留结尾三行:"现在你远了。雨又在幽咽。/想起那天,我不再怕西风,/愁我们像浮萍,伞像荷叶。"删去的前24行回忆了去朋友家避雨、朋友为想独自冒雨的"我"撑伞的往事以及与家人相处的细节。留下的结尾回到"现在你远了"的雨景中。"愁我们像浮萍,伞像荷叶"的比喻在思念友人的同时,寄托了命运漂泊不定、人生聚散无常的愁绪。前24行的叙事虽亲切自然却未经提炼,语言的琐碎冗长稀释了诗意,且带有浓厚的个人化色彩。同样,《朋友和烟卷》删去了前47行与友人抽烟、喝茶时的絮语:"真惭愧,/刚才你说我/不见了三年/至少老了六年,/可是我/还没有学会抽烟,/正如我/还没有学会吹箫。"从抽烟写到变老,写到吹箫;又由箫声写到青烟,再写到童年……思绪散漫,每行一字至七字不等,节奏舒缓而流畅。但诗人重新发表此诗时只保留了结尾4行:"谢你/为我从南天/带来了/一缕故乡底炊烟。"舍弃个人化日常叙事而仅留一个比喻,将前面琐碎叙述和缓慢节奏里流露出的怀旧、感伤情调全部压缩到"一缕故乡底炊烟"这一意象中。

---

① 收入《雕虫纪历(增订版)》(三联书店[香港],1982年)和《雕虫纪历(增订新版)》(人民文学出版社,1984年)时未作改动。
② 卞之琳:《三秋草》,新月书店,1933年,第15—23页。
③ 卞之琳:《小诗两首》,《大公报·文艺副刊》1936年5月1日,第12页。

从以上几首诗的删改情况可看出，卞之琳所谓的"淘洗"，就实际操作而言是比较轻巧、简便的。他常常对一首诗进行整段地删除，仅保留结尾或开头。换言之，抽出一首诗中的几行便浇筑成一个新的意义容器。被他淘洗掉的通常是琐细的个人化日常叙事，保留的是蕴含理趣、哲思或感情的精妙比喻。"借助'淘洗''提炼''结晶''升华'，废黜琐细之物的日常性，追求一种日常经验、具体历史之上的超越性心智——一颗'慧心'，才是他诗艺的关键。"[①] 因而，"淘洗"，在卞之琳这里，不仅仅是技巧层面的一种写作策略，更与他"非个人化"的诗学观念、渴望通过诗歌写作整合人类普遍的情感经验和智慧的诗学追求密不可分。就我们能见到的删改情况而言，他的"淘洗"似乎显得过于简便、随意，仿佛摘出一首诗中的佳句便足以形成新的作品，并未经过更细致的筛选和复杂的整合。但若考虑到卞之琳"小大由之"的美学趣味、对诗歌承载人类普遍经验的期待和艺术普遍性与永久性兼及的理想，看似不经意的淘洗实则别有用心。不妨猜测，在卞之琳具体的写作过程中，或许也有一个对诗行进行大幅度删减、压缩即"淘洗"的步骤，这样也就不难理解他的一些以"晦涩"闻名的作品为何诗意如此密集、跳跃了。比如《距离的组织》《尺八》《鱼化石》等，他宁愿以自注或后记的形式对被"淘洗"掉的内容进行补充、说明，也拒绝在诗歌文本内部去填补他精心设置的"空白"（意象之间的跳跃、诗行之间连接词的省略、人称的自由转换等）。"晦涩"的风格与卞之琳"喜爱淘洗"的诗歌生成方式密不可分，背后指向的是他选择的"非个人化"诗学观念。经卞之琳反复淘洗、提炼，这些诗呈现为精致的结晶体，蕴含诗人丰富的生命体验和智慧，等待在读者的想象和创造力中获得升华。但诗行的过分压缩、剪裁导致了诗意的高度密集与跳跃，意境与主旨都处于混沌不清的状态，读者有时难以抵达诗人的原意。因此，空白与晦涩之间捉摸不定的界限成为卞之琳诗歌创作中棘手的难题。

[①] 姜涛：《小大由之：谈卞之琳40年代的文体选择》，《巴枯宁的手》，北京大学出版社，2010年，第193页。

余 论

除上述两个问题外,卞之琳的佚诗还展现出他"小处敏感"的独特体物方式。即便是在一些少为人知的诗作里,他的诗思无论具体或抽象、指向个人或集体,落实到词语上都更偏向于从微细琐屑的事物出发。[①]《八月的清晨》[②]由"你"看到的洋车夫写到洋车夫想到的老人,由小狗写到年轻人("你"),这一切看似无关的生命因秋天摸到了洋车夫脸上、老人胸上、年轻人心上,而突然产生了某种深刻的关联。注视着这一切的"你"不仅感到内心的惆怅,还由天地间的秋意感受到了与身处其间的陌生人心灵的共振。"你"心上的一点凉便扩大到了全宇宙。这是卞之琳独特的思维和感受方式。而他20世纪50年代创作的一些政治抒情诗,如《战争与和平》《和洪水赛跑》《支援三首》等,由于偏离了他擅长的以小见大、"亲乎情切于事"的写作方式,违背了自己的艺术个性,失之苍白无力。在代人群发声时虽满怀热情,却终不免隔膜。

从对卞之琳早期佚诗的解读和版本考察中可得出:首先,他的早期诗歌中存在大量直抒胸臆的独白式抒情,偶有"情动于中而形于言"的即事之作和堆砌辞藻、流于空泛的失败之作,因而他"克制"的抒情形象除含蓄内敛的个性使然外,更出于他在诗艺逐渐成熟后对"非个人化"诗学观念的主动选择和通过编选诗集自我塑造的结果;其次,在修改旧作甚或实际写作过程中,他偏爱蕴含理趣的表达、融情于景的比喻,而删弃了对琐碎日常的个人化叙事,渴望通过"淘洗"让诗歌承载更普遍的情理,获得更持久不衰的感染力。"非个人化"的诗学观念决定了他偏爱"淘洗"的诗歌生成方式,而"淘洗"的结果偶尔会导致诗歌内容的

---

① 朱自清在评价卞之琳对新诗史的独特贡献时,指出他是"在微细的琐屑的事物里发现了诗"。见朱自清:《新诗杂话》,生活·读书·新知三联书店,1984年,第16页。应注意朱自清所说的"微细的琐屑的事物"在卞之琳那里实际上是可以容纳全宇宙的。他并非没有大的襟怀、抱负,而是他的一切"大"均由"小"出发。
② 季陵:《八月的清晨》,《牧野》1933年第5期,第2—3页。

过度精炼，诗人匠心独运的"空白"美感不可避免地成为读者和批评家口中的"晦涩"。

　　翻检诗人的"废纸篓"，只为了能在诗歌选本、新诗史叙述之外，找到更多被历史掩埋的碎片，尽力拼凑出一张更完整的面孔。需注意的是，本文所能拾到的"碎片"并非一经写出即被诗人丢弃的废纸（手稿里恐怕还有很多从未见天日便消失了的诗），这些佚诗毕竟走出了公开发表的第一步，即它们并非在卞之琳写作当下即被他否定的作品，只是在诗人写作意识逐渐成熟的过程中被淘汰了。因此，这些曾经发表却未能入集的诗为我们理解诗人诗学观念的变化、诗艺成熟的过程提供了一个特殊的入口。当我们翻阅这些带有半成品意味的诗篇时，由卞之琳日后自我奠定的叙述框架以及被一代代研究者不断巩固的相关诗歌史知识，就获得了被重新打开的可能，并使我们对他的理解更为具体、丰富和饱满。

高校诗歌与新诗教育

复旦诗社或20世纪90年代速写

韩 博

真 相

青春时期个性弱小，阅历浅薄，热衷于寻找同道中人，以资获取勇气、认同及相与鼓励。所以，1992年，从南昌陆军学院一回到复旦，我和马骅就一起报名参加诗社。

其实，早在高中一年级，我就知道复旦诗社的存在，当时的一位诗友告诉我，他同学的哥哥立志报考复旦，因为想要参加诗社。我很是奇怪，为什么不去北大，北大也有诗社，可能更好，至少出了海子。结果却是我去了复旦，命运——偶然性的这个荒谬面具——敦促我自己寻找答案。

我对于以现代汉语（对于新文化运动以来的书面母语姑且如此称之，它除了拥有"白话文"的革命性形式之外，还在20世纪后半叶的中国大陆拥有了简体文字的面目）书写的诗歌产生兴趣，始于初中时代购买的一本《朦胧诗选》，北岛和顾城的作品给我留下了深刻印象，他们似乎恢复了语文课本中难以见到的想象力：一种属于独立头脑的个体尊严，以及对于虚伪生活的反对。我觉得自己获致了一种启发，一种鼓励，甚至并非仅仅关乎文学：虚伪并非存在的必选之项，我甚至有权利自由表达头脑之中的世界镜像。这是最后的权利，也是永恒的权力。

诗歌因此改变了我的人生。不久之后，我遇见了两位生活在东北小城的"第三代"诗人：宋词和朱凌波。他们为我敞开了另一个世界的窄门，从他们那里，我得到了许多民间刊物。所以，高考之前，我对于国内诗歌流派的诸般摸索已算了如指掌。对于我来说，无论进入复旦还是北大，参加诗社都是自然而然的事情。

我和马骅相识于1991年秋天，南昌陆军学院的宿舍里。当时的他应该还没有开始写诗。我记得，就在那几天，孟浪给我寄来他的近作的复印件——复印机就是90年代初期无须送审的出版社。马骅问我在读什么，我给他看了，他或许受到一定程度的震动，尽管这个家伙极其善于表演不以为然。我们开始谈论文学，与无聊的时间作战——军车上、饭堂里，山坡上，厕所中。我们也暗暗展开读书竞赛，既然课堂属于服药和灌输，我们便尽量私自采撷"毒草"，当时的军校图书馆藏书颇丰，甚至也有一些文学杂志，乃至新晋的"禁书"——书架之间漂荡之物，毕竟身属轰轰烈烈的80年代之残骸，留下太多思考、争辩与幻想。我将读过的书名记入训练笔记，应该超过了100本。

军训一年的体验，近乎一个被放大的哲学命题：人是有限的，被设定的，你所有的自由都在这个前提之下，你该怎么办？这颇类似于身患不可逆之疾痛的患者对于自由的思考：如果你的基因之中即含有病毒，你该如何与荒谬搏斗，甚或仅仅只是相处。多年之后，我为《艺术世界》策划过一期专题，"艺术与疾病"，即以非典型性肺炎的流布为背景，探讨身体或文化基因之病毒对于艺术创造之前提设定。也正是在那一年，马骅去了云南，寻访文化偏方，展开自我治疗。

还是先回到1992年，"出狱"的假象促使我们在结束军训、进入复旦之后，认认真真对待的第一件事情便是投奔组织——我们依然生活在80年代的云影投下的巨大幻觉之中，根本就不在乎所谓组织的水泊梁山或校园社团不过是学生会这一官僚机构的山寨货领导之下的玩世不恭的草台班。

26年过去了，我的记忆并不可靠，以下两件事情的顺序大体如此，或是相反：

其一：我和马骅将各自在军训期间写的几首小诗投入番号为"九零一零"的中文系邮箱，注明"新生赛诗会作品"，"胡方社长收"。

其二:我和马骅去了九〇级中文系所在的五号楼宿舍。"请问胡方在吗?""我,我就是。"胡方笑嘻嘻的,说话结结巴巴。这间宿舍蚊帐低垂,凝聚着一股臭烘烘的酣睡气息,仿佛要把因为军训而失去的所有懒觉皆夺补回来。我们开始抽烟。胡方将亢旭、敖牙和王海威介绍给我们。亢旭不大说话,深思而少言,实为诗社的精神领袖。敖牙放浪形骸,崇拜海子,不久之前刚刚被官僚机构或其山寨货勒令放弃诗社社长一职。因病休学而从八九级计算机系转入九〇级中文系的王海威则更像一位江湖大哥,见我们来了,聊上几句,还算投机,他便请一位同学打开上锁的抽屉,借出一张百元大钞(当时学校发给我们的生活补贴每月约为30元),率领众人前往著名的五角场夜排档——他还叫上了当天晚上所有留在宿舍里的中文系哥们,堪称场面浩大的入伙仪式。

90年代初期并非文学的黄金时代,80年代的诗人们已经尽情享受了摇滚明星一般的待遇,尤其是在大学校园。而到了我们入学的那个时候,诗歌,或者说文学,已经被边缘化。中国正在猛然转向,与其让黑猫白猫各执一词争鸣,不如摸着石头务实——市场经济难道不是另一种大家都易于接受的国际主义吗?我和马骅就读于国际政治系,我们的系主任,将在两年之后成为中央智囊机构中的一员。我不知道他对于中国现实这一超级社会剧集的评价如何,是否部分实现了他借由《西方政治思想史》的课堂,对于我们的冷静教诲。一切不得而知。也许为时尚早。我对于政治并不感兴趣,我更关心文化或者说文明的命运,看它如何使可怖的人生和世界显示出充足的理由。而在18岁之前,我难以寻找到那样的理由,如果忽略动物性的家族理由的话,所谓民族,也是动物性的。

不容否认的是,80年代的"文化爆炸"(其实称为启蒙可能更是恰当,意识形态领域长期闭关锁国之后,国际文化回归的一种初期启蒙)的确开启了我的心智,尽管我只是身处边疆的一名中学生而已。20世纪的国际文化不仅以无版权图书的形式堂而皇之进入每一家新华书店,本土作家和诗人亦以其为坐标体系,试图形成一个汉语的小传统,既有别于早已被新文化运动和文化革命踢碎、打烂的中国经典文化,亦有别于70年代之前的白话文写作。对于依然深深震撼于戛然而止的80年代的我们来说，卧轨于1989年春天的海子几乎拥有圣徒的地位，许多人都在模仿他的风格。那似乎是北岛的二元论与韩东的"诗到语言为止"之外的另一条道路，不仅仅是抒情的回归，更怀有不谐和唤醒的快乐，对于现实的形而上补充，某些篇章仿佛古希腊的酒神精神扶升，弥补着现代汉语作为艺术语言的缺憾。简而言之，海子的作品似乎比他的前辈或同代人的作品更有文化，尽管界定不清的古典世界正在他的头脑中打架，海子正为着"诗歌之王"纵横于时间之中的统一事业而痛苦不堪。

  我们的大学生活就在这样的背景之下开始了。新生赛诗会上，我得了第一名，马骅第二名，来自大连陆军学院的高晓涛第三名。从那以后，我们三个成了最好的朋友。马骅在2004年失踪之后，我编选过一本马骅诗选，高晓涛则在十年之后设法出版了第二本。而在大学本科时代，马骅曾不止一次地开玩笑：不如把高晓涛从楼上推下去，那样我们三个都出名了，就像海子、骆一禾和西川那样。没有想到的是，开这个玩笑的人最先离开了我们，而且，对于出名而言，他的确如愿以偿了，甚至远远超乎想象。虽然出版他的诗集并不容易，但是拍摄关于他的电影却并不困难，因为那是两个马骅——诗人和"希望工程志愿者"，尽管他与后者毫无关系，可是他说了不算，谁让他不辞而别呢，就像在北京的酒桌上一样。他负责失踪，身后的世界负责编造故事。我们曾经一起看过埃米尔·库斯图里卡的电影《地下》，那是他当时的南斯拉夫女朋友米拉介绍给我们的，电影中设置有这样一个情节：第二次世界大战结束之后，成功者监制一部革命浪漫主义电影，那是关于他自己的电影，演员正在涂脂抹粉地表演他作为"历史"之中的"英雄"，如何为了动物性的民族或抽象的哲学理念而英勇战斗。马骅理应欣慰，他也终有这样一天，只不过自己没有得到监制的机会。不过，这一切也足够了：现实的荒诞不正是我们既然无法甩脱便索性孜孜以求之物嘛。大银幕上的"他"，还真就跟他长得挺像。嘿！

  早在1993年，我们已凭借另一种艺术形式调侃现实之荒诞。亢旭发起，召集马骅和我，以集体创作、流水线生产的方式折腾出了一个剧本，叫做"玩真的还是玩虚的"——我们当然是在模仿王朔以及他那个失败的公司，只不过，我们试图写出一个悲剧。

我和马骅亲自出演，1993年和1994年两个深秋各一场。我们是剧中的同事，办有一本名为"人间指南"的杂志，极尽玩世不恭之能事，直至我因误将他人推下楼去而进了监狱，及至我重获自由，马骅已是一名"成功人士"。那个时候的我们，对于人生的想象实在有限——无论是其可怖还是现实的戏剧性乃至娱乐性。舞台上"成功人士"的主要消遣，只不过途径公交车站，抽抽烟、泡泡妞而已，远远输给了演出之后二十多年的本土状况。

对于诗歌写作，马骅、高晓涛和我，三人之间达致一种默契——其实也放在桌面上谈过不止一次——绝不互相模仿，形成所谓风格的"流派"。对我们而言，诗歌是一项绝对个人主义的事业，也似乎是绝对个人主义的唯一机会。我们热切讨论一切问题，交流对于我们所能触及的所有诗人、小说家、艺术家和乐队的看法，我们其实从骨子里更认同于"完美的人"（uomo universale）之要求：自行掌握思想的所有分科，形成知识、鉴赏力和信念，虽然未必足以揭示宇宙之秘密，却至少尚可掌握且改变个人在这个世界中的命途。而我们秉承的核心观念，则是"思想独立"这一自文艺复兴始之首要特征——如果不充分考虑古典世界的话。这样的立足点，至少对我自己而言，从未改变，我不相信一位真正的诗人或艺术家，乃至一个对自己和世界负责任的个人，除了坚持这样的立场，还有什么其他的选择。

1993年，我成为复旦诗社社长，而马骅则接管了燕园剧社。在接下来的几年里，这两个组织几乎合二为一，形成了一个能够跨界交流的庞大圈子。诗歌朗诵会、戏剧演出是其核心内容，辅之以诗歌杂志、独立文化杂志以及无数沙龙……到了90年代末期，不同年级的核心成员似乎已经成为了血肉相连的至亲，就像六七十年代的嬉皮士群体那样共同居住、共同生活、共同讨论。不过，也许那只是青春时代的一种面具，一时之花开得再好，也难以抵挡真正的严寒。当我们陆续离开学校，进入"魔幻现实主义"的社会，稍加时日，一切终将分道扬镳。

好在大浪淘沙，岸边终能剩下几粒坚持听从内心召唤的顽石。高晓涛便是其一。我始终佩服他的人生选择、真挚性情与独立创作。其实从一开始，我们就致力于摆脱"校园诗人"的角色。因为坦率地说，我并不特别喜欢贴在"校园诗人"的标签之下的那些作品，尤其是当我在80年代满怀天真的热情通读了几乎所有能够找到的"朦胧诗"和"第三代"诗歌之后——如果说"他们""非非"之类的流派算是摇滚明星的话，所谓"校园诗歌"，更像是一群暖场乐队，他们似乎主要关注喉结凸起带来的系列变化，可能是因为中国特色教育制度的原因，本应在中学时代完成的一些事似乎被搁置了，所以"校园诗人"的作品几乎是一种补偿机制，热衷于制造果酱味道的句子，甜而酸楚，酸楚主要是为了更甜。

我们更倾向于首先对艺术本体进行探讨，从而寻找属于自己的艺术语言，一种尽可能独一无二的语言，而社会环境内容的承载则以此为基础。实际上，一个人被生于某种环境之中，是偶然的，也是荒唐的，如果这个人总是为这种被动决定之事不断论证其合理性，那么他只会离真理越来越远。我记得，90年代在复旦的那个文化或亚文化圈子里，大家总是热衷于探讨不以民族和时空设限的文明果实，我们热衷于成为整个世界的文化遗产继承人。高晓涛、马骅和我，以及在此恕不一一提及的其他朋友们，日后如此热衷于四处旅行，似乎就是为了实地办理遗产过户手续，办得越多越好。

就在冷霜约我写作此文之际，我刚刚完成了一部长篇文本，专以呈现个人内心图景之中的过往二十余年。我愿意从中选摘一段，作为此文的下半部分。"虚构"并非"真相"的对立之物——我从来不是二元论的信奉者——二者或是互为彼此。

虚　构

一个月后，崔同学和高同学组织的一场宿舍派对上，已经与他们混得烂熟的王同学玩得很是入戏。他借来一件白大褂，找来一副无框眼镜，满脸诚挚地站在门口欢迎女生。借给他白大褂的张同学来自生命科学院，蓄大波浪披肩长发，穿二手黑色机车夹克，夹克上别着包括校徽在内的各种国产徽章，近看很土，远观疑似美利坚金属党。金属党嘲笑白大褂：你怎么像妇科大夫！白大褂并不理睬这种庸俗的风言风语，他正以雷锋同志帮助老奶奶过马路的热情，半撅着屁股，将一位位腿脚健全的女生搀扶入"地狱之门"——派对主题如此，灰色木门上贴一张过期的《人民日报》，大狼毫蘸一得阁墨汁，手书彼岸语言：The Door to Hell。

六位"地狱"住客早已将三张双层铁床搬去了别的宿舍，"地狱"一下子显得挺大，塞入三四十号人不成问题，反正同学们一进"地狱"就手足无措，只会干站着说话。崔同学以班级举办活动为名，从楼下门卫室搬来一摞旧报纸，除了《人民日报》，还有《光明日报》《解放日报》《文汇报》之类的，将它们倒贴在墙上，彼此重叠，构成"地狱"的边界。高同学顺手牵羊了一只自行车轮胎，绑上绳子，插几支蜡烛，平吊在管灯下面，成为哥特风格的装饰，整个"地狱"的核心装饰。

音乐并不需要特别准备。崔同学已经拥有丰富的收藏。这位钢琴八级、弹奏古典音乐长大的年轻人，正滑向自己的摇滚乐时期。派对举办的那天晚上，崔同学反复播放的音乐中，包括美国西雅图乐队"涅槃"（Nirvana）的作品，那是科特·柯本的遗作。一年之前，他用枪击爆了自己的头部。而在太平洋西岸的"地狱"，这天晚上，六箱啤酒喝得差不多的时候，相对斯文的同学已经撤了，剩下的人开始跳舞，一只酒瓶被踢翻，随后正是科特·柯本人声呼啸的一段高潮，那只酒瓶被五六双被称作"军钩"的黑色皮靴先踩后跺，直至彻底粉碎。

韩同学深受触动。比崔同学高三个年级的他，不是第一次听这些音乐。然而，在那天晚上，喝了两瓶啤酒之后，他被一种有意设置议题的集体气氛催眠了。为了对似是而非的议题有所应对，他回到宿舍之后，在蚊帐里，点着蜡烛写下一首诗。后来，他在许多场合朗诵那首诗，那些场合，多是本校或外校的诗歌社团组织的朗诵会，虽然当时已不是80年代，写诗已不是一件时髦的事，但朗诵会勉强还有些听众。一些抽烟的女生，或是脸盘较大的女生，依然倾向于相信将文字分行是一种才华，她们愿意挤在一起，托着腮帮，呆望着那些储蓄肮脏长发的朗读者。

沉醉的鱼也知道:四月八日
　"让死去的人看到自己的起飞"

从第一个发音开始,为奢侈的善良忏悔
只能这样生活?只能这样挥霍晚年?
身体的尽头垒满空隙
我耗尽一生才变得无知

在一个晚上,所有的时代都有了去向
所有的世界都得到弥补
死去的乌云给大地带来甘霖
我们啜饮着他肉体的雨水,像一群
被打翻的翅膀。只有死去的……

太奢靡啦!我们的生活只应是声音
我的一生在它的奴役中变得幸福
蒙昧是我用草叶包住的果实的粉霜
我野蛮的哲学家,我的死亡在拭去
它的那一刹那

放弃如此艰难。我多像个丰收的奴隶
譬喻把我看得支离破碎
从第一个音符开始,每一天都将适宜:
清洁的人必定飞离大地
让爱人独自接住
又一枚顺流而下的金币
消失进水草缠绕的浴室

韩同学之所以会去参加那次派对，源自高同学的邀请。他们相识于一个月前学生社团每年例行的招新会上。韩同学守着诗社的桌子，那是多功能活动中心二楼，几十张桌子中的一张，大一新生鱼贯而入，沿着桌子排成的环形——或者更确切地说，为了避让四根水泥立柱而绕成的葫芦形状——寻找适合自己的集体。

每一个集体都急需新鲜的面孔，以及越多越好的会费。韩同学所在的诗社，曾在20世纪80年代红极一时。当时的校园诗人就像摇滚歌手，足以复活出大独裁者同样钟情的集体场面：人群，目光，沸腾的脸庞，唯独没有一呼百应的列队行进……90年代的最初两年，校园诗人的境遇也还不赖，有位前任社长，虽然未曾制造出任何大场面的活动，但他有本事将三位数以上的女生带回自己的宿舍，其中绝大多数，即猎获自夜间充任舞厅的这处多功能空间。韩同学13岁开始写诗，16岁已读遍"朦胧诗"至"第三代"的重要作品，他很清楚，那些校园诗人直白开朗的作品，并未在70年代至今的诗歌主流中占据多少位置。他想成为一位真正的诗人，而不是什么校园诗人。这二者的区别，就像做爱和手淫，都可以达到高潮，都可以体验空虚，但前一种空虚挺充实，另一种空虚就像破袜子。

韩同学继任社长以来，近乎偏执的抱负使其从者寥寥。但他总算想着办法印出几册诗刊，也张罗了一本三人合集——韩同学、马同学和高同学的合集，他们来自同一年级，对于诗歌怀有近似的主张，对于人生怀有近似的虚无——18岁之前，虽然饱受功课的折磨，但"温室里的花朵"大体指的就是他们。可是高考结束，呼啸着扑向温室的玻璃外墙的，竟是为期一年的军训，全称军政训练。他们人生中第一次重要的挫折似乎源出于此。没错，他们的高考成绩不俗，如愿以偿，进入名牌大学，但问题就出现在名牌大学身上。前两年，因为一系列电视转播事故，名牌大学突然被宣布罹患重症，一只巨大的手迅速将其推入急诊室（没错，其中的逻辑，这让人联想起手术台上邂逅雨伞的超现实主义美学）。于是，惩前毖后，治病救人；于是，前人生病，后人吃药；于是，韩同学、马同学和高同学被那只巨大的手套上了军装。军装是胶囊，药粉是思想，统一的胶囊，统一的药粉，将药粉倾倒入胶囊的过程，依据理论假定，需耗时一年。

"穆尔提—丙"药丸。多年以后，韩同学在波兰诗人切斯瓦夫·米沃什的著作《被禁锢的头脑》中，读到了这一名称。穆尔提—丙并非米沃什原创，而是其同胞斯坦尼斯瓦夫·伊格纳奇·维特凯维奇的两卷集长篇小说《永不满足》里的一位人物，据说他其实是位哲学家，生活在蒙古军队控制着从太平洋到波罗的海的疆域的时代，他成功地通过有机途径生产出一种足以改变"世界观"的药物，可以使服用者获得安详和幸福，心满意足，"穆尔提—丙世界观"构成了蒙古军队强势的原因，"穆尔提—丙"药丸则成为欧洲黑市交易的重要物资。那些喜欢设置问题的知识分子，吞下药丸之后，便主动取消了问题，他们不再把蒙古军队的入侵当成自己文明的悲剧，反而带着宽容的微笑看待那些至今仍为某些问题大伤脑筋的同胞。

急诊室内，为期一年的救死扶伤并未给屁也不敢乱放半个的韩同学、马同学和高同学带来"穆尔提—丙"式的精神重生。他们直挺挺地呆坐在教室里，或是僵立在操场上，琢磨着自己为何连个屁都不如之类的屁都不如的问题。

没有答案。没有答案。这类问题没有像样的答案。唯一可能的答案：你们的存在，不在"穆尔提—丙世界观"统一的范畴之内，所以毫无价值，毫无意义，你们的虚无由此而来。

韩同学、马同学和高同学试着把问题写进诗里。虽然是无神论者，他们还是不约而同地将控制个体人生轨迹的世俗权力神格化为一只巨大的手或之类的东西。如此一来，他们可以为自己屁都不敢乱放半个的懦弱找到一丝借口。当低年级的高同学（此高同学非彼高同学，诗人高同学在结束军训之后，即与韩同学和马同学一道蓄起乱糟糟的长发，而这位比他们低三个年级的高同学，则顶着一头精心修剪的郭富城发型，整整齐齐的前额上方，映出一圈反光的圆环，天使一般）读到那些诗的时候，不禁爆发出一阵与天使般的光环极不相称的邪恶笑声。几分钟之前，他刚刚来到韩同学守着的那张招新的桌子跟前，他瞅瞅诗社的牌子，又瞅瞅韩同学，问道：能看看你们写的诗吗？韩同学递上一本亲手装订的诗集。高同学以作弊的速度翻了翻，又递还给韩同学：这种诗我可写不了，要是淫诗还成——这都是什么呀，"按着我的脖子／那只手从未松开"，哈哈……

就这样，他们成了朋友，觉得对方堪称十足的怪物，堪称值得交往的对象。韩同学参加了派对，夜不能寐，不仅写了诗，还叫醒同一宿舍的马同学，建议他尽快将剧社的衣钵（其实就是一枚私刻的印章）传给崔同学和高同学。

那可是两个了不起的人物，韩同学压低了声音说，你看着吧，很快，没有人比得上他们，尤其是崔。

马同学哼唧了几声，翻个身，打算继续睡去。他也刚躺下不久，他累坏了，他骑着自行车，斜穿了这个巨大的城市。可是，醒了之后，他就再也睡不着了。他摸出烟盒，捉到嘴边，叼去一根。蚊帐里的火星忽明忽暗。他忘不了前半夜的一个姑娘。昨天中午，蔡师兄把电话打到宿舍楼的收发室，喊他去家里玩。他心领神会，迅速洗了个冷水澡，连头发都洗了，还用上了韩同学新买的二合一香波。他翻出一件新衬衫，但怎么也找不到干净的裤子，只好采用排除法，猫着腰，把几条裤子挨个闻了一遍，套上"冠军"，蹬车出门。

蔡师兄毕业之后，一直在报社跑社会新闻。招他进去的，是他的师兄，同一间办公室里还有师兄的师兄、师兄的同学、师兄的师妹，如此等等。蔡师兄经常在自己租的地儿办舞会，虽然只有一室一厅，但饭桌是折叠的，席梦思也可以贴墙竖着，就像一件装置艺术作品，厨房和厕所各有各的门，都能反锁，这已经非常理想了，夫复何求。报社同事都爱跳舞。除了马同学，还有几个社会上的散兵游勇，因为失业，闲得无聊，也时常来参加。游戏规则是这样的：每个人带一个菜或几瓶酒，品行高的还会叫上半生不熟的女孩。先是合在一块吃喝，然后收了桌子跳舞，亮灯阶段播放迪斯科音乐，黑灯阶段播放慢步舞曲。各取所需，人人尽兴，尽管尽兴的程度不一，深浅不一。

马同学喜欢在两首迪斯科乐曲之间，露一手他刚刚学会的踢踏舞步。

毛坯房的水泥地面挺适合这种炫技，硬底皮鞋劈里啪啦。不过，表演的时间长度必须锁定在十秒之内，音乐响起，他便假装遗憾地换成别的舞步，朝着瞅他的女孩眨眨眼睛。有时候，女孩会凑过来和他一起跳舞，他就把迪斯科跳成吉特巴，擒住女孩汗津津的手，转圈，搂腰，再推开。

这天晚上，马同学留意了很久的一位女孩向他靠来。她笑得很甜，眉目也清秀，脸蛋却像橘子皮。她是蔡师兄的同事。她说：你也是位诗人噢？马同学答：我还能为人类做点儿什么呢？他们一起蹦迪，然后跳吉特巴。马同学说不清她到底算是漂亮还是不漂亮。马同学特别不想松开她的手。

慢步舞曲。她的手抽走了，搭去蔡师兄的师兄的肩头。亢师兄问马同学去不去抽烟，他们打开阳台的门，站在五层楼高的悬崖上俯瞰脏皮鞋似的菜地。这是城区蚕食乡村的前缘，菜地上空的黑暗就像一条毫不知情的河流，径以中国传统文人绘画中散点透视的方式左右铺张而凝滞不动。找到工作了吗？马同学接过师兄递来的"飞马"，紧忙回赠一次性塑料打火机的焰种。不急。亢师兄话少，不急之后再也急不出下文，马同学只好没话找话，东拉西扯一些学校剧社的杂事。两年之前，曾获新生赛诗会一等奖的韩同学顺理成章继任诗社社长，二等奖摘取者马同学觉得自己也该有所作为，于是，他直接去了亢师兄的宿舍，对着当时的剧社社长说：脏活累活，以后就让我来干吧。亢师兄扯开抽屉，拨开烟盒和安全套，取出一枚私刻的印章，还有几份手抄剧本的复印件，推到马同学面前。有麻烦一块想办法。他说。

诗社和剧社本来就是一家人。马同学和韩同学刚从军校回到大学，便惊异地发现了这个事实，他们既坐在同一张酒桌上，也坐在同一张麻将桌上。新生赛诗会尘埃落定，亢师兄便率领马同学和韩同学集体创作了一个荒诞剧本，以王朔式语言，阐述尤内斯库式内涵。当然，那是一个中国故事，马同学和韩同学找到了机会，痛痛快快地表达了对于20世纪最后十年的失望情绪。他们甚至亲自出演了两个角色；其他三个角色，均由有着共同军训经历的同学担纲。演出结束后的酒桌上，马同学对着女主角滔滔不绝地讲述自己的传奇经历（古龙式语言，金庸式内涵，当然，那是一个高考故事）。结账的时候，醉醺醺的诗人、剧作家和演员们与小本经营的排挡摊主产生了严重的分歧，长条桌被掀翻，残羹冷炙杯盘碗盏以香港电影慢镜头的节奏飞舞在混战现场的低空，无数的排挡摊主前来支援同行，艺术家各自逃散。马同学回了宿舍，女主角却拉着韩同学的手奔入一条小巷，整个后半夜，他们沿着一条臭水沟，在80年代兴建的六层公寓楼的次生林中行走。空气又潮又湿，女主角说她想去小便，但说了几次也没去。女主角比韩同学高一个年级，总是带着姐姐的口吻，韩同学分不清她究竟是冷漠还是热情。后来，天快亮了，戴着手套跑步的中老年人陆续出门。他们拣到一只纸箱，拆开，平铺在水边的墙头。他们坐下来，可说的话差不多都已说完，韩同学决定吻她，却被推开。韩同学安慰自己：这样最好。

马同学抽了两根烟，亢师兄抽了三根烟。他们回到室内，慢步舞曲仍在继续。马同学想进厕所，门却反锁着，厨房的门也关上了，一脸橘皮的姑娘消失进四分之四拍的黑暗中。马同学站了一会儿，便与蔡师兄告别，说是明早还要上课，系主任的课，逃不了。蔡师兄拍拍他的肩膀：你们系主任不是到北京去了嘛！

2018年7月29日，写于美国佛蒙特州约翰逊镇

为什么这样说起未名湖

——关于五四文学社和北大校园诗歌的回忆断片

王 璞

一

每个时刻都可能是光消失在水上的时刻，都可能是世界上最安静的波动涌上心头的时刻。平凡的午后在湖面上捧出黄金。夕阳穿过你的身体，神秘而庄重。你在湖的东岸停步，勉强地抬头。时间过于刺眼，命运过于刺眼——它们所分享的沉默过于刺眼。你似乎注意到，在湖的另一岸的光晕中，有人向你匆匆一瞥，然后转身西去，消失在夕阳中。那是你最亲近的朋友：记忆。你猜不中他告别的表情：究竟是突来的喜悦，抑或放弃后的释然？你来不及看清记忆的脸……

2016年，北京大学五四文学社成立已经满60周年；同时，中国新诗也在纪念自己走过的一百年历程。这百年间，大学校园始终是新诗的重要现场。80年代"新诗潮"以来，此起彼伏的大学诗歌在当代文学中尤其不容忽视。而被冠以"北大诗歌"之名的青年写作实践更是其中引人注目又别具争议的一环。我有幸在北京大学求学期间（1999年至2006年）较深入地参与到校园诗歌生活之中，曾经是五四文学社的活跃成员和活动组织者之一。一转眼，十多年过去了。在师长、朋友的鼓动下，我把琐忆化为文字。题目中的"断片"二字，并非自谦之语。下文远远算不上是对某一时段北大校园诗歌场景的系统回顾，既不遵循时间线，也缺少历史的间离感或客观分析。它只是记录下一个亲历者关于本世纪初年北大诗歌的感性记忆、个人化体验和很不成熟（也不可能成熟）的想法。当然，私心里我希望，一个时期、一个地点的精神氛围会在这样一些断片中有零碎而不失鲜活的闪现。那闪现，正如光在湖面上。

那么，就让我从题目开始吧：为什么这样说起未名湖？

二

秋天的一位王子，从埃德加·斯诺墓的小丘后面踱出。是缪斯让他这样微服私访吗？他的扮相还算高大，略有发福。他的眼镜片浑厚，像是临时从一部存在主义小说中借来的。

从盛大的秋天到某个无聊的冬夜。迷信初恋的女生混迹在湖边的树影中。她在一棵虎皮松上洒下的泪水，瞬间变为刻痕。

然后是春夏之交。20岁的男生有着土豆般爽朗的笑容。这是因为，透过同样浑厚的镜片，他看见一条小路消失在湖边，然后又从湖的对岸悄悄跃出，变得像灵魂一样干净。

他们都写过题为"未名湖"的诗。

一些素昧平生的句子来到水边（而那些没有到达的，注定被删去），寻找象征，寻找一个暂时的标志。

我也曾在残冬来到湖边，急切地听冰层下秘密舞会的声音。我也曾在初春骑车到花神庵，留意到水中死鱼的肚皮，洁白如扉页。我也曾在毕业前坐在湖边的长椅上淋雨，水面上雨脚细密。我也曾在暑假前从这里急行到足球场上，不知为何，那里空无一人，只有我手里握着一个无人接听的号码，究竟是全世界在躲我还是我在躲避世界？还好很快又是秋天，我曾在水边，听——那不是风声，是我挡住风的声音；而弥漫全校的恋爱的酸臭气味终于淡去。

我没有去未名湖边散步的习惯，但也曾惊异，有一次自己从"一教"出来，折向湖的方向，在夜色中竟想哭出声来。后来胡续冬安慰我说，写诗的人在本科的时候都活得挺痛苦的。

都是些完全没有必要的痛苦吧。

我曾拒绝了多少次临水自照的好机会。

三

再跳到2005年。大约4月间。当时的五四文学社社长刘婷约我到"学五"的快餐厅,商量《未名湖》复刊第一期的印制。我提出不妨在封面设计上用上未名湖在地图上的蓝色形状,至于刊名,就用最平常的粗体,简单大方。刘婷觉得主意不错,立刻就去校园里的报刊亭买了燕园地图。不几天,《未名湖》的装帧设计就搞定了。

2005年的未名诗歌节,因为北大新诗研究所的成立,突然扩大了规模。后来证明,那个春天的"盛况"和"乱象"成了我们许多人校园文学生活中的一个契机:我后面还会详细追忆。组织工作一下子变得繁重,我这个老社员,当时正读硕士,也被拉进来担些责任。记得是臧棣,提议复刊《未名湖》,作为学生诗人(不限于北大)自己的园地。看得出他对这份早已消失的"民刊"有特殊的感情。我一直对"北大诗歌"这个需要打引号的"小传统"有着盲目的追慕,就兴冲冲地表示愿意参与此事。其实很多琐碎细致的工作都是交给其他朋友来做的,包括刘婷。她当时是大二还是大三?那一回,大家都见识了她的能力和好性格,甚至开玩笑说,真希望她能一直干下去,帮忙策划每一年的诗歌节。

记得臧棣在当时的一个访谈中说,他看到复刊号,觉得做得非常漂亮,他很感动。我也建议以后的《未名湖》干脆都用这个带着一小滩蓝色湖形的封面,最多改一下背景色。春天的热闹之后,大家又都去各自忙碌,留下一大堆需要报销的账目和其他一些似乎无从收尾的事情(据姜涛说,有些账目直到今天也还是不明不白)。我竟已经记不起最后一次见到刘婷是什么时候。多年后曾向其他朋友问起过她毕业后的去向,但也早已忘却。她属于那种喜欢恰如其分地消失在大家的视野中、但却不应消失在大家记忆中的人物。

收到《未名湖》复刊第二期时，我已身在纽约。我仍然自恋地挂名在编辑名单中，其实徐钺已经基本接手。一看封面，并没有延续既有的风格，我有些气闷。徐钺比我年轻，天天喝洋酒的主儿，怎么设计美感上有点土呢？（顺便插叙：2005年同时还复刊过一次的《启明星》，由北大中文系学生会、团委主办。为这两个刊物，印象中我都写了蛮煽情的"复刊词"。不过看到徐钺给《未名湖》第二期写的"代序"更为矫情，我就放心了。）

四

我和五四文学社的真正相遇则发生在第一届未名诗歌节，那是2000年的春天。我和我的同屋李萌昀坐在开幕朗诵会的观众中，手里拿着一册黑色封面的作品集。诗人们依次登场。我第一次见到了西川、王家新、西渡、简宁……我也第一次知道了这些名字：冷霜、姜涛、周瓒、胡续冬、穆青、席亚兵、周伟驰、雷武铃、王海威、徐晨亮、马雁、曹疏影、王艾、颜峻、饭饭……作品集上有这些青年诗人的介绍，除了注明生年、院校、系别等基本信息之外，都会冠以"重要的先锋诗人""广受赞誉的青年写作者"等说法（后来才知道是胡续冬的好玩主意）。我听得还算认真（第一次听到西川现场朗读自然会留下印象，另外颜峻的一句"永恒让我腿疼"也让我难忘，以至于后来曾向他请教过朗诵的方法），但词语的密度让我有些喘不过气来。我们没有听完就溜出了勺园的会场，有些沉默地走回宿舍。我感觉我被语言的仪式和仪式的语言碾压了一次。躺在上铺，我像是得到了鼓励，又像是受到了刺激，迫切地想要写诗——而且要写得和以前不一样——但又似乎写不出来。我产生了双重焦虑：没有门径去加入他们的圈子，没有能量去加入他们的语言。

多年以后，在三角地或燕南园附近的阳光与树影的交错中，胡续冬和我闲聊，他觉得很奇怪，像我这样高中时代就混迹北大校园的，应该老早就听说过五四文学社，一进校就找到"组织"才对。我曾就读的一零一中学和北大一墙之隔。当我作为一个中学生在燕园打发时间（冠冕堂皇的理由是接受熏陶）时，诗人在校园里正如盐分在水中，必要但隐形。我也常想，那时的我或许真的曾遇到过刚刚出院的胡续冬、酒后骑车的姜涛、低声交谈的冷霜、逃课而不知何往的马雁（而他们在圆明园一带闲逛时是否遇到过一批批穿一零一校服练冬季长跑的少年？）……

我加入五四文学社，已经到了2000年下半年。那时的社长是98级的曹疏影，她有一张娃娃脸，但不知为何，只要一读她的作品，一听她谈论文学问题，我心目中她的形象就立刻高大起来（多年后，在我离开北大前的一次内部讲座中，我将曹疏影定义为界碑式的存在，称她为北大诗歌"英雄时代"的最后一位，引起胡续冬大笑——这是后话）。在2001年年初的期末考试期间的某个寒夜（当时应该是替"我们"文学社去送稿或索稿），我曾激动地对她说："这是一个异常艰难的冬天，但我感觉快熬过去了。"就在寒假的寂静中，我把自己的诗作贴在了北大新青年在线的"文学自由坛"上，并不知道马骅和马雁是那个版面的编辑，而胡续冬是他们的领导。他们把我的作品推送到了网站的文学主页上。等到了开春的某个风沙天，他们甚至邀请我去参加网站组织的青年作者聚餐。

聚餐的地点是在海淀图书城附近（那时北大南门外四环路的兴建还未结束，而中关村的大规模改造才刚刚开始）。一进雅间，就见到了颜峻、胡续冬和马骅等人，后来冷霜也来了。我故作轻松状，其实一定表现得十分拘谨，像不敢挪动身体的甲壳虫。马雁说我是这群人里"最健康的一个"，因为不抽烟。她总带着浅浅的、有主见的，甚或有些得意的笑。她的另类聪明让我早早折服，但即便在剑走偏锋的时候，也不会给人以凌厉感。

同样值得一提的是，在那前后，臧棣结束了访学，回到了北大。2000年年底在系里我远远瞥见他伟岸的背影，没有看到正脸，只注意到姚静仪师姐（也可以说是中文系著名学生干部）在他面前露出了"迷妹"般的仰视表情。2001年春季我一口气选了两门臧棣的课："新诗的现代性"和"诗歌写作"。在后一门课上，他给我指点迷津："你的比喻能力不错，但意象过于繁复"；在前一门课上，他又语重心长："你还是没有文学史意识"。当时的我完全是懵的，却装作很有领悟的样子——其实这些话的意思过了很久才真正懂得。

　　我的诗歌生涯就是这样在榜样的征召和庇护下开始的。和曹疏影正好相反，我长着一张中年公务员式的老相面孔，但内里却是一个搞不清状况、手足无措、需要点拨的家伙。于此我还想起另一些往事：2001年夏天，胡续冬忽然给我来电话，介绍我去给诗人孙文波、艺术家程小蓓的儿子孙上了当家教。孙家住在"北京以北"的上苑村，一到地方，孙上了还给我一个下马威，问了我关于亚里士多德和俾斯麦战列舰的问题——这个初中生是哲学爱好者，也是《舰船知识》迷。当家教的日子异常轻松，我有空翻阅孙文波所收藏的大量公开发行或民间自印的诗刊和诗集。到了秋天，我又回到上苑村参加"北京以北"诗歌大型聚会。我记得很清楚，胡续冬带着钓鱼竿，先去京密引水渠垂钓，一无所获，直怪我晦气。朗诵会开始后，姜涛等人坐在后面，俊逸地旁观。我站在窗边，一直向马骅攀谈——他对所有话题都有趣味横生的看法——以至于没有注意到他情绪的变化。朗诵中间，他被另一波诗人激怒，表达抗议后受到对方言语上的不敬，他砸碎了手边的啤酒瓶准备干架，满身侠气。我站在他旁边愣住了，这时曹疏影轻轻地拉了我一下，让我退后一步。诗人之间的架并没有打起来，但不知道为什么，这些细节我却清楚记得。朗诵会后，老诗人（其实也不算老）芒克也出现了，大家从"北京以北"回到北京城区后，他提议换个地方继续喝酒。我有些犹豫，这时曹疏影说了一句很哲学的话："虽然我很想喝酒，但还是决定不喝酒。"第二天早上，没去喝酒的我竟然有宿醉般的困乏，起得晚但又感觉饿，拖着懒步出门觅食。在一间食堂外面，竟撞见了冷霜。我问他昨天喝到了何时，他说刚刚回来，随便吃了点早餐。但他周身没有一点通宵聚饮的疲态或颓态，反而像会饮之后的苏格拉底一样，面目清润，神采清明……

　　我的诗歌生涯就是这样在榜样的征召和庇护下开始的。这际遇，或者说，这宿命般的幸福和误会，直到今日，仍然塑造着我，限定着我。

在即将到来的闪电中，他们会再一次昭示他们的所在（此处化用冷霜诗句）。

五

春天，不仅十个海子复活，还有一些横幅和海报凌乱在校园的风中。还有一些五四文学社的倒霉孩子（而非海子）锁着眉头无目的地奔忙，而他们的"无目的性"还真成就了"合目的性"！由于2000年未名湖诗会升级成了未名诗歌节，五四文学社不得不把诗歌节一年一年地办下去。它持续至今是个不大不小的奇迹。2001年张罗这件事的是99级中文系文学班的李海蓓，我是99级文科实验班的，和另一个文学班的同学张哲做她的主要助手。当年的五四文学社，既不认真招新，也没有定期活动，更没有固定刊物，我们这些人是怎么凑在一起的，是一件没法说清但也无须说清的存在主义事件。李海蓓是成都人，后来音信杳然。而张哲一度是南方报业的记者，2011年他来纽约报道"9·11"十周年，我还约他吃牛排，饭后我们如何被引入东村的一个居酒屋，如何在酒桌上代表"新左派"和"自由派"进行了大和解，我又如何在和他分手后醉倒街头被救护车送进医院——这些还是留给我的回忆录去处理吧。

2001年的诗歌节之后，李海蓓约大家到一家名叫"广缘"的川菜馆吃饭，正式把社长这根"打狗棒"（她原话）交给了我。这家"广缘"当时对北大学生似乎很有些亲"缘"力，老板娘和李海蓓一样来自四川，有一次在寒假看到我，还以为我没地方过年，劝我除夕夜来打麻将。馆子就坐落在正在兴建的四环路旁边，拆迁后不知所终。五四文学社"禅让"那天，我们离开饭馆穿过那片旧街区回校时，我心里真有一种要进入北大文学史的虚荣感，更想作为社长大干一番。但2002年的诗歌节很快就证明了我毫无领导力和组织力。

那段时间，胡续冬一边读博士，一边在新青年在线担任什么总监。他去太平洋电子大厦上班的样子，可以参见他关于胡安（Juan）的佳作。按当时的玩笑话,胡续冬本尊的存在就是一个"新媒体"。2001 年、2002 年的诗歌节多少养成了"背靠大树"的毛病,利用新青年在线这个网上阵地,让胡续冬做幕后大佬/大脑之一。不仅如此,我还把胡续冬当成了场外求助热线,至今仍清楚地记得自己踱步在宿舍楼间给他打电话求这问那的样子。受到我"祥林嫂式"的骚扰,胡续冬心里一定是抓狂的。他也是好修为,忍了那么久。

为了办诗歌节,我也决定到新生里拉点儿壮劳力,先找到 01 级中文系的吴向廷。吴向廷和我一样是山西人,当时我对他还不大了解,也不可能猜到他在文学社中会引出那么多传奇故事。他也来过我宿舍,后来我室友李萌昀一口咬定,吴向廷曾扛着一袋土豆来找我,对此吴向廷多年来一直无奈地否定,而关键是,我真的一点也想不起来了,无从断案。2002 年诗歌节前,吴向廷把卫纯介绍给了我,卫纯是北京小爷的样子,斜躺在某人的下铺上。和卫纯相比,吴向廷当时给人有点儿一根筋的印象。一次在食堂里吃饭,他对我的一句诗——"甘甜的椅子"——提出了非议,认为不通,在听了我的解释之后更觉得不可理喻,露出极度困惑甚至委屈、生气的表情。不过他很快就证明了自己的行动力。在 2002 年未名诗歌节开幕式开始前一小时,吴向廷伙同他的同学,成功地让工人们在讲台上竖起了两大块定制厚木板,构成一个夹角,形成了朗诵舞台的纵深感——而这个主意不过是我在胡续冬的一本德国文学杂志上看到的,至今也不知道吴向廷是如何做到的。同样来诗歌节帮忙的同学还有很多。比如,就在去年,同样来自 01 级的谢俊也回忆起他曾在 2002 年诗歌节及以后的一系列五四文学社活动中负责在外面看摊卖诗集。"为什么只待在外面"——大家问,他开玩笑说诗人们太癫狂,没人带他玩。可我对他的贡献竟一点印象都没有,也足见我多么不团结人。

2001 年诗歌节的主题词是"黑暗的回声",摘自爱尔兰诗人西默斯·希尼的诗作。我们在朗诵会上对主题词抱着"不解释"的态度,引起部分观众的不满。2002 年的主题词是"双重眼界",摘自波兰流亡诗人米沃什的演讲词,于是我就在开场白里云山雾罩地解释了一把。没想到这也成了一个惯例。等到主题词借用德勒兹的"千高原"一语的那一届，大家认为也应该向观众老实交代，但你推我让，谁也不愿意去充当五四文学社的德勒兹，最后姜涛一锤定音，还是让我上，我不得不又紧张地去故作高深。2001年和2002年开幕式朗诵会，按照未名湖诗会一贯的传统，都安排自由朗诵环节，也都出了一些让人啼笑皆非的状况：2001年，一位学中国哲学的博士朗诵了他的诗，里面有"法轮常转"一句，很多人误解此君是东北某大师的信徒，2002年则有一位大叔现场赋诗，预祝申奥成功，底下石可等人故意起哄叫好。也总有意外的嘉宾：2001年，王来雨——也就是北大传奇诗人王雨之——来到了现场，当时我才刚刚开始接触他的诗，后来甚至想模仿他的笔名把自己的笔名定为"王璞之"，而吴向廷受到姜涛的推荐读了王雨之的《瘟疫王》也崇拜得不得了。2002年，不知一个什么缘由，朱大可参加了开幕式，接受记者采访时，他说出了"只有北大还能把诗歌当作节日"（大意）这样近乎广告文案的赞美。

在两次诗歌节之间，2001年的9月，冷霜提醒我，戈麦去世已满十周年，五四文学社应该举行纪念活动。纪念会搞得仓促、简陋，但很有意义。大家挤在北大老"三教"一个教室里。戈麦生前的朋友、其他诗人，以及很多北大同学都主动上台朗诵他的作品。诗人西渡是戈麦的同学兼好友，他从台上下来后坐在了我的身边，我注意到了他颊上安静的泪水。等我认识了同样写诗的张力，他告诉我，他当时就在那个教室里，戈麦纪念会给他以震动，影响了他写作的轨迹，这让我极为感动——"死是不可能的"（戈麦）。活动临近尾声时，李陀和翟永明意外地出现在了会场，悄悄地坐在最后面，那是我第一次见到他们。会后，李陀和大家一起去聊天。那时北大小东门外的成府路是一片正在拆迁的胡同，仍有几家咖啡馆和书店留守，我们就在那里找了一家落座。"晴日降下黑雨，大雨降下宿命"（戈麦）。但那天却是秋老虎的一夜，大家在废墟间喝着咖啡，话题从诗歌转向了刚刚发生的"9·11"事件。

同样是在2001年秋季学期，洪子诚老师开设了"当代诗歌细读"课。名义上为研究生课程，但洪老师态度开放，允许自由旁听。每周聚焦一位当代诗人代表作的讨论会变成了关心诗歌现状的老师和青年学子们在静园五院（北大中文系当时所在地）的集会。第一节课上，洪老师好像曾提出，其实很多当代精神探索就发生在看似已经完全边缘化的诗歌实践之中。也是在这门课上，臧棣送给我一批当时已经不容易找到的当代诗人诗集。细读讨论既有强度又有烈度，对我这样的大三旁听生更具有特别的刺激性，有时我挤坐在当代文学教研室里，感觉自己受到重击。重读《在北大课堂读诗》时，我还会想起许多那样的瞬间。有几次下课了大家意犹未尽，于是又连带出校园内外年轻诗人、批评家和北大新青年网站编辑的夜饮聚会（记忆中，除了胡续冬、冷霜、钱文亮、曹疏影等人外，我见到的还有廖伟棠、王艾、穆青、徐晨亮、马雁、马骅、康赫等，但可能不准确），席间的争论依然激烈，又洋溢出一份醉意。

2001年、2002年这两年的诗歌节海报和诗集的设计工作，我们很自然地都找了诗人兼设计师蒋浩来帮忙。蒋浩当时租住在苏州桥附近的一座破旧单元楼里。2002年，我常顶着沙尘暴去他家里，和他商量事情。他当时留着大胡子，人却很温柔。他一副"慢工出细活"的样子，不喜欢我催，要对艺术负责。有一次我在他那里待了好几个钟头，看着电脑上的效果图觉得已经毫无问题了，但他还是在反复调色、调构图。天色暗了，他准时打开电视，一边干活，一边听体育新闻：对，他似乎是个体育迷（在我们的闲谈中，他对伏明霞远嫁香港发表过看法）。出了蒋浩家门，才发现风沙已歇，夜气意外地清新，沁人肺腑。我快速骑行，月亮穿梭在楼群中。

办活动还需要打电话邀请、通知诗人们和批评家们出席（那是一个寻呼机尚未退出历史舞台的时代，2002年我宿舍的座机居然被我打坏了）。和许多年轻人一样，我当年有点社交障碍，总是视这项工作为畏途，需要反复进行心理建设才能拿起话筒，而听见电话音就心跳加快，但其实话筒那一头的诗人们都非常随和亲切。记得周伟驰、周瓒接到我通知时间、地点的电话，都还关心地问起我的近况。

2002年诗歌节开幕式后，我请诗人朋友们去一家不太靠谱的馆子吃饭，席间有马骅、廖伟棠等人。啤酒喝过几圈之后，马骅批评我说，朗诵会诗集上把高晓涛的照片搞错了，让我好生羞愧。忽然停电了，我们点着蜡烛又待了一会儿。来电了，大家反而起身离开。后来我把当时的情景写成了一首拙劣习作："电，来得也很突然。我们的嘈杂／是吹灭了的蜡烛，没法重新点燃。"在微醺的感觉中，小饭馆外的老路也仿佛"现了原形，是会跳舞的神毯。"分别后，我带着朗诵会剩下的材料回宿舍时，骑行在"黑暗的一个末端，摇晃着，还是飞不起来……"同一夜，我收到女朋友李婧的短信，说看我很忙没有过来说话，祝贺我朗诵会成功。我心里却并没有特别的"成功"感，而更多的是"飞不起来"的困惑。困惑，像大学生活的影子一样始终随行，以至于记忆中必然掺杂着懊恼。

记忆不外乎是曾经急着去犯的错误，不外乎是曾经无法走出的性格，不外乎是错过了的机会。

六

诗歌生活打开了好几扇友谊的窄门。谁会侧身而过？在"我们年龄的雾"（冷霜名作的题目）中迷失方向本不算事儿，如何走出封闭的自我才是难题所在。无从责怪个性，不必埋怨环境——时间准备着批判性的答案。

马骅和马雁，作为新青年在线网站的编辑，对我极好，也总让我觉得亲切。是他们最早把我的作品推荐给网友们，也是马骅最早指出我在作品中模仿臧棣的痕迹。我特别喜欢听马骅纵论天下，话题超出诗歌越远越好，的确，就像萧颂说的，他什么话题都接得住。在那期间，我通过"文学自由坛"这个BBS，认识了很多新朋友，包括萧颂。他当时也正好在北大一带晃悠。有一次萧颂、唐不遇和我在未名湖边一个亭子里打牌。2002年他到《信报》做临时工，为足球世界杯写稿，我穿过大半个北京城去找他玩。2003年我本科毕业那个暑假，他正好在北大外篓斗桥的一间平房租住，我和李婧去找他，他似乎刚赚了笔钱，买了一台最新的PlayStation，玩得正过瘾。我和萧颂后来和河北大学的一批诗人——张国晨、刘巨文、傅林等——成了朋友，萧颂因此牵头办过民刊《大雅》，他对我诗歌的坦率批评总让我沉默。在"网络诗歌"的世界里，我也得到过许多同样值得珍惜的指点（比如颜峻对我说的"不怕慢"，康赫要求我"更自由"等）。马雁离开北京是2002年还是2003年我已经记不清。马骅是2003年去云南支教。胡续冬2002年留校任教，淡出新青年在线，至于那个网站究竟是何时倒掉的，我并不记得。2003年未名诗歌节和五四文学社的活动我没有参与，情况不甚了然（当时的组织者是社长金楠）。那时蒋浩似乎也已经离开了北京。总之，一个时期过去了。

再见到马雁，大约是2004年诗歌节期间。她打扮得和在北大时很不相同，还说到许多她生活中的新目标。也许正是那次，她跟我说：无论做什么，一个人都是无法背叛自己的个性的（这一处实在记不清，也可能是98级文学家饭饭跟我说的……）。2004年夏天，接到孙文波的一个电话，我得到了马骅遭遇车祸失踪的消息。人生中第一次有身边友人遭遇此等突然变故，我甚至不知道如何反应，脑海中的印象定格为马骅谈笑间扶一下眼镜的样子。我最后一次见到马雁则是在2005年夏天。我去四川玩，在成都，她两次找来她的朋友一道陪我，第一次是茶馆巷子里喝茶，第二次是去一家小小的清真牛肉馆子。她不仅尽着地主之谊，而且当然是谈话的中心。她还是那么敏锐，甚至过于富于理解和洞察：她说了她对摄影技术和风格的各种尝试以及由此而来的新看法。她谈到西蒙娜·薇依关于教育的观点。她还推荐我看福楼拜的书信集。后来我在纽约读书期间，忽然传来她的死讯。那时，我和她的联系，仅剩下我在豆瓣网站上对她的些微关注。再后来，马雁生前的朋友向我勾勒了她生命中最后几年的部分侧影——那对我来说多么陌生。我刚工作的那一年，冷霜和秦晓宇所编辑的马雁诗歌和散文集陪伴我度过了许多孤独的夜晚，她在散文中所表现出的文字本身的信心和高贵，让我几乎觉得死亡的可能性和不可能性并非问题。然而，它发生了。

记忆不外乎是错失的机会，包括那些虽已打开，但我没有穿过的友谊的窄门。

七

　　记忆中又一阵春夏之交的风，穿过老"四教"的扁身子，一些门窗吱吱，一些年轻而繁琐的灵魂坐回到他们的肉身。

　　2005年在五四文学社的历史上确实扮演了分水岭的角色。

　　我按照约定来到一间教室，里面坐着一个安静看书的男生，他叫刘寅，历史系的，那是我们第一次见面。当时他看的究竟是什么书，我不记得了，但敢保证不是《蒙古黄金史纲》《罗马十二帝》或《英国教会史》。徐钺、张力、徐曦也来了。吴向廷、范雪在吗？有待求证。应该还有别的朋友。大家坐在长板凳上（这物件，当时也只有老四教的小班教室有吧），一种氛围自然而然地出现了。那个晚上，也许是为了试探别人，也为了试探自己，我说了不少么玄虚、要么过激的话。徐钺在以后的文字上还提及过我当时讲了先天近视眼徐志摩第一次戴上眼镜看星空的故事，那是我从卞之琳的《徐志摩选集》序言中读来的。大家都同意这样的聚会最好定期举行。五四文学社的读诗会就这样恢复了。

　　这一新变化自有其准备过程，主要得益于诗歌能量在校园中的慢慢累积。2002年、2003年，胡续冬、姜涛相继留校任教，一个在世界文学所，一个在中文系（胡续冬的诗歌选读课有多火爆真的难以言表；姜涛则成为了我们硕士班一大波男生酒桌上的贴心人，至于他在本科生课程中的表现，还是看他自己的诗吧），再加上臧棣，他们在课堂内外的存在慢慢形成新的引力场。2003年，我开始追随臧棣读硕士，同时进入硕士班的还有现象级诗人余旸。和老余的交情可以追溯到我们共同旁听的洪子诚老师开设的当代诗歌细读课，在那门课上我还是本科生，而老余当时刚决定弃理从文，考中文系的硕士。他原本是哈工大的，毕业后在参与研制潜艇的某单位（为了伟大祖国的二次核反击能力，这里还是保密吧！）实习，但他的办公桌中一直藏着一册张枣诗集《春秋来信》（后来在他的宿舍里我见到了这本书，已经完全被翻烂了）。当一份制图设计的五年工作合同摆在他面前时，他最终下定决心退出，去追求诗歌。老余说话有信阳口音，五官和气质上不知怎么搞的让我觉得有点像毛润之，他对五四文学社的活动保持些许距离（不过我慢慢也发现，他其实对文学社的写作者们也深切地关注着）。记得2004年诗歌节开幕式还没完，我和他已经溜出来跑到了万柳附近的一家新疆小馆里。但他后来成为许多社员心中的一座敦实的界碑。2010年刘寅在老余博士毕业时对我说，这是一位空前绝后的神迹般的"研究僧"。同样有点弃理从文的意思，原本物理系的张力在2003年前后也几经周折转到了中文系继续本科生涯，并开始在校园音乐和诗歌圈活跃。黄茜也是理科生，而她很快摸到了写作的门道。后来的酒鬼诗人徐钺，休学前则是学计算机的。

新的想象力泡沫在有形和无形的手的反复摇动中，喷出了青春期晚期的瓶口。与此同时，2005年新诗研究中心的筹办则带来了诗歌节的扩大化，在臧棣、姜涛等人的牵引下，我、吴向廷、黄茜、张力都被裹挟其中。细想来，那无形的手终究还是时代。2005年前后，高速发展的经济带来社会心态上慌乱的甜蜜，人心思动，众多可能性像晚高峰时间商务楼的玻璃墙一样强烈而空洞地反光。消费主义的快感正在实现"普世民主"。北京的空气已然污染，但尚没有霾，所以阳光的分量足够，大风后，天空上还会留有云的轻轨，让首都的新人们有点轻飘飘。这个国度的一切疑难都并没有得到解答，但很多人却不因此而特别烦恼。市场上的（体力的以及脑力的）倒霉劳动力在反抗时尚显腼腆，而拆迁所引起的愤慨还有不少美学或伦理学成分。最终，房地产资本荡漾出春水，回灌校园，它偶然也必然地认出了象征资本的老相识：诗歌。

大小环境使然吧。总之，2005年的诗歌节越滚越大、活动越滚越多。我负责去赞助单位提现金，竟然有点手心出汗，有一次带上了吴向廷当押款保镖，一路上他嘴角挂着土豪式的笑。那段时间大家的酒局结束后，总在饭馆门口逡巡不肯散去，仿佛接下来可以去做一件更神秘、更大胆的事情，但最后什么也不会发生。在诗歌节耗尽了大家的能量，终于落幕的那一天，我和张力终于做了点什么，那就是在庆功聚餐之后去了某洗浴中心。泡在水里，我们继续大谈新诗的过去、现代和将来（以及其他不宜公开的话题），但语速都在降低，外面几时天亮我们浑然不知。出了洗浴城，阳光大好，我骑车回宿舍，拿上余款，出发去赞助公司里办交接。

在这盛况与乱象所形成的涟漪效应中，一批更新的五四文学社成员希望能有常态化的诗歌生活。大约受到了姜涛等人的鼓励，刘寅召集了第一次读诗会。当时，五四文学社似乎已经有相当长的时间没有这类定期活动了。我的散漫与惰性要为此负一点责任。很多时候，五四文学社的隐形存在，让外人以为它是一个黑社会式的或准宗教的小团伙，但可悲的是，它其实既没有黑社会的严肃性也没有宗教的亲和力。写诗当然首先意味着内心生活，但有时过于封闭的写作会导致自我迷误的盲目再生产。自我意识往往需要在集体性的砥砺和团契中才能得到校正。读诗会在五四文学社中恢复了这样的诗歌组织生活。我在2005年到2006年参加过数次，来的朋友越来越多：研究东南亚的金勇、元培项目的理科生赵勇，还有叶晓阳，还有……活动地点以静园五院中文系为主。讨论的特点是足够团结、不够紧张；有时过于严肃，有时过于活泼（我还记得我关于何其芳《我想谈谈种种纯洁的事情》的观点遭到了大家的反对）。会后则可能有更多的后续，有一次赵勇推着自行车，送我走到了西苑，究竟聊了些什么，彼此都已淡忘。

这个读诗会的形式一直坚持到了现在。

但我说2005年是一个分水岭，并非仅仅因为这种诗歌集体生活的重建。在2005年前后，新的写作样态像一阵丁香香气弥漫开来，拍打着语言的围墙。黄茜写出了一批震动人心、让人叹服的作品，她坚定了自己的声音；吴向廷也获得了突破，以更开放也更松弛的状态接受着臧棣的影响（他在保研面试时的一句"臧棣是诗歌之王"，可谓语惊四座；而在私下，他的阅读眼光更具深意："臧棣的诗歌中没有忧伤"）；张力则时不时从文学史的某个角落拎出怪异的线索，加以化用；L.j（我女朋友李婧的笔名）的诗作得到了姜涛的发现（后来他概括为"写得比男友好"），开始出现在大家的内部讨论中；徐钺的作品因其风格的封闭自足而带有另一种争议；范雪则从小说写作转向诗歌；刘寅的试笔显示出"铁木真星空"的庞大格局；赵勇、叶晓阳、陈益、李昶伟等人的诗行也闪耀出各不相同、或近或远的路径……

　　这么多新的可能性互相摩挲，在北大校园里构成了诗歌写作的新场域。2005年于是在五四文学社的小史中有了几分转折意义。在那之前，以我为例，从一个更大的角度看，我的写作更像是当代诗歌既有模式的延长虚线，尤其体现在以下几个特征中：接受90年代诗歌中的重要诗人（比如臧棣、西川、萧开愚、孙文波、张曙光……）的影响；从新诗史中寻找现代主义的坐标和灵感（卞之琳、穆旦……）；将"《偏移》诗人群"（这个说法并不准确，所以只好加引号）作为最直接的前辈加以模仿。我一直认为，中国新诗或现代诗的历程既不关乎传承也非关于断裂，而是写作新空间的不断出现。在这些新锐的校园诗人身上，当然也显露出对原有诗歌路线的延续和反动。但如果说我的写作还处在一个90年代以来当代诗歌（"大格局"？）和北大诗歌（"小传统"？）的既定框架内，那么至少在我看来，2005年前后在五四文学社内外不断涌现出来的活力正孕育着新的可能性空间。

　　也许只有在回顾中才能领悟：最令人振奋、让人难忘的状态，莫不过一切疑难暂时融化在晴空的镜中，莫过于一切无形的事物、一切盛大而易消逝的光还停留在水上。我当时虽小有参与，更多的是一个匆匆的见证者。当我在海外收到了《未名湖》第二期时，虽对封面不满，但看到里面不同诗歌个性的"对质"与"做爱"，心中充满羡慕。

八

　　大我、小我风驰电掣。历史的地壳运动在祖国的人地上时隐时现，但无从索解；而校园生活的变动节奏也有着"日历之力"（借胡续冬的修辞一用）。2006年是告别之年：我匆匆完成硕士论文，毕业，出国。而老余则将继续攻读博士。臧棣那一年到一衣带水的邻邦去访问任教，姜涛还经常出现在聚会中，我和我的硕士同学刘子凌则趁机在饭桌上请他指点论文。保送了研究生的吴向廷时不时闯到我们硕士班的宿舍来，见到刘子凌就半是责怪、半是崇拜地说:"我怎么每次来你都在认真读书。"读诗会在继续,人员时有不同,但酒局未曾稍息。用"流动的圣节""语言的盛宴"或"会饮篇"来形容当时不断的聚会都很不恰当,我的记忆已经很难区分我所参与的究竟是诗友聚会、同学聚会抑或"青年学者"聚会,因为至少在2006年,它们的人员构成多有重合。"中南海"的蓝色烟雾、油腻的菜肴、让人莫名激动的话头,以及凌晨路灯照耀下的北大西外墙……最常去的地点是一家叫做"磁福"的馆子。我不会忘记,冷霜在那里对我出国求学的鼓励,姜涛在那里抱起了吉他,几位学弟在我离校之际为了争夺我的"二八"大自行车的"继承权"而展开激辩。有人晚到,吴向廷喜欢来上一句"事业有成者总是姗姗来迟"(姜涛诗句)。"姗姗来迟"也无妨,聚会往往持续到蟑螂已经肆无忌惮地爬出来、服务员已经开始准备早餐的时候。

2006年同样离校的还有冷霜。为了纪念冷霜博士毕业,也为了庆祝姜涛、蒋浩和秦晓宇的诗集或"诗话"的出版,又有一次规模不小的聚会。那是在成府路上的一家咖啡厅,萧开愚提出姜涛最近的诗歌尝试代表了一种新的语言。李婧当时回国和我完婚,她也在现场,跑到了有电视的一角去关注"超女",发现孙文波也正在看。硕士三年我热衷于讨论文化理论,辩论天下大事,被胡续冬钦定为"侃爷",但那天我话却极少,胡续冬见状对李婧说,我异地恋期间的"神侃"可以从一种性心理的机制上来解释。

在告别的日子里,我也一掷我身内的语言,就像空瓶跃向湖心。我写出了我在北大七年中最好的诗:"最好",因为它们属于我和我的朋友们所曾分享的那一切。我们所分享的——或者不曾分享的——都见证了诗的力量:优美、严正而不失巧妙的力量。在一场拖长了的半开玩笑的成人礼中,它让我们在举棋不定的时刻也保有自尊与判断。

九

去国之后，虽然我的写作仍在持续，但作为生活现场的诗歌却渐渐和我疏离。我曾在给朋友的信中感慨，离开了篓斗桥一带，我很难再想象自己是个诗人。正如姜涛所回复的，诗歌在某种意义上是一种"地方性知识"。我在纽约大学的导师张旭东也曾是北大诗人，他专门翻找出臧棣手写给他的诗让我看（值得一提的是，张旭东在20世纪90年代中期就有评论臧棣诗作的文字，虽然在张的专著中不居于醒目位置因而未受到重视，但在我看来，那些点评非常到位），然而我已经越来越少提及自己的诗人身份。生活有了新的重点，我有了新的焦虑。2006年至2007年，周瓒正好在哥伦比亚大学访问，有一次，研究中国当代诗歌的殷海洁（Heather Inwood）来纽约，我们在纽约上城小聚，散步到中央公园，周瓒敏锐地问起我最近诗歌语言的变化，但我却完全回避了过去，至今，我还为当时的倨傲态度懊悔。

每次回国，我都约师友们相聚，有几次还跑去胡续冬定期组织的羽毛球会，也被徐钺拉着和更年轻的五四文学社成员们见面。但有形无形间，我和北大的血肉联系毕竟在缩减：2010年回国，李萌昀、刘子凌、老余、李春都已拿到博士，他们分散到全国各地。2013年回国，吴向廷也博士毕业，找到工作后一副要改变祖国人民命运的架势。2015年再回国，连徐钺也成为"青椒"（青年教师）了。

在纽约时，当想起北大的朋友们，我就又感受到燕园灵晕的或有或无：

> 秋天，老楼道里的潮气被一丝丝地抽去，
> 白墙上留有空洞的影子，
> 像求职的空信封。
> 为什么只拖曳一个影子穿过秋天的午后？
> 大学吐露出冰凉的石阶。

我也常回忆和老余等人在夜色中沿着昆玉河回万柳宿舍时的情景和心绪：

啊，夜空的锈铜镜，
煤黑色的运河；小知识分子
多年前途经，拖拉着懒
洋洋的阶级意识，
无目的；但也曾彼此激励。

这些都一去不返了。然而五四文学社还在。也就是去年冬季回国，徐钺带我去了新"磁福"——这馆子从畅春园旁边搬到了海淀体育馆南侧的美食街。原来，如今的五四文学社还是在"磁福"活动。

十

为了记忆的结束，就必须回到最初。

刚进北大时，我曾去化学楼听一场诗歌朗诵会和民谣音乐会。胡续冬读了他那首关于"斗地主"的诗，我幼稚的（而非幼小）心灵受到了震撼，对其中抒情语言的偏移、叙事能力的强悍以及意象滑动的柔韧感还没有办法真正理解。后面许秋汉和王敖唱了歌，而我印象最深的是杨一的民谣，尤其是《真理姑娘》等。杨一在台上常说的"真正的青年是不会惊慌的"这句话，后来可谓众所周知。从那时起，关于当代诗歌，乃至关于当代文化现场的困惑，从未离开过我。我无从料到最后自己会和所谓"北大诗歌"深深结缘，并成为它的一部分："当我看见你时，我已在你之中。"（冷霜）而我青春的一大部分，就在"惊慌"与"不惊慌"的变奏中耗尽了。

也就是在我当五四文学社社长的那一年，我得到了一笔异常宝贵的"社产"：那是至少50本五四文学社80年代末自印的《青年诗人谈诗》。这淡黄皮小书没有任何装帧，就像一册讲义或学习材料，但熟悉当代诗歌的朋友自会明白它的重要性，正可和同样自印的《新诗潮》相呼应；而编选者老木的悲剧性经历也已广为流传。这批书原来寄存在哪里我记得不确切，可能是中文系学工部吧。自那以后就由我保管，代为处置。给新加入的社员或新相识的诗歌友人送上一册，成为某种"入伙"的认证手续或文学情谊的私相授受。这笔遗产也因此很快零散化，几经搬家，我已记不清自己手头还有几本。这次回国，徐钺请我去参加现在的五四文学社读诗会，于是我在家里翻了一遍，又找到一本，决定带上。在"新磁福"的读诗会上，金勇和彭敏也特地赶来见我。彭敏同是臧棣的学生，我 2006 年最后一次参加五四文学社读诗会时，他和大家初次见面，印象中似乎他还背了一段西川的名篇，而现在他已是《诗刊》的编辑。金勇则已经留校任教。如今的社员我当然一个也不认识，隔着代沟，我将这本《青年诗人谈诗》交给了现在的社长。

那个晚上，北京大雪纷纷，道路难行。聚会结束，彭敏和徐钺租到车后执意先送我回去。在来时路上，我曾留意到未名湖尚未完全冰封。而归途中我不禁想，逐渐加厚的夜幕下，饱含水分和光明的雪花正落在湖面，或结晶或融化，一定勇敢而无声。

2016 年 3 月初稿，2016 年至 2017 年修改于美国马萨诸塞州炼狱溪畔

行过之生命，或诗的款待

——我在同济诗社的十年（2006—2016）

茱萸

上

在1994年岁末，施蛰存先生自编了一部"忆事怀人"的文集，借用法国文人古尔蒙（Remy de Gourmont）一组语录式随笔的标题，定名为"沙上的脚迹"。待我忆及、述及自己见证的同济诗社的十年往事，原先也想借用这个标题，但施老用此题时，已近耄耋之年，我如今来用，难免僭越。忽又想起他在该书的《序引》里提及，之前欲借用老友路易士（纪弦）诗集《行过之生命》的题目，却嫌雷同。彼弃我取，无非想为自己微不足道的记忆找一些精神来路，何况路易士在1935年用此题印诗集时不过二十多岁，青年人做老成口吻，这位颇狂的诗人倒颇引我追慕。

严格地说，作为十多年以来同济仅有的诗歌创作类社团，这个流传甚广的招牌"同济诗社"并不算它的正式名称——至少在2013年以前不是。但与此相关的情况比较复杂，容后文详述。自2005年被创建——从另一种角度的事后追述来论，亦可以被称为"重建"——以来，它在学校的"有关部门"登记注册的是另外一个名字。我不打算说出这个名字是什么，因为自始至终我都觉得，那个名字使得它看上去太业余了，字眼里间接流露出的对现代诗的审美和认知，亦局限于"爱好者"的层次，不符合我对高校诗社的定位和设想。

这个"另外一个名字"诗社并不由我创建,而由和我同级的新闻学院的亓同学创建。在另一种事后追述里,2005年以后的那个"同济诗社"的创建人则是我。这两种有些抵牾的说法,多少使我的形象显得尴尬:一方面,我确实谈不上创建了这个社团,它与此前的几种社团形态亦有这样那样的瓜葛;另一方面,从创建人那接手后,虽然沿用了学校登记的社团名字和注册信息,但是可以说,我得以在各方面按照自己当时的认知和设想重塑了它,与一年多前的诗社以及我们后来"攀上"的1995年前的那个同济诗社,都没多少实质或精神的延续性。

据说,由于这十多年来诗社同仁们在"江湖"上的闯荡,同济诗社如今在青年诗人及高校诗社的语境里,似乎还挺像那么一回事。那么,对于当时所谓的"重塑"而言,或许还真有那么点"时间开始了"(胡风语)的意味。但这种大言不惭的说辞,仅限于吹牛和自我安慰时用,其实很小儿科,一点不重要。回忆总会为自己提供美化的滤镜,人则难免有顺杆往上爬的弱点。更何况,在2006年至2007年那一年多的时间现场,我做社长时拉我的学长蒲俊杰帮忙的那一年多里,寥寥几个人凄凉地在食堂摆摊招新、从头做起的那一年多里,其实不乏凌乱和狼狈。

而在诗社创办的2005年秋季,我还在法政学院(当时叫文法学院,与人文学院一起办学)念本科。当时,多数学院的一年级本科生都被"发配"到沪西校区(合并前的上海铁道学院校园)度过。就是沪西的那一年,得知住在隔壁楼的新闻学院的一位同学创办了一个诗社,出于对"另外一个名字"以及彼时社团运作思路的不认同,我没有加入成为它的成员。直到一年之后搬回同济本部,我找到亓同学,把当时那个成员凋零殆尽、只剩个空壳的诗社拿了过来。

亓同学精力旺盛、兴趣广泛,念一年级时就创办了不止一个社团,据说还在学生会之类的组织里呼风唤雨。诗社的第一年经营得不错,不过由于创建人的兴趣转向和重心转移,加之同济校内诗歌氛围的稀薄,热闹了一年多后,它的糟糕状况终于让我"趁虚而入",将这个"手续齐全"的社团要了过来。在当时,隔壁学校的诗歌伙伴的鼓励,是我有勇气接手诗社的重要因素。如果没有他在精神方面提供的支持,以及日后提供和分享的各种资源，就不会有那么多的故事。

我当初的想法是，接手同济的诗社后，能和隔壁学校的诗社一起，互相呼应扶持、同声相应、同气相求，能形成范围更大、影响更广的氛围。由于心性、倾向和立场的差异，以及一些起初无法解释、后来觉得不必解释的纠葛和误会，我和这位兄长多年前已分道扬镳。但我依然记得他昔日对我的鼓励、帮助与支持。

这种同声相应的境况持续了五年左右。那些年大家有一股子"闯荡"的纯粹的激情，有去获得更广阔世界的认同的渴望。为此，我们几个高校诗社甚至牵头建立了一个松散的沙龙性质的"组织"，踌躇满志地玩起了诗歌江湖的游戏。当然，我早已对这类游戏感到乏味、心生厌倦甚至反感，但话说回来，如今在更年轻的诗人们那里流行的一套玩法，甚至成为某种覆盖面不小的"亚体制"，很大程度上可以说脱胎于我们当年的各种折腾，以及在几个诗社里的试验。

言归正传。我和亓同学关于诗社的交涉，发生在2006年的下半年。和亓同学谈妥后，我就去办了社团负责人的登记——相比于创办一个新社团或者走更名程序来说，这就省事许多了——莫名其妙（其实亦可说是"蓄谋已久"）地成了社长。当然，亓同学把这个空壳交给我来玩的条件是——不能改名。

主观上来说，亓同学非常喜欢"另外一个名字"，不希望它转瞬即逝；客观上来说，更改社团名称的手续据说非常复杂，而那时候的我，则是一个不太擅长和人（尤其是学校的"有关部门"的各类工作人员）打交道的人，对于跑程序之类的琐事能避就避，只想把热情用在写诗，以及为诗歌兄弟的交流服务这件事情上。另外还有一个因素就是，根据学校的社团注册条例，校级同类社团只能有一个，就是说，只要亓同学不注销那个诗社，我没有条件（同时还嫌麻烦）为了实现自己的想法去注册一个新的诗社。所以对于这样的条件，我妥协并接受了。

那一年，我只有19岁，但在此前已经写作和发表过不少作品——虽然现在看来它们都很幼稚。经由一定数量的阅读，以及初步的"江湖闯荡"，我对"今天派"以降的当代诗建立起了一套初具规模的认知范式,对自20世纪80年代延续至新世纪初的大学生诗歌(运动)和彼时相当活跃的互联网江湖亦有一定感知。更何况,远在北方有北大的五四文学社,近在咫尺则有隔壁的诗社,远的不说,仅80年代以来这两个社团所贡献的诗人、所涉猎到当代诗中的深度,就足以给一个初来乍到、冒冒失失而又想"干一番事业"的文学愣头青提供感召和榜样。

所有事情妥当之后,2007年的春天起,我真正为诗社操办起了活动。当然,那时心心念念要办好的每一场活动,如今看来都无甚意义,并且细节早已模糊。然而经由办一次次的活动而认识、结交或聚拢到一起的诗歌伙伴们,经由社团的名目而吸引来的诗歌兄弟们,这些年大家各自写出的诗篇和一起的成长,真正为一个小小的共同体赋予了价值和意义。关于他们的故事,要稍后慢慢来讲述。

遗憾的是,我们的故事,远远没有激荡在80年代大学生间的那般充满传奇色彩和理想光辉,没有发生在90年代高校诗人里的那般富有张力和戏剧性。那时候,互联网诗歌的早期硝烟亦行将散尽,只有一丝余韵或尾音拖长在我们沉闷而寂寥的青年时期。好在大家互相慰藉,同气相求的同时却又"居于幽暗而各自努力"(里尔克语),并未辜负那些年写过的诗、喝过的酒和说过的大话……

瞧!故事的展开如此简单。或起承转合,或横生波澜,或靡不有初、鲜克有终,或皆大欢喜、完美谢幕。然而,由于时间的塑形与记忆的赋魅,它又通常充满着深长的意味。这是我第二次谈与同济诗社的瓜葛、20岁前后与诗歌伙伴之间的故事。它最初被我隐约提及,则要落实到2012年写下的一篇创作谈。时过境迁,某些说法已经不恰当,改了一些字后,将它放在这里作为见证——

外省的懵懂少年借着人生的某些机缘来到了大都会。他与这座被日本作家村松梢风于1924年命名为"魔都"的城市,随即发展出了一种持续多年的若即若离的关系;并且,这种关系很可能将一直持续下去。他首次出现在黄浦江畔的东方明珠电视塔下,摆着拙劣的POSE接受照相机的检阅的时候,是2005年的初秋。那时候,一切都很新鲜,新鲜到来不及领受地域与心理的双重转变,没有现代性震惊,更无从得知某个外国传教士当年对"东方巴黎"近乎愤怒的控诉的文化意义。他说,这座应毁之城的存在让上帝"欠索多玛和蛾摩拉一个道歉"。

中学时代已开始的写作,使得他与诗歌之间保持着某种特殊的联系,以至于从外省到大都会的旅途中,这件轻薄易碎的行李被随身携带,被保护在了看似坚硬的躯壳里。而这躯壳,在面对外来事物的冲撞之时,首先想着的是闭锁它的开关,直到有一天坦然地被生活内在的顽强和外显的经验所击破。他在象牙塔里继续写着青春的咏叹调,挥霍那个年纪的稀薄经验,并逐渐意识到和这座城市、这个地名慢慢建立起来的关联。虽然拱廊街、橱窗和车水马龙的道路使之在日后将上海和波德莱尔笔下19世纪的巴黎产生了联想,但他并没有因此变成操持着汉语写作的波西米亚人。但浪荡者迫切地需要在一个共同体中获得安慰。

这座移民城市聚居着来自全国各地的外省诗人,他们在这里呼吸、扎根和繁衍,并互相致以诗歌的问候。他开始认识他们,建立情谊,并获得各种各样的帮助和鼓励。从一个地点到另一个地点,变换的不止地名,还有整个交际网络,在这个网络中,他获得了不少认同,也积攒了日后获益良多的经验和学问,更重要的是,收获了同代人之间给出的基于诗歌的友情。

写诗,并开始撰写诗歌批评和专栏文章;从这个城市出发去不同的地点——他和上海这座城市建立的隐秘联系日渐牢固。他身处上海的市井和学院,却似乎并未沾染太多这座城市在诗上曾有的先锋色彩,转而选择了以自己的方式,去和新月派、创造社或现代派做一种异质性的呼应。他开始认识当年"海上诗群"的一些前辈,这些"光阴的子遗"依旧有着持续的创造力,虽然没有带给他风格上的影响,却在精神上赋予了他和这些东西的一种相通性。

他在所在的大学里组建了诗社,并和朋友们一起,开始试图以诗歌的名义去施加一些之于这座城市的外部影响。如今看来,当年的想法不免谵妄,却使得他进一步了解这座城市的吊诡之处:它处处是资本流动的响声,但这响声之外却弥漫着艺术的颓丧和诗歌的诡秘;它处处深陷于暖厚的欲望,而这欲望生发出的则是现代性魅惑的吟唱,又处处单薄冰冷得可怕。

从这一刻起，他真正意识到和这座城市纠缠不清的爱恨和未来，并服膺于奥登在《诗人与城市》一文中的论断："都市可能是成熟的艺术家居住的很好的地方，但是对于想成为艺术家的人来说，除非他的父母亲非常贫困，否则它就是他成长的危险的地方，因为他过快地面对过多最好的艺术，就像一个人和一个比他大二十岁的聪明漂亮的女人进行私通一样……"而最尴尬的地方正是在于，他并没有更多好的条件去享受这种"私通"的快乐，于是转而进入了奥登所述的那种不那么"危险"的境况，同时，当然地受到了来自于这座城市的教诲。

他的一个朋友常说，穿行于上海街衢的感觉"像一只乡下老鼠过街"，他本人却并没有觉出这里的街道和他家乡的县城大街有什么太多的区别。对于他而言，上海提供的更多的不是生活的细部经验本身，而是朝向这种经验开敞的机会和受到鼓舞的雄心。后来他留下来念文化研究的硕士、外国哲学的博士，和这所学校的相处持续了 11 年……虽然此后他一度在诗歌的虎视下失声，几乎使自己忘了还需要这种体裁的写作，但这份"多年之痒"却似乎在提醒着，诗学的皮肤必须重新审视这种歧异的病变，去在哲学的地毯上捡拾起诗歌的地名，并清理掉偏见和业习的余唾，打算面对新的震惊，塑造新的写作和爱情。

柏桦在评论王寅诗作的文章中表达过对上海的看法："历史已经不偏不倚地在上海这座'非城'重逢。上海已经不能被简单地看作是中国的或外国的、殖民的或半殖民的产物，她代表了一种奇妙的综合，一种多元化的气质。"（柏桦《旁观与亲历：王寅的诗歌》）正是"多元化"这几个字，代表了真正的、永恒的迷人色彩。而这个年轻人也在这几个字的照耀下找到了真正的自己。

一座被他视为"单薄得只剩下躯壳"（《斜坡手记》，2007）的冰冷城市，空有肉体湿热的欲望、人生无望的豪赌和焦灼不安的现代性体验，却逐渐靠开敞的怀抱和多元的气质收服了他，使他想用更多的诗行去点燃这个地名，并把它标记为炫目的光照下那支最醒目的火把。

下

我做了一年多的社长，然后把"重担"交给了比我低一届的学弟李杨。这小子在社长任上虽然没什么"政绩"，但称得上"临危受命"，没有让刚刚起来的火星熄灭。然后，在我记忆里，陆续担任社长的是安德（杨戈）、牟才（牟惊雷）、陈草（王晨谦）、砂丁（刘祎家）……论做社长，这几位都比疏懒的我要做得好，而且更为性情，使同济诗社真正具备了一种有别于其他小圈子的气质。他们同时是很好的诗人，后来在同辈里都称得上"名震一方"，是响当当的"江湖侠少"——当然，这么说似乎显得很功利，但他们的影响力和作品质量经得起更大范围的检验，庶几不算辜负昔年我们共同度过的每一个切磋诗艺的日夜。

安德到砂丁，四任社长的三年多时间，后来被称为诗社的"黄金时代"。我自己则在这几年里迎来了人生的不少改变，譬如从法学院考到本校的人文学院读美学研究生，譬如牵头促成与隔壁学校兄弟社团的多次合作乃至"联盟"——时隔多年，来看后者，很难说是好事还是坏事，但在当时，它的确是我们对诗之热爱的一个寄托。从这些个意义上说，散淡的我虽然谈不上是一个好社长，却在卸任后的将近十年里，"退而不休"地见证了诗社每个闪光的瞬间和动人的光景。

在这个"黄金时代"的尾声或稍后，诗社还有两项重大变化：古典诗词分社与嘉定校区分社的成立。说是"分社"，其实就是同一拨人，由于写作侧重的不同，以及学校校区分配的不同，被动地为更方便聚会和办活动建立的名目。

我虽是新诗作者，却习过一阵子旧诗，亦从古典诗词里获取了诸般为新诗写作提供养料的内容。我在旧诗写作方面没有安放什么想法和抱负，但素来将之视为一种基本修养，认为它与新诗的现代色彩并不对立。安德他们大概也有类似的想法。所以，2010年前后，大概是砂丁做社长的时候，经由诗社成员、2008级的硕士陈汗青牵头——他年长于我们，算得上是老大哥，并且加入诗社前在武大时已经是小有影响力的旧体诗词作者了——以及不少偏爱旧诗的成员的陆续到来,使得结一个"社中社"的条件成熟了。后来,旧体诗分社又有了一个别名"蓼社",它的成员如陈汗青、祝溥程及罗晶等人,写作亦各有风格与特色。

从我的"退而不休"开始,同济诗社有了一个不成文的传统:离校(或毕业工作或留校读研)不离社。我想,这样一个传统的不自觉的形成,兴许是因为这个领域实在人丁单薄,需要同气相求、抱团取暖。更何况,于大家而言,对诗的热爱与所学专业无关,与身处什么样的人生阶段也无关。然而,这个传统的形成直接导致了诗社的另一番光景:出主意的"太上皇"太多,社长变成了一个具体执行、任劳任怨的角色,以致学弟学妹压力太大——而其间,除了抛却功利心的纯粹热爱和精神上的成就感,实在是没其他收获可言——没人愿意当了。

这种情况,为诗社在继任者方面的多次"青黄不接"埋下了伏笔。虽说是社团,其实只是一个相当松散的趣缘圈子,若没有"社长"这个愿意做事的角色牵头,散漫惯了的老社员聚不起来,新社员则感受不到这种"诗歌的集体生活"的氛围,那么很快地,这种"群居相切磋"的形式就会难以为继,诗社就没有什么存在的必要了。但换一个角度看,正因为这个传统,诗社常能在关键时刻得到"存亡继绝"的机会——多年以来习惯了诗社这个氛围的存在的朋友们,总不愿意真让它就断了,总能找来愿意接受这个"苦差事"的学弟学妹……

于是,同济诗社后来的"社长"更像是一个纽带,而众多的老社员为这个纽带和社团输血,提供各种资源来保证它的持续。很多社员毕业多年,还常回来参加诗社的内部沙龙——以主题讨论及匿名互评社员的近作为主要形式——及不定期的"诗歌茶座"活动。后者是我在2013年创办、据说延续至今的一个不局限于校内的活动,每期邀请一位或多位诗界前辈到诗社与大家交流。

当然,当时的诗社并没有邀请大佬们专程前来的物质条件,基本上是靠我消息灵通,得知哪位因事到上海,就因利乘便,"倚小卖小"地靠套交情请他们来互动。在印象中,我用这种方式套来的"茶座"嘉宾,至少有宋琳、陈东东、李笠、小海、陈黎、蔡天新、姜涛、冷霜等人。

还有一次，是请我的同辈诗人如厄土、丁成和王梓等人到同济来，与美国诗人、译者顾爱玲（Eleanor Goodman）做了一场中美青年诗歌的主题交流。那次因为在场的女性太少，顾爱玲提出了一个关于性别偏见的话题供讨论，当时在上师大念书的某女诗人因此对我们这个主办方提出了严正抗议，场面一度十分尴尬……后来，她成了诗人潘维的夫人，想必在行使神圣"妻权"的时候，应该能忘掉当时的不平意气了吧。

诗社传统的另一个体现是，毕业工作但不"离社"的社员们还继续给诗社交"社费"——当然，交的形式有很多种，其中最主要的一种是负责在活动前请嘉宾和做事的社员吃饭，或为沙龙结束后的夜宵（多数时候是烧烤）买单。买单最多的应该是陈汗青，因为他读城市规划研究生的时候，已经有私活可以接。而更早一些时候，安德所引领的夜宵喝酒风潮是另一道景观。那时候，大家活跃的地点通常选在学校南门的赤峰路和西门的密云路一带，这一带盘踞着许多的小饭馆和夜宵摊——然而在近几年的城市整治里，它们统统消失了，我们在诗和酒中淘洗过的那段青春岁月也随着这样的整治而"俯仰之间，已为陈迹"：

> 密云路上过去有几家烤鱼店
> 其中一家现在卖起了干锅
> 当然，干锅很可能比烤鱼
> 要好吃很多，啤酒也要地道一点
> 我想说的其实是那两个
> 看我用一次性筷子撬开瓶盖的
> 农村姑娘，一个叫任小红，
> 一个叫任小娟

这是安德的名作《密云路上过去有几家烤鱼店》，似乎是在2011年他毕业前后写的。这首诗以及他的一批同类诗作，可以作为那几年诗社历史的"别传"来看。它在"后黄金时代"传诵久远。而这十年间，论起在诗社的"地位"和影响力，我的安德学弟，甚至包括后来的砂丁、方李靖和秦三澍等学弟学妹，实在都要远超过我。安德很多的诗篇反映那些年我们"诗歌的集体生活"；后来者眼中为此倍感亲切的心绪，又给他这个人赋予了传奇色彩。好酒，性情，发生过几段与诗社有关的恋爱故事，同时诗才出众而又放荡不羁，统统这些，都可谓是"诗人，太诗人的"标配。相比之下，我则要乏味许多，要面目模糊许多。若套用朋友们私下戏谑我的说法——诗社"太祖"，那么安德毫无疑问是局部改变了"统绪"的"世祖"。当然，这些用词相当腐朽，在此处提及，仅仅是供批判用。

2012年，我念博士二年级。由于特殊的机缘，我们得以有机会在上海文艺出版社出版《同济十年诗选（2002—2012）》。我负责编选工作，而陈忠村则为书的出版出了大力。这部书的入选作者以诗社成员为主，此外，还选了一些虽不是诗社成员，但与大家关系密切的其他同济人的作品，譬如胡桑、刘化童、须弥（那时候还叫深圳红孩）和钱冠宇——他们各自在博士或硕士阶段来到同济，又都是同辈诗人里的佼佼者，我自然不会放过；还有前诗社时代、活跃于2002年至2006年的同济网BBS诗歌版的几位作者。我做过那BBS的诗歌版的版主，通过这样的方式，在2012年的时候，就将广义的"同济诗社"圈子拉长到了十年的长度。

总结之后，就是萧条。彼时2007级的安德和牟才已毕业，2008级的陈草即将与大家离别。毕业的安德找了份房地产行业的工作，又在上海待了一年。那两年间，触目皆是离别。毕业季的夜晚，诗社的聚会经常伴随着鬼哭狼嚎出现，喝多了号啕大哭或说胡话般念诗，已经称得上是常态。更有甚者，子夜时分在校园里把成排停着的自行车挂到路边的梧桐树上，亦是我们干的好事。而那时候的我已经在同济赖了六七年，本科毕业了读研，硕士没读完直博，还没真正经历自己的毕业离别季，看他们的伤感或不舍，大概都是隔着窗玻璃的无声西洋景。

那时候堪堪要念二年级的祝溥程，倒是比我更好地领略了那番滋味。他在当时写过一首七律《闻人夜嚎》，说的就是安德、陈草他们的故事。他们这些人之间，还发生过很多堪称"罗曼史"的故事，诗中情辞隐约，有所透露：

> 常于同济夜闻声，儿女散离多不平。
> 故事年深成事故，情人日久作人情。
> 春雷宓水留文重，秋雨巫台余梦轻。
> 酒后谨防萌醉态，落花心思已分明。

　　诗社"黄金时代"落幕的伤感还没走远，2013年就到来了。在此前，我们又面临了青黄不接的境况。要等到年初，由即将毕业的2009级中文系的秦三澍（秦振耀）及已经读研的土木工程系的方李靖两位共同接任社长才算安稳下来。在一些特殊的节点，诗社常有两人同任社长的情况，以示"临危受命"的郑重；而根据社团注册条例，只有本科生才能正式登记成为负责人，则又是另一个因素。

　　从2013年年初起，由方李靖和秦三澍做社长的一年多，被更后来的社员们称为"白银时代"。三澍甚至在2013年下半年到隔壁学校复旦读研后，依然没有卸掉这个"担子"，可谓"身在曹营心在汉"了。他们操持诗社事务的这段时间，2012级本科社员里涌现了非常多有潜力的作者，诗社的活动与聚会亦一度做得非常热闹。若非他们的热情与活跃（同时还有了我参与创建的同济诗学研究中心的学术平台的支持），我不会有做"诗歌茶座"系列活动的动力——即使不给嘉宾们一分钱，甚至名为"茶座"，有时连杯茶都未必有得喝，落实到活动的细节层面，依然需要有人亲力亲为。至于后来在2014年他们因事失和，诗社又陷入另一番光景，就非我们当初所能逆料了。这是令我特别遗憾的一件事，亦是我在2014年赴日访学、2015年春回国以后直到2016年夏天毕业，这段时间内对诗社的事情基本不过问不参与、心灰意冷的直接原因。所以，我真正能讲述的同济诗社的十年"历史"里，实打实的部分，大概只有八年不到。

　　在"白银时代"发生的另一件大事是，诗社的"同济诗社"这个别名，终于名正言顺地成为了正式登记的社名。此时，离我接手并重塑它，已经过去差不多七年了。我还记得那时候的情景：领着方李靖去见20世纪80年代末就学于同济的几位学长，和他们吃饭，并请求他们正式的支持，以便和学校社团注册部门沟通，将社名正式改过来——此时同济的学生社团的注册原则据说是，不能径用校名为社团名，这是此前我们的一大障碍；至于昔日和亓同学的约定，因为年代久远、时过境迁，而又由我多少做通了他的工作，"前话"就算作废了。

这几位学长，如邓玄、陈学斌、王暾与何群明，都是在同济的大学时代就已开始写作的诗人，如今已是各行各业的精英。他们在20世纪80年代后期到1995年左右，分别担任过老的"同济诗社"——准确说应该是"同济文学社"，但成员多是诗人，如同北大的"五四文学社"一般——的社长。2005年后我们这个诗社虽然和老的"同济诗社"没有实质的延续性，但出于诗人间的相惜，出于学长对学弟学妹们的爱护，出于维系本校文脉与（往大了说的）"诗歌传统"的目的，他们亦是乐见新世纪的诗社可以沿用昔日的社名。通过他们的斡旋，我，以及自安德以后历任社长和多数社员念兹在兹的这件事，终于得以顺利实现。

秦三澍之后，直到我离开前，分别有诸涵葳、王芒芒（王静怡）、秦惟（祁勤维）、桂瑜、刘嘉伟陆续接过了社长这个苦差事。越来越多的新朋友加入，又有其他一些人离开，如同花开花落、四季轮回般不可避免。古典分社和嘉定分社也有各自的故事，我所历无多，其间的情状自然就无从讲述了。

作为对"白银时代"的总结，或者说纪念，或者说凭吊，由砂丁、秦三澍与方李靖一起主编，由我担任出版人的《多向通道：同济诗歌年选·2013》，得以在2014年年中成型，作为见证而存在。他们编的这部书，远比我当年编选的那部优秀和细致，更能体现我们对写作的共同期待。当时，不愉快已经产生，但最后我与秦三澍还是用了方李靖的诗《多向通道》的标题作为整部选本的书名，亦作为我们对昔日同气相求而又求同存异的、互相砥砺的时光的一个交代。

这首诗是作者题赠给砂丁的。我想，哪怕后来有分歧和不愉快，或许并不影响大家昔日的情分；何况，标题和诗里流露出的情感色彩，很

适合作为诗社这么多年来形成的倾向和氛围的隐喻——所以最终将诗的一部分印在了书的封底:

> 谈到花的相遇,就像
> 我走了多年的教室走廊:只有一条线
> 通向每个独立的房间。通向
> 你的结构是纤细的,正如此刻
> 我不经意接到远方的电话,单弱的电流
> 延长一条更古老的脐带,那时我在洪水中
> 用它换气。深井是可怕的
> 我悬挂在世界的下面,第一次
> 你是怎样拉紧危险的绳子,成了我们
> 能一直求证下去的命题。

大学诗教,如何可能?
——兼谈韩山师范学院的新诗教育

陈培浩

从大学诗歌到大学诗教

在20世纪文学史的视野中,"大学生诗歌"是一个具有历史阶段性特征的概念。新文学草创之初,新诗一直在为自身的合法性辩护,尚未获得大学体制的接纳。现在学界一般将1929年朱自清为其在国立清华大学中文系开设的"中国新文学研究"课程编写的讲义《中国新文学研究纲要》中"内容最丰富"的新诗部分视为中国大学课堂进行新诗教育的最早尝试。20世纪30年代,朱自清、沈从文、苏雪林、废名等人在其各自的新文学课程中都显著地纳入新诗教学。此阶段,"在大学课堂上,新诗作为新文学的代表,勉强站住了脚跟,但是要解决新文学作为'研究对象'的合法性问题",讲授者们还必须为探索一种"能够被'系统'讲授"[①]的知识而努力。某种意义上,20世纪40年代的"西南联大诗人群"堪称20世纪中国第一代真正意义上的"大学生诗歌"。"以冯至、穆旦为代表的西南联大诗人群抵达了1940年代现代新诗探索的最前沿"[②],西南联大诗人群的产生,与战时特殊的学院文化背景有着密切关

---

① 姜涛:《20世纪30年代的大学课堂与新诗的历史讲述》,《学术月刊》2007年第1期。
② 邓招华:《论西南联大诗人群的学院文化背景》,《山东师范大学学报(人文社会科学版)》2008年第6期。

联。除了以往被人熟知的"九叶诗人"外,"马逢华、王佐良、叶华、沈季平、何达、杨周翰、陈时、周定一、罗寄一、林蒲、赵瑞蕻、俞铭传、秦泥、缪弘等 14 人作为西南联大学生诗人"[①]也得到发掘。1949 年之后,中国大陆大学生文学社颇为兴盛,但在"十七年文学"阶段,大学生所写作的诗歌能获得广泛文学影响力的几近于无。事实上,必须到 20 世纪 80 年代,大学生群体作为诗歌写作主力并对新诗发展产生巨大推动作用才获得可能。而进入新世纪之后,大学生诗歌的发生语境相比 20 世纪八九十年代已经发生了很大变化。表现之一是:80 年代的大学生诗歌是"自呈"的,它主要由大学生诗人创办的诗社、诗刊来推动;但当下的大学诗歌却主要由大学或社会机构来推动。80 年代,不论是徐敬亚、李亚伟、万夏,还是西川、于坚、王家新,他们在校期间或毕业后不久就策划了影响巨大,日后被一再提及的诗歌活动。这些诗人生活阅历丰富,甚至"胆大妄为"。而如今的大学生诗人,他们绝大部分接受完整而循规蹈矩的中学教育后进入大学,他们往往参加已经有几十年传统的大学诗社,在浓厚的传统面前与诗歌前辈亦步亦趋。今天各种大学生诗歌奖并非由大学生自身组织,他们只不过参与到师辈组织的活动中。下表是新世纪以来部分著名高校大学生诗歌奖(诗赛)的情况:

名　称	主办单位	备　注
未名诗歌奖	北京大学五四文学社、北京大学中文系	未名诗歌奖是北大未名诗歌节的重要组成部分,诗歌节自 2000 年创设,得到中坤集团资助。2011 年第七届起,未名诗歌奖改为两年一届。
光华诗歌奖	复旦大学中文系、任重书院、复旦诗社	复旦诗社创办于 1981 年,光华诗歌奖始于 2011 年;任重书院是活动的主要资助人。跟"未名诗歌奖"主办单位的排序稍有不同,复旦诗社排在最后面。

[①] 邓招华:《"西南联大诗人群"研究述评》,《河北大学成人教育学院学报》2011 年第 1 期。

名　称	主办单位	备　注
首都高校原创诗歌大赛	北京师范大学文学院、国际写作中心主办，北京师范大学五四文学社承办	面向首都高校学生，限新诗。至2018年举办第十届。
全国大学生樱花诗歌邀请赛	主办：共青团湖北省委、湖北省学生联合会、湖北省中华诗词学会 承办：武汉大学团委会、全国大学生文学社团联盟	始于1983年武汉大学"樱花诗赛"，现在主要由相关机构推动，大学生作为参赛主体，但不是活动组织主体，第三十四届主题为"诗咏青春志 共筑中国梦"。
南京大学起笔成春诗歌征集赛	南京大学团委会、学生会、文学院	诗赛包含新旧体。
全球大学生华语短诗大赛	上海交通大学研究生会微博网络文化工作室	诗赛包含新旧体。

上表显示，新世纪以来一些著名高校主办的大学生诗歌奖（诗赛）也在努力延续这些高校始于20世纪80年代的校园文学传统，但活动的组织主体和推动力量已经不再是大学生，而是更具资源的校方或社会机构。其中北京大学五四文学社、复旦大学复旦诗社、北京师范大学五四文学社依然在活动中发挥了相当作用，但活动影响力的获得离不开学校及社会机构的介入推动，如中坤集团对"未名诗歌节"的资助、任重书院对"光华诗歌奖"的资助。武汉大学的"樱花诗赛"虽然始于20世纪80年代的校园诗歌传统，现在主要由省及学校团委系统主导；南京大学的诗赛同样是作为学校校园品牌活动的一部分开展；上海交通大学的诗赛则由具有文化公司色彩的工作室推动。其他大学生诗赛或活动也层出不穷，比较有名的如四川省作家协会、《星星》诗刊、成都文理学院主办的"中国星星大学生诗歌夏令营"，始于2007年，至2017年已举办第十届，这些活动都不是由作为诗人的大学生本身推动。相比之下，20世纪80年代的大学生诗歌主要是由诗人自办的诗刊推动，而不是由各机构主导的诗赛推动。下表为80年代一些著名高校大学生创办的诗刊情况：

刊　名	学　校	备　注
《未名湖》《发现》《大鹏诗刊》《在流放地》	北京大学	《未名湖》1979年创刊，1984年油印特刊"西川作品集《星柏之路》专号"；《发现》由臧棣主编；《大鹏诗刊》1990年创刊，大鹏诗社出版，顾问黄子平；《在流放地——燕园86、87文学作品选》，由贺照田编选。
《这一代》	十三所高校联办	武汉大学王家新等主编。
《赤子心》	吉林大学	1978年创刊。公木题写刊名，徐敬亚主编，王小妮插图。主要成员为徐敬亚、王小妮、吕贵品、刘晓波等。
《夏雨岛》	华东师范大学	1982年创刊。由宋琳创办，成员包括宋琳、徐芳、张小波等。
《诗耕地》	复旦大学	1981年创刊。由许德民创办，成员包括许德民、杨小滨、陈先发、韩国强、韩博、马骅等。
《耕耘》《原样》	南京大学	《耕耘》1979年创刊，参与主办十三所高校刊物《这一代》，主要作者崔卫平等；《原样》由形式主义诗歌小组创办，主编车前子、周亚平。
《锦江》	四川大学	1979年创刊，参与主办十三所高校刊物《这一代》，主要作者潇潇等。

（以上资料由世中人提供）

  上表在某种程度上说明八九十年代大学生诗歌的"自呈"状态，创办诗刊的校园诗人们日后都在诗坛上留下一定足迹，把他们的诗歌活动视为完全脱离场域规划的"自主性"行为并不准确，但相比当下的大学生诗歌活动，那个时代校园诗人的"主体性"无疑获得更多发挥的外部条件。这番对比并非一般性地质疑当下大学生诗人主体性的缺失，而是指出由大学生自身主导的"大学诗歌"事实上正在让位于机构主导的"大学诗歌活动"及"大学诗教"这一事实。这种机构介入对大学生诗歌开展的优劣并不能一概而论，这里引出的问题是：当下由各高校学生管理部门及社会机构主导开展的大学生诗赛在多大程度上可以归属于诗教？有效的大学诗教该如何去达成？这些都是不无空泛的问题，很难有确定答案，但这种思考并非没有意义。

或许有必要区分作为文学写作的"大学生诗歌"和作为学生校园文化的"大学生诗歌"。作为文学写作的"大学生诗歌"及其相关活动，目标在于为更好的当代汉语诗歌培养青年诗人；而作为学生校园文化活动的"大学生诗歌"目标则主要在于活跃校园文化，打造大学的文化名片。不难看出，北大、复旦的诗歌奖主要是面向文学写作的"大学生诗歌"；而越来越多的高校，其大学生诗歌奖，主要是作为学校校园文化活动的一部分，它跟学校举行的其他诸如舞蹈大赛、摄影比赛并无实质性区别。这里并非想简单地对两种类型的大学生诗赛区分高下，而是借之区分不同的工作目标：面向文学的"大学生诗歌"想培养诗人；面向校园文化的"大学生诗歌"假如做得好的话，则有可能作为诗教化育人心。问题在于，很多大学诗赛更像一场学校的宣传活动而缺乏相应的诗教理念。

显然，中国"大学生诗歌"是一个跟新诗发展及大学教育体制密切互动催生的现代事件，它的呈现方式及参与文学进程的深入程度跟政治文化、时代思潮和新诗的发展等因素有着密切关联。进入新世纪以后，由于种种原因，大学生诗歌已经不再获得20世纪80年代那样参与社会文化变革并进而成为当代文学经典的契机。"大学诗歌"逐渐与"大学诗教"更密切地结合在一起，面对这种转折，我们要追问的便是：大学诗教，有何必要又如何可能？

"诗歌乃大学的精魂"

事实上，诗教乃是传统儒学概念。《礼记·经解》所谓"其为人也温柔敦厚，《诗》教也"，《论语·季氏》谓"不学《诗》，无以言"，这里的"诗"特指《诗经》，透露的是"思无邪""温柔敦厚"的儒家诗教观。后世如《毛诗序》，以及沈德潜、黄宗羲等人都继承了儒家诗教的教化立场。孔子所谓"兴于《诗》，立于礼，成于乐"事实上赋予了《诗经》教育与礼乐并重的匡扶社稷的重要社会功能。可见，传统"诗教"较重道德教化而较少审美感受。在现代语境中，大学新诗的诗教，显然更偏于审美性、感受性，即 T. S. 艾略特意义上的丰富民族语言感受性的社会功能。

在今天大学教育实用化、功利化的背景下（葛兆光在 2018 届复旦大学毕业典礼上称"现在的大学，越来越像培训学校了"），大学诗教对于提升学生人文素养、化育人心有着重要价值。陈平原教授则指出诗歌是大学的精魂："毫无疑问，诗歌需要大学。若是一代代接受过高等教育的青年学子远离诗歌，单凭那几个著名或非著名诗人，是无法支撑起一片蓝天的。反过来，若校园里聚集起无数喜欢写诗、读诗的年轻人，则诗歌自然会有更美好的未来。""这只是事情的一个方面。我更愿意强调的是另一面，那就是，大学需要诗歌的滋养。专门知识的传授十分重要，但大学生的志向、情怀、诗心与想象力，同样不可或缺。"[1] 这是一个关注大学教育、具有浓厚人文情怀的学者的判断，也是很多有识之士的共有理念："大学是需要诗歌的，诗歌可以使僵硬的人心变得温暖、湿润，可以把人从功利的俗世中提升到精神和理想的世界。"[2] 这种观点把诗教作为大学人文教育的重要组成部分，此时，培养诗人反而是诗教的特殊目标；温润人心、提升素养、激发想象力才是诗教的一般目标。这种观点令人想起艾略特关于诗歌社会功能的判断。

艾略特在《诗歌的社会功能》中指出：诗人并不对自己的民族负有直接责任，却对自己的民族语言负有直接责任，诗人"有责任保护这种语言，完善和丰富这种语言。在表达别人的感情的同时，诗人也改变着这种感情本身，使之更易于被人意识到"。因此，"诗人丰富了他本人使

---

[1] 陈平原：《诗歌乃大学的精魂》，《人民日报》2011 年 1 月 6 日。
[2] 黄景忠：《大学需要诗性的气质》，《韩师诗歌十五年》，中国戏剧出版社，2008 年。

用的那种语言"。① 艾略特在诗的社会功能这样的层面论述了诗人与民族语言感受性之间的关系。在他看来，普通人的感受是粗糙刻板还是细腻丰富，这是由诗人通过对其民族语言的塑造决定的。事实上，诗歌这个不无崇高的社会功能需要落实到相应的社会机制中，显然现行中学语文教育并不接纳诗歌这个社会功能。现行教育体制下，高考的指挥棒使语文教育的主要功能被定位于基本语言知识传授而非想象力和感受力的打开。语文教育的工具性层面常常覆盖了其人文性和情感性层面。把以诗歌打开学生感受力的诗教任务完全推给中学语文并不明智，限于中学语文的特殊规定性，或许大学诗教才是更好建立阅读者与自身语言感受性关系的途径。

　　有意思的是，艾略特还指出"如果诗人很快就能赢得非常多的欣赏者，那么这种状态无疑是令人怀疑的；我们不得不做这样的假设：这种诗人实际上没有提供任何新的东西，他们只不过是把读者早已习惯了的，读者在以前的诗人那里就知道了的东西又给了读者"。在他看来，伟大的诗人必须提供暂时不能被大多数"同时代人"理解的作品，而这种创造性的部分——"起初在少数人那里显露出来的变化、认识方式的进步"将逐渐渗入语言本身，"一旦这些变化被大家公认，那时就必须要向前迈进新的一步"。② 艾略特以动态的思维解释了现代诗歌如何在融入和拉开的过程中，与通行语言保持一种张力关系。他没有解释诗人不被理解的部分如何"逐渐渗入语言本身"。事实上，这种语言感受力自我更新，正是"诗教"要努力去促成的结果。不妨这样说，培养诗歌写作、研究和教学的人才，提升大学生人文素养并进而推动民族语言更新是大学诗教的几大目标。

---

① 艾略特：《诗歌的社会功能》，吕国军著译：《拾零集》，中国国际广播出版社，2011年，第165页。

② 艾略特：《诗歌的社会功能》，吕国军著译：《拾零集》，第166页。

大学诗教是沟通当代诗歌与大众阅读的桥梁

就人才培养来说，培养诗人、诗歌研究者和诗歌教学人才无疑是高校诗教的三大任务，但这些任务极少有学校能同时完成。以北京大学为例，这是一所自"五四"以来就有着浓厚文学氛围的高校。北大诗人群在当代诗歌史上影响巨大，海子、骆一禾、西川、戈麦、臧棣、西渡、清平、姜涛、胡续冬、冷霜、周瓒……这一系列北大诗人的名字都在当代诗坛留下了各自的足迹。这跟北大悠久的诗歌写作传统有关。另一方面，北大当代文学教研室、新诗研究所、诗歌研究院等机构使北大成为中国新诗研究最有影响力的高校。所以，北大诗歌教育兼具了诗教的多重目标：培养诗人、诗歌研究者和诗歌教学传播者（主要是在高校从事诗歌教学的教师）。丰富的诗教资源、不可替代的诗歌传统使得北大的诗歌研究、诗歌批评和诗歌创作水平都是其他高校难以比肩的。应该说，绝大部分在诗教方面有所努力的综合性高校都不能如北大这样兼具了诗教在人才培养方面的多重性。就新世纪的情形来说，首都师范大学、南开大学、西南大学、南京大学等高校在诗歌研究方面实力不俗，也培养了大批诗歌研究者、高校诗歌教学人才，但它们在培养诗人方面相对乏善可陈；复旦大学、中国人民大学、中央民族大学、武汉大学等高校拥有自己的诗人群，在诗歌研究者培养方面却是短板。或许只有北京师范大学在培养诗人、诗歌研究者方面具有北京大学那样的均衡性，但在整体实力上显然也有不及。不过，作为具有师范背景的高校，北师大的诗教却具有一个北大所没有的成果：培养具有良好诗歌素养的中学语文教师。

与北京大学、复旦大学、中国人民大学、中央民族大学、武汉大学等研究型高校不同，这些著名高校没有师范背景，校园诗歌土壤直接培养诗人，但对于师范类高校来说，推动校园诗歌发展不仅是为了培养诗人，更是为了培养具有新诗鉴赏能力的中学语文教师。某种意义上，绝大部分人的语文素养是由中学语文教育奠定的，所以中学语文教育水准几乎就代表了大众文学阅读的水准。因此，大学诗教有可能成为沟通当代诗歌探索与大众阅读的桥梁。

百年新诗成就巨大，但在大众接受层面，新诗的身份危机并未缓解。由于新诗倾向于"在开放的诗学体系中寻求美的可能性"①，用臧棣的话说，新诗就是"新于诗"，所以新诗艺术标准并未获得绝对的学术共识，更别说提供一个简便易行的标准给普通爱好者参照。所以，一方面，新诗的技艺探索确实给一般读者造成了较大挑战，晦涩难懂成为新诗长期面对的责难；另一方面，现行高考体制指挥下的中学语文教育实际上基本剥离了新诗教育。原因既在于新诗基本不被纳入高考考试范围，也在于高中语文教师普遍缺乏新诗素养——现有的大学中文系人才培养方案和课程设置中，有文学史课程而无诗歌鉴赏、写作课程。相当多的学校也未开设与新诗相关的选修课——经过大学教育输送到中学的语文教师普遍缺乏新诗的鉴赏和教学素养；于是，由一批不懂新诗的中学语文教师输送进大学的学生普遍新诗阅读面狭窄，阅读兴趣低下。这造成了一种双重的恶性循环。由此，大学诗教显出了某种特定目标：为中学输送具有诗歌素养的语文教师，进而为社会输送具有更高诗歌素养的公民。

一所普通院校的新诗教育

有必要指出，不同类型的高校由于教学定位、师资配备、学术资源及学生知识层次的差异，并不能分享相同的诗教目标。对于韩山师范学院（以下简称"韩师"）这样的地方本科院校来说，培养专业诗歌研究者的目标并不现实；培养诗人也非首要目标，反而是培养具有诗歌素养的语文教师成为我们切身和一贯的坚持。本节将简要介绍韩师新诗教育的开展情况，并非因为韩师诗教的成果如何突出，而是因为它代表了如何在这一层次类型高校开展新诗教育的摸索和思考。

韩师新诗教育追求一种"立体诗教"的建构，即在课堂诗歌教学之

---

① 陈培浩：《当代大学新诗教育的缺失和探索——兼论韩山师范学院新诗教学》，《韩山师范学院学报》2011年第1期。

外有意识地构建民刊、讲座、沙龙、诗歌奖、微信公众号等元素构成的立体资源体系。除了笔者（陈培浩）等人开设的超过十年的现代诗歌鉴赏与写作课程外，诗刊、诗歌活动和微信公众号等一系列媒介使韩师诗教得到了较好延伸。韩师诗歌创研中心主办的民刊《九月诗刊》[①]坚持办刊近十四年，已连续出刊46期，成为在广东省乃至全国小有影响的诗刊。《九月诗刊》在近十四年的办刊历史中，以其专题化思路和一以贯之的出刊节奏而令诗歌界瞩目，推出了多个"诗歌地理"专号，包括我国港台地区，以及俄罗斯、马来西亚等国家的诗歌专题。在这里有必要提到由韩师诗歌创研中心主办的两届面向全国的"九月诗歌奖"，邀请了谢冕、王光明、张桃洲、荣光启、黄礼孩等专家担任评委，以公正的程序、专业的立场评选作品，这在某种程度上建立了这个奖在诗人心中的认知度。《九月诗刊》探索了"专题化"办刊思路对民刊之民间属性的拓展作用；探索了高校与民刊的良性合作机制；探索了网络时代纸质民刊的转型和坚守之路。就其办刊和办奖的效果看，《九月诗刊》既团结和凝聚了一批潮汕的本土诗人，推动了近年潮汕诗歌的繁荣；又在国内外的区域性诗歌交流上做出了一定的贡献。《九月诗刊》作为韩师创办的诗刊，也被应用于诗教中，广泛赠送给中文系学生特别是选修诗歌课的同学，成为了韩师学生接触当代诗歌的一个通道。

高水平的诗歌学术活动也是诗教的重要资源，为了让学生受到更好的学术熏陶，近年来韩师诗歌创研中心在筹办诗歌学术活动方面做了很大的努力，邀请了著名诗家、诗人前来讲学：著名学者谢冕、洪子诚、王光明、顾彬等多次应邀前来授课；著名诗人杨炼、郑愁予、黄礼孩等

[①] 2004年至2008年，《九月诗刊》由主编黄昏个人筹资操办，为半年刊。2009年，韩山师范学院中文系成立诗歌创研中心，将《九月诗刊》归入其下，改半年刊为季刊，由韩山师范学院出资办刊，诗人黄昏担任韩山师范学院诗歌创研中心副主任，仍任《九月诗刊》主编。诗人黄礼孩称《九月诗刊》为广东第二民刊，第一民刊当属他主编的被称为新世纪"中国第一诗歌民刊"的《诗歌与人》杂志。网络媒体特别是自媒体出现之后，纸质民刊已经不再是民间诗歌传播的核心载体，因此大量民刊停办。像《九月诗刊》这样至今坚持出刊的并不多见。

多次前来授课，杨炼先生近年更是连续在韩师开设系列诗歌讲座；除了诗学讲座、对话之外，我们也策划举办了"百年新诗与中国歌谣学术研讨会"及"诗人在他的声音里"朗诵会等活动。学生近距离聆听杰出学者、诗人的讲座，获得的教益和启迪不仅是知识层面上的。很多学生表示，不少专业知识虽不了然，但优秀的学者、诗人却像一个活体诗歌博物馆，其研究或写作历程让听众得以窥见诗歌内在的传统。这些活动某种程度上弥补了韩师诗教学术资源欠缺的问题，较有效地激发了学生诗歌创作和研究的热情，在一定程度上打开了学生的当代诗歌视野。

我们有意识地把诗歌学术活动作为诗教资源引入教学中，活动期间广泛发动有兴趣的学生参与。第二届"九月诗歌奖"评选期间，我们通过公众号"韩师诗歌创研中心"展出入选终评的20位诗人作品，并将这些作品引入诗歌课堂，作为课堂讨论和课外阅读材料。同时，遴选具有写作爱好的校园诗人参与公号编辑，由学生编选推出了各种专题性诗歌文本，如"鸟鸣诗""诗与镜""诗与树""诗与路""诗歌与妙喻""诗·转喻""诗·视角""诗·仿体"等专题性诗歌文本；也推出了W. S. 默温、阿米亥、里尔克、特朗斯特罗姆、拉金、卡瓦菲斯、沃伦、博尔赫斯、辛波斯卡等世界诗人作品选；海子、洛夫、张枣、食指、多多、西川、陈先发、杨键、蓝蓝、宇向等中国当代诗人诗选。这些作品由学生参与编选，同时应用于课堂内外的阅读。诗歌公众号成了韩师诗教有效的延伸。

我们并未针对诗教对学生日后中学语文教学产生的效果进行全面的跟踪调查和定量分析，但一些典型案例说明我们的诗教产生了一定的效果。[①] 韩山师范学院自觉开展和探索诗教已近十年，韩师诗教在自身的特

[①] 韩师校园诗人程增寿（笔名阿善）、黄春龙在校期间就是韩山诗社骨干中坚，参与创办校园诗刊《诗心》，毕业后都在粤东中学从事语文教学工作，创办了《粤东文萃》杂志，编选《粤东诗歌光年》年度选本，不但把诗歌爱好融化在教学中，更带动一批中学教师开始了现代诗歌的阅读和写作的自我教育，有力地推动了粤东民间诗歌的发展；韩师校园诗人庄丽如（笔名追小忆）毕业后在潮州、东莞的中小学任语文教师，近年在东莞某小学任教，尝试把诗歌写作作为兴趣教学的重点，她带领的"小草班"同学热情高涨，作品在各种公（转下页）

殊语境中展开,其条件和成绩都不能和著名高校相提并论。但诗教实践使我们意识到:诗教在当下并不讨好,却有必要成为大学教育参与者的自觉坚持;诗教面对不同对象有不同目标,因此,不同类型的高校各有自身的诗教空间,也应根据自身条件、资源等实际确定相应的诗教目标;诗教是一个匹配以课程、比赛、讲座、办刊等多层次资源的系统化工作,诗教的手段也应随着时代和媒介条件的变化而做出相应的调整。就韩师诗教实际而言,我们培养不了重要诗人,却可以培养一批推动区域文学发展的诗人;我们无法培养专业诗歌研究者和批评家,却致力于为周边区域输送具备诗歌素养的中学语文教师,再通过他们去改良诗歌的接受土壤;更重要的是,我们愿意通过诗教来激活所有参与者的想象力和感受力,把现代诗歌所传递的复杂而均衡的心智作为大学人文素养的一部分;同时,我们也一直试图寻找有效诗教的崭新方式,作为我们这个有限主体的特殊可能性。这也许是这所普通院校的诗教故事所包含的些微意义。

结　语

大学诗歌与大学诗教的密切交互是新世纪以来的重要现象。大学新诗教育与传统诗教有着颇不相同的功能和目标。如果说传统诗教更重视以道德化育人心的话,现代大学新诗教育则肩负着培养诗人、诗歌研究

(接上页)开报刊发表,并且结集出版,成为探索小学诗教的一个有趣案例。这些例子说明我们所设想的,通过大学诗教培养具有诗歌素养的中学语文教师,再由他们去培养具有更好诗歌阅读趣味的中学生,从而架设当代诗歌与大众阅读之间的桥梁的思路是符合韩师这类高校的诗教目标定位的。在持续不懈的努力下,韩师的诗教取得了一定的成果:形成了在广东省以至国内小有影响的"韩山诗群";近年学生作品多次在《人民文学》《诗刊》《星星》《作品》《诗选刊》等刊物上发表,连续三届获得"东荡子诗歌奖·广东校园诗歌奖";公开出版《韩师诗歌十五年(1993—2007)》《最是山花烂漫时》及"韩山诗歌文丛"四辑共32册等"韩山诗群"作品集。客观地说,韩师的诗教探索在同类非著名高校中特点鲜明,成果颇丰;即使是跟不少著名高校相比,韩师的诗教举措和成果也并不逊色。

者、诗歌教育工作者并进而提升国民人文素养和丰富民族语言感受性的功能。在理想状态下，不同类型层次的高校应基于自身特点而有不同的诗教目标和实践。然而，当下的大学新诗教育远非理想，所存在的问题包括：一、缺乏落实这些诗教目标的课程支撑。绝大部分大学中文系培养方案重文学理论、文学史的知识性课程，而轻诗歌写作、鉴赏的实践性课程。诗教只是作为个别教师的个人志趣和实践存在。即使是很多著名高校也并未开设面向普通爱好者的新诗鉴赏、写作课程。事实上，只有诗歌大赛、诗歌史而没有诗歌写作或鉴赏课程是难以称为完整的诗教的。二、缺乏课程机制保障的诗教，其开展只能依赖于部分教学管理者的个人情怀和偏好。以韩师为例，长期担任教学管理领导职务的黄景忠教授学科背景为现当代文学，是具有人文情怀的教学管理者，重视诗性校园建设，近十年来大力支持大学诗教，促成了韩师诗教的发展。对很多同类高校而言，与其说缺乏诗教，不如说缺乏诗教的资源支持。三、很多高校举办热热闹闹的诗赛，却缺乏诗教意识，仅停留于打造宣传名片的"活动"层次，这些活动的宣传属性超越了教育属性，尚难称为诗教。四、很多高校的诗教未能延伸出更细致而多样的教育平台（比如课程、学术活动、诗刊、公众号等），每年一次的诗赛和几次朗诵会很难承担诗教任务。

新诗写作或许可以借助于诗人的悟性和才华直接在心灵与心灵、文本与文本间传递，但新诗传播却必然有赖于不同层次新诗教育的推动，而大学诗教无疑是新诗教育最重要的平台和抓手。如何解决当代诗歌探索的先锋性与阅读接受的滞后性之间的矛盾，解决将卓越诗人的语言创造溶解到民族语言神经末梢的转换难题，必将继续考验着有志于新诗教育者。

翻译与接受

闻一多：介于纯诗与爱国之间
——将精神追求的进退维谷作为抒情主题

张 枣

亚思明（译）

  译者识：本文系张枣德语博士学位论文《现代性的追寻——1919年以来的中国新诗》的第三章。张枣将1949年以前的白话诗人分为四代，他们既具个性又有共性地探索着新的诗歌形式，来配合他们诗歌主体性的表达。第一代诗人由早期的文学先锋组成，其中也包括鲁迅。第二代囊括了李金发以及其他的一些象征主义者和形式主义者。第三代涵盖了戴望舒、卞之琳、废名、何其芳和其他的"现代派"。第四代主要由20世纪40年代的诗人构成：穆旦、郑敏、陈敬容等。关于现代主义的早期探索在20年代中期达到了高潮，以鲁迅和李金发的诗作为代表。"新月派"诗人主要起到的是承上启下的作用，因此，他们更适合被称为"浪漫的象征主义者"，其次才是"形式主义者"。他们的诗所反映出来的那个"我"呈现出一种双重人格，所遵循的道德准则也是两极分化。其中，闻一多在《死水》集中收录的28首杰作从内容上反映了这种矛盾，具有"元诗"的特点，呈现出灵魂的焦灼与不安，但从美学角度来看极具创造力。也正因如此，这些作品的现代性是独一无二的。从这些诗也能看出闻一多努力在形式美感和道德良知二者之间找到一个新的平衡点：一方面将诗歌主题放置在现实的、社会的背景之中；另一方面不着痕迹地将语言提升至一种炉火纯青的境地。

一、"可是还有一个我,你怕不怕?"

同时代作家之中,没有人像闻一多(1899—1946)那样,被夹在现代主义的唯美理想与爱国主义的社会实践中间内外交困。没有人比他更意志坚定地追随纯诗的艺术理念,相信通过独立自主的艺术想象和形式力量,现实生活中一切被视为假象、废物、"死水"和幻觉的东西,都可以在诗艺创造的世界里变成绝对的美。一段时期里,他更是一个艺术的唯美主义者,甚至认为诗意的丰盈终将消弭生命的消极于无形。然而,与此同时,因为受到儒家思想的影响,他又对社会充满了责任担当,不无激进地主张存在的意义要到语言之外的生活里去找寻,而不是其他任何地方。他常常激励自己的学生,要为人生而活着,生命的救赎存在于生命本身,并且是通过行动,而非言辞。如此一来,没有人像闻一多那样分裂:一个是写作的"我"——被诅咒的诗人;另一个是经验的"我"——积极进步的知识分子的楷模。他一方面壮怀激烈,要将全部的生活——即使是最丑的东西从"形式上"纳入诗歌;另一方面,他坚信美的事物必须行之有效地介入社会才能至臻至善。反之,真正意义上的完美——直至他的最后一首诗《奇迹》始终为他所确信不疑——并非是在前美学阶段的现实,而只有通过巅峰文学作品的神奇的语言召唤才能得以领悟。

还没有哪个现代的中国文学家在思想和行动上如此自相矛盾到了近乎极致的程度。很多作家,诸如冯至、何其芳、丁玲和卞之琳,在黑暗的现实、动荡的时代面前与自己早期的唯美梦想告别,斥之为艺术上的"不成熟"和政治上的"不正确"。现在他们要为服务于意识形态而写作,希望借此世界会有改变。还有一些作家,例如鲁迅和茅盾,从一开始就理所当然地认为文学应该干预生活,作为一名受过教育的成员,作家理应去做一些有意义的事情,积极参政议政。而"象征派"的梁宗岱和李金发,以及闻一多最亲密的"新月社"诗友:徐志摩、梁实秋、林徽因和邵洵美,却从未丧失过他们对美与真的诗意世界的至尊地位的信仰。所有的这些作家，无论是主张社会参与也好，还是支持艺术自治也罢，他们是站在一方立场之上的，而不是像闻一多那样受制于价值观的二重性，并将之写成抒情诗。这种二重性对于闻一多而言是不可解的困境，却成为他创作的源泉。生活和写作对他来说是既对立又统一的一个整体，恰恰是这一点造就了闻一多其人其文的独特魅力，构成了他独一无二的诗的现代性。

顾彬在他关于中国现代文学主体性经验的研究中，将作家作品里描述亲身经历的"我"分为两类："在第一类阵营里，我所经历的并不只是自己的人生，同时也从传统枷锁的挣脱之中积极寻求社会革新（参见鲁迅的《故乡》或者巴金的《家》）。而在另一类阵营里，我陷入自我的世界里走不出来，因此也就不会有所行动（譬如丁玲的《莎菲女士的日记》）。"[1] 作为经验的主体，闻一多无疑也适用于顾彬的分类，而且就其一生的总体发展来看，显然应被纳入顾彬列举的第一类阵营。这在闻所处的时代并不算非典型，因为许多作家都纷纷转向了革命。曾经颓废的现代派、30年代加入左翼的诗人艾青称闻一多"走了一些曲折的道路，但终于找到了人民，投奔到人民的队伍中来"[2]。但闻一多之所以离开了诗的象牙塔，原因并不在于他将政治上的自我身份认同等同于共产主义的意识形态信仰，而是如许芥昱所说，他相信积极参与社会革新进程能够提升自身的审美与高尚的情操。[3]

---

[1] Wolfgang Kubin, "Werther und das Ende der Innerlichkeit", in: Günter Debon / Adrian Hsia (Hrsg.): *China und Goethe–Goethe und China, Berichte des Heidelberger Symposiums*, Bern, Frankfurt: Peter Lang, 1985, p.159.

[2] 艾青：《爱国诗人闻一多——纪念闻一多先生逝世四周年》，见《艾青论创作》，上海文艺出版社，1985年，第134页。

[3] 许曾是闻一多的一个学生，他在对闻作品的相关研究中发现了一种"泛美论"的倾向，认为这也在一定程度上导致闻投身于社会政治活动："他要追求理想的美，先就追求色彩造型的完美，诗歌里描写形象词句的完美。这种完美能够提高人高尚的情操。他那时爱的对象是能在文字中注入生命与音乐的诗神。后来回到中国古典文学，他所追求的理想美就变成了中国古籍的艺术价值，也变成了中国文化神秘的美丽。这些理想都在他自己的诗句中很强烈地表现出来了。最后写政论时他所追求美的对象，就变成了他祖国山河的美。（转下页）

闻一多：介于纯诗与爱国之间

闻一多在他作为诗人的时期（1920—1930），他自己的人生经历深深地镌刻在抒情的"我"的内心冲突之中，中国现代文学史上的其他作家都不如他这么具有两面性，不过，他却就此取材进行创作，这恐怕很难为顾彬的二元划分法所解释。例如，他将《口供》作为诗集《死水》的序诗，有意挑明矛盾纷争正是他的诗学纲领："我爱一幅国旗在风中招展"，一个爱国的"我"，"积极寻求社会革新"；同时也是另一个抒情的"我"，"陷入自我的世界里走不出来"，将颓废当成美学："可是还有一个我，你怕不怕？——/ 苍蝇似的思想，垃圾桶里爬。"①

闻一多最好的诗从主题上包含了高度自觉的精神追求的进退维谷，以及语言方面的应对尝试。鉴于闻一多在20世纪30年代以前并未逸出诗美世界的边界，也并未以行动代替语词，去消解这种两难的困境，他灵魂深处四分五裂的痛苦就只能通过写作来克服。这种精神上的不安激发了他的抒情表达，从美学意义上恰恰带来他所追求的美和诗意，以及风格独具的文学现代性。由此，一个抒情的"我"诞生了，内心极度分裂，通常而言，一个对立的"我"也或隐或现地被唤醒，来定义互为背反的"我"，并形成文本内蕴的张力。闻的诗正是以这个"我"及其心理纠结为言说对象，通常采用不太明显的元诗和对话结构。涉及时政批判的内容，则辅以考究的语言和严密的形式，以期达到纯诗的艺术水准，而不违背他的诗学信条。随着时间的推进，迟至诗集《死水》（1926—1928）的完成，闻一多发现了他的二重"我"的诗性，并试着由此产生创造力。

正如胡戈·弗里德里希（Hugo Friedrich）所确证的，现代诗歌最显著的特征之一就是"不谐和音的张力"，从形式和内容上均体现为：彼

（接上页）又因他的祖国是在战争的阴影里颤抖，他理想的美就变成了那些受尽了战祸而始终可爱的中国同胞们。于是他奔走呼吁，停止内战，改良政治社会的秩序。不管他多次的改变吧！他的基本观念是始终如一的。正如吴晗所说：'闻一多一辈子追寻的是美'，最完全、最真的美在那儿，他就往那儿去找。"参见许芥昱：《新诗的开路人——闻一多》，卓以玉译，波文书局（香港），1982年，第197页。

① 闻一多：《口供》，《闻一多全集》（三），生活·读书·新知三联书店，1982年，第171页。

此相反的特质互为映衬。① 作为一种负面的"我"以及世界经验，现代的精神分裂通常表现为内在与外界之间的双重"不谐和音"，自我与他者、完美与怪癖、意识与行动、幻想与生活。成为现代作家的先决条件也许千奇百怪，不过有一个诗学构想却是相同的，简而言之便是：在大相异趣中获取诗意。言说生命的两难困境，并用语言去克服困境，这大约是诗的现代性的一个重要特征。从现代英国抒情诗中也能举出很多例子，譬如维多利亚时代诗人阿尔弗雷德·丁尼生（Alfred Tennyson）的无韵诗《尤利西斯》，是闻一多自学生时代起就喜爱诵读的。丁尼生借老年奥德修斯之口表达了他自己对生活在别处的渴望，不断迎接未知命运的挑战，拓展游历世界的边界："我已见识了许多民族的城／及其风气、习俗、枢密院、政府，／而我在他们之中最负盛名；／在遥远而多风的特洛亚战场，／我曾陶醉于与敌手作战的欢欣。……"与功名显赫的往昔、丰富多彩的远方相对应的是一个"闲散的君主"，安居家中、与年老的妻子相伴，"已经变成这样一个名字"。② 一方是"我"和内部，另一方是理想的"我"和外部，两相对照，后者已然成为实现存在的自身意义的一个符号。这种内外有别、本我自我交相辉映的模式也见于闻一多的诗歌，具代表性的是这首《静夜》：

> 这灯光，这灯光漂白了的四壁；
> 这贤良的桌椅，朋友似的亲密；
> 这古书的纸香一阵阵的袭来；
> 要好的茶杯贞女一般的洁白；
> 受哺的小儿喘呷在母亲怀里，
> 鼾声报道我大儿康健的消息……
> 这神秘的静夜，这浑圆的和平，

---

① 参见 Hugo Friedrich, *Struktur der modernen Lyrik*, p.16。
② Alfred Tennyson, "Ulysses", in: Hieatt / Park (Hrsg.): *British and American Poetry*, Boston: Allyn and Bacon, 1972, pp.401–403.

我喉咙里颤动着感谢的歌声。
但是歌声马上又变成了诅咒,
静夜!我不能,不能受你的贿赂。
谁稀罕你这墙内尺方的和平!
我的世界还有更辽阔的边境。
这四墙既隔不断战争的喧嚣,
你有什么方法禁止我的心跳?
最好是让这口里塞满了沙泥,
如其他只会唱着个人的休戚!
最好是让这头颅给田鼠掘洞,
让这一团血肉也去喂着尸虫;
如果只是为了一杯酒,一本诗,
静夜里钟摆摇来的一片闲适,
就听不见了你们四邻的呻吟,
看不见寡妇孤儿抖颤的身影,
战壕里的痉挛,疯人咬着病榻,
和各种惨剧在生活的磨子下。
幸福!我如今不能受你的私贿,
我的世界不在这尺方的墙内。
听!又是一阵炮声,死神在咆哮。
静夜!你如何能禁止我的心跳?①

闻一多和丁尼生的这两首诗的共同之处在于,二者都是将两个不同的世界、不同的"我"彼此区分开来。一方的"我"深知生命的局限性并怀疑它的意义所在,渴望改变存在的形式,去到另一个世界里生活。但丁尼生诗中的另一个世界是迷人的,充满了冒险;而闻一多关于外部世界的想象却相当恐怖:残酷的战争、死亡、被杀戮的平民——一

---

① 闻一多:《静夜》,《闻一多全集》(三),第186页。

幅罪恶的地狱图景。此外，闻诗之中，四壁之内的生活是静夜，家庭的幸福与惬意，清茶与纸香，古书与熟悉的物件，从中可以感受诗意的瞬间——只要这一切不被外界现实的喧嚣搅扰；而在奥德修斯那里，眼前的生活没有诗意。因此，二人都希望告别环伺四周的静谧，离家出走对他们来说也不失为一种积极，或者说是英雄主义的举措——虽然背后的动机全然不同：丁尼生是去探寻，探寻"新的收获"和"知识"，不被阻挡的前进，为了"奋斗、探索、寻求，而不屈服"——这正符合西方传统世界观。① 相形之下，闻一多是要舍弃狭隘的自我。这是他终其一生的使命，也是精英知识分子、中国传统文人对社会责任的典型理解。

改造国家，靠行动而非言语，这是一种爱国主义，在中国已经盛行了两千多年，可以追溯到孔夫子的道德规训。由此也可以解释，为什么闻一多的诗中会有那么多的自谴与自责。例如："幸福！我如今不能受你的私贿，/ 我的世界不在这尺方的墙内。"听上去很像是自我升华的儒家训诫：为了社会公义缩减一己之私利。很多古代的中国文人，如：屈原、杜甫和韩愈经常以"小我"与"大我"之间的博弈来做文章，从中发展出一种家国情怀和"忧患意识"。宋代的范仲淹以一种命令的语气一言以蔽之："先天下之忧而忧，后天下之乐而乐。"② 一位作家既要在生活里兑现这句诺言，也应在文字中遵循、表明他改造世界的志向，并做美学的创造和批评。就这个标准而言，唐代诗人杜甫可谓最佳典范，被闻一多奉为"一等"的诗人，其文学价值超出了单纯以词句与技巧见长的诗人，如李商隐，也包括济慈。闻一多认为，杜甫在他的诗里创造的是"负责的"美，"他的笔触到广大的社会与人群，他为了这个社会与人群而共同欢乐，共同悲苦，他为社会与人群而振呼"③。

闻一多本人的诗《静夜》体现的正是儒家知识分子"我"的忧思。自第 12 句开始，这部分内容得到了强化，与之相对照的是前 12 句中的

---

① 关于这首诗的释义参见 Ernst T. Sehrt, "Ulysses", in: Karl Heinz Göller (Hrsg.), *Die englische Lyrik*, Bd. 2, Düsseldorf: August Bagel Verlag, 1968, pp.122—123。
② 范仲淹:《岳阳楼记》,《范文正公文集》(二册)，中华书局，1985 年，第 19 页。
③ 闻一多:《诗与批评》,《闻一多论新诗》，武汉大学出版社，1985 年，第 123 页。

艺术家身份的"我"。一些日常用品的描述隐约透露出了言说者的职业背景及其美学内部关联，例如：

要好的茶杯贞女一般的洁白；

这一句诗连同前三句和后四句，共同烘托出了"我"家的一个宁静、值得珍惜的夜晚的氛围。而第三句（"这古书的纸香一阵阵的袭来"）暗示这样一个内部空间不仅仅是其乐融融的居家场所，同时也是一间语词工作室。"古书"在第 19 句中被具象化为"一本诗"，此外还有"一杯酒"，彼此相映成趣。最迟始自晋代诗人陶渊明，诗人的形象就常常与饮酒的姿态相连。酒与诗同属于一位艺术家的美学化的生活方式。而"茶杯"之所以与文学艺术关系紧密，是因为瓷器釉下彩绘的花纹、图案或者书法都有很高的审美艺术价值。诗中的茶杯"贞女一般的洁白"，是诗人所喜爱的，"要好"的，代表着纯粹的"艺术品"，亦是一位艺术家为之献身、并不实用而只提供美感的创造，同时也象征着闻一多的美学理想。[①]"茶杯"还让人联想起一件艺术物件——希腊古瓮。英国诗人济慈在他举世闻名的《希腊古瓮颂》的开头，就将之喻指他心目中的艺术的完满：

Thou still unravish'd bride of quietness.[②]
（你，嫁给静寂的，童贞的新娘）

全诗的最末，济慈以一句格言作为结尾，也是他所理解的艺术性的宗旨：

[①] 闻一多在他的评论文章《先拉飞主义》中再次提到了这只茶杯，参见《闻一多论新诗》，第 96 页。

[②] John Keats, "Ode to a Greek Urne", in: *John Keats: Poems*, London: Everyman's Library. 1974, p.191.

> 'Beauty is truth, truth beauty,'—that is all
> Ye know on earth, and all ye need to know.①
> ("美是真，真也是美，"——这就是
> 你知道，和你需要知道的一切。)

济慈在写给朋友的一封信中简要解释了这句著名的诗学公式，其中强调，想象力是一种特殊的能力，从中可以洞见真实："我无比确信，心灵的凝视是神圣的，想象是真实的——被想象所攫取的美一定是真——无论此前是否存在。"② 所谓真实——"the Truth"，据鲍勒（C. M. Bowra）阐述，是"终极事实的另一个名字，不能通过理性来发现，而是通过想象"③。济慈相信，这种终极事实超越尘世，直达完美和绝对的神圣之境。④ 余宝琳（Pauline Yu）在另一篇文章中，论及济慈的观点是基于柏拉图和亚里士多德"模仿论"的影响，"其认知基础是本体二元论——假设存在着一种更真实的现实，超越于我们生活其中的具体的历史范畴，二者之间的关系是就好比一个是浑然天成，一个是匠人斧凿"⑤。"本体二元论"将两个世界区分开来，高下立现。就像济慈在他的诗学公式里所提出的，诗意的想象是认知这种完满的真实和超凡脱俗的美的中介。不过，这种美学世界观对于中国人来说是陌生的，甚至与他们惯有的截然相反。余宝琳指出，中国人的宇宙观是"一元论"，"道"并非形而上学或者超验主义的——像通常被误解的那样，而是内在所"固有"的。"宇宙原则，或曰道，也许会超越于个别现象，但就整体而言是为这个世界所固有。

---

① John Keats, "Ode to a Greek Urne", in: *John Keats: Poems*, London: Everyman's Library. 1974, p.191.
② 转引自 C. M. Bowra, *The Romantic Inspiration*, Oxford University Press, 1963, p.142。
③ Ibid., p.148.
④ 关于济慈的美学二元论，参见 Gerhard Hoffmann, "John Keats: Ode to a Nightingale", in: Karl Heinz Göller (Hrsg.), *Die englische Lyrik*, pp.99–117。
⑤ Pauline Yu, "Alienation Effects: Comparative Literature and the Chinese Tradition", in: *Comparative Literature* 2/1979, p.89.

并没有什么超感觉的真实高于或者不同于物质层面的存在。真正的现实并非超自然，而是此时此刻。进而言之，在这个世界上，宇宙模式及其进程与人类文化的发展之间存在着基本一致性。"[1] 这一古老的中国世界观在美学上早已渗入传统文言文学，特别是古典诗词之中，并为现代作家所继承——即使他们不再以文言，而是用白话进行创作。正因如此根深蒂固，新文学的作家们尽管深为西方文化所浸淫，也从未对原有的世界观表示过怀疑。将真实理解为一种超验性的"终极事实"，并未在中国现代作家群中引起共鸣，闻一多也不例外。

不过，热爱济慈诗歌的闻一多在构筑他的"茶杯"意象的时候显然是在致敬《希腊古瓮颂》，因为二者之间存在着很多结构上的相似性。无疑，闻一多对于济慈名言"美是真"是谨记于心的，他在献给济慈的诗《艺术底忠臣》中，将之援引为"美即是真，真即美"[2]。然而，没有证据显示，他究竟是如何理解济慈的这句诗学公式的。虽然他一提起济慈便不乏赞美之词，欣赏这位内心敏感而丰富的英国诗人对于"美"的不懈追求，却对"美"与"真"的内在联系不置一词。闻所理解的美是一种主观体验，并非柏拉图式原型的镜像反映。从根本上而言，按照闻一多的理解，济慈对美的强调导向了"为艺术而艺术"的创作立场[3]，认为艺术无目的性，独立自主，有着自身的美学规律。这些观点令他印象深刻，并影响深远。直至闻一多晚年，他一直相信"诗是美的语言"[4]，并始终信奉，诗只对美负责。

毫无疑问，除却少了超越的维度，济慈美学对于闻一多诗歌观念的形成起到了决定性的作用。闻在1922年11月26日给梁实秋的信中指明他的诗集《红烛》受了济慈与义山（李商隐）的影响，又说："我想我们

---

[1] Pauline Yu, "Alienation Effects: Comparative Literature and the Chinese Tradition", in: *Comparative Literature* 2/1979, p.94.
[2] 闻一多:《艺术底忠臣》,《闻一多全集》(三), 第252页。
[3] 参见闻一多《先拉飞主义》,《闻一多论新诗》, 第96页。
[4] 闻一多:《诗与批评》, 同上书, 第120页。

主张以美为艺术之核心者定不能不崇拜东方之义山，西方之济慈了。"① 也是因为济慈的教诲，闻一多在1920年左右放弃了传统文言风格的旧体诗创作，转而用白话来写新诗。他早期的诗作显然是在与济慈思想碰撞之后的尝试，也就是说，自一开始，他便努力从济慈那里汲取提升创造力的养分，同时又不妨碍他对自身文化传统的认同和继承。1920年7月，闻一多的第一首白话诗《西岸》发表于《清华周刊》，开头便是以济慈的两句诗作为题词："He has a lusty spring, when fancy clear / Takes in all beauty within an easy span."（他有一个充满欲望的春天，在此刻，明晰的幻想 / 把所有能吸收的美都吸收进来了。）对此，许芥昱在他的书中写道："日本学者横山永造（Yokoyama Eizo）及一些别的学者认为闻一多早期作品中，《西岸》反映出他当时的看法：东西文化的交流，能使世界进步。后来在一九四三年闻一多写了《文学的历史动向》也说明了这个理想。"② 除了他对东西合璧的新型文化的展望，闻一多在这首诗中还借用"渡桥"的隐喻来思考异质文化的接受问题，提倡以一种批判性借鉴的态度勇于学习新鲜事物，批评说："还有人明晓得道儿 / 只这一条，单恨生来错——/ 难学那些鸟儿飞着渡，/ 难学那些鱼儿划着过，/ 却总都怕说得：'搭个桥，/ 穿过岛，走着过！'为什么？"③

可是，闻一多自己对待济慈的态度又何尝不是如此呢？他将"美"与超验主义的"真"松绑。在他全部的作品中，济慈所言的"Truth"（闻一多译为"真"）从未出现在诗学讨论之中。相反地，闻常常使用另外两个概念来替代之，与"美"发生关联："爱"和"爱国"。代表性的例子是他的诗作《美与爱》，以及一篇评论文章《文艺与爱国》。由此一来，闻一多将济慈所言的"美与真"移花接木到另一个"人类文化"圈，使得"美"与另一个精神层面的基本价值理念紧密相连，而这一理念就本土文化传统而言已是深入人心，那便是儒家所说的"仁"——正如我们

---

① 闻一多：《书信》，《闻一多全集》（三），第611页。
② 许芥昱：《新诗的开路人——闻一多》，第32页。
③ 闻一多：《西岸》，《闻一多全集》（三），第225页。

在其后的研究之中还有待揭示。历经两千多年的中国传统演绎，"仁"的美学表达充满着一种"神秘的美"，使得闻一多从内心深处感到一种类似宗教情结的皈依。无论如何，他也不愿自断家传，但也意识到，与之血脉相连的同时不应阻碍新诗保持一种开放的姿态，将世界文学——特别是西方文学成就纳入新诗的发展格局之中。上述种种因素的考量使得闻一多日渐形成了一种交叉合成的新诗观念：

> 我总以为新诗径直是"新"的，不但新于中国固有的诗，而且新于西方固有的诗，换言之，它不要做纯粹的本地诗，但还要保存本地的色彩，它不要做纯粹的外洋诗，但又尽量的吸收外洋诗的长处，它要做中西艺术结婚后产生的宁馨儿。①

这种交叉文化的生成公式反复出现在闻一多的各种论述之中，表现出他对本土传统与外来文化的兼容并蓄。直至他生命的末年，他一直都将异国形式的闯入看作是自身传统的再生机缘，呼吁要有"受"的勇气。在他被枪杀之前，他还计划要写一系列的文章，"给我们衰微的民族开一剂救济的文化药方"。但真正写成的只有一篇，就是《文学的历史动向》。其中，他将本国文化对外来形式的接纳看作是"早经历史命运注定了的"，是进化的必然。闻一多指出，中国在历史上曾两度受到过较大的外来文化波轮的冲击，第一度佛教带来的印度影响是小说戏剧，第二度基督教带来的欧洲影响又是小说戏剧。"我们的文学传统既是诗，就不但是非小说戏剧的，而且推到极端，可能还是反小说戏剧的。若非宗教势力带进来那点新鲜刺激，而且自己的歌实在也唱到无可再唱的了，我们可能还继续产生些《韩非·说储》，或《燕丹子》一类的故事和《九歌》一类的雏形歌舞剧，但是，元剧和章回小说决不会有。"② 对于新诗未来发展

---

① 闻一多：《〈女神〉之地方色彩》，《闻一多全集》（三），第361页。
② 闻一多：《文学的历史动向》，《闻一多全集》（一），生活·读书·新知三联书店，1982年，第204页。

的可能性，闻一多的建议是将小说戏剧元素添加进来，这一试验性的技法已被闻一多用于他自己的诗歌，特别是《死水》诗集的创作之中。

二、美与爱

多元文化的诗学合成理论如何具体运作又是因人而异，不同的作家面临不同的困境。对于闻一多来说，他本身已有的内心两难与文化合成发生奇妙的相互作用，正是我们的关注重点之一。从一开始，他的两句说辞就包含着一种明显的矛盾性，这对于我们即将展开的研究也是意味深长的。其一是他在主张"领袖一种文学之潮流或派别"时，自我归类为"极端唯美主义者"①；其二也是几乎出自同一时期，他在一封致熊佛西的信中谈到"诗人的主要天赋是'爱'，爱他的祖国，爱他的人民"②。

通常存在着一种共识，"极端唯美主义者"视"美"为艺术的最高宗旨，因此在他们看来，"美"才是诗人的主要天赋（譬如济慈）。不过，闻一多对他自己的美学认知是深思熟虑的，也曾在别处有过不同的文字表述，核心观点却是一致的。将"爱"作为诗之旨趣，从中引申出深植于中国传统价值观的"爱国主义"，显然是犯了现代主义美学的忌讳：艺术不得服务于任何道德、伦理、意识形态和政治派别的需要。闻一多深知他的诗学思想的矛盾之处，却坚持己见，不难推测，"美"与"爱"或"爱国主义"概念的并行不悖恰恰是他有意为之的诗学公式的特色书写，由此才有了他自己的诗。尽管这一公式与生俱来便是歧义丛生，但他依然奉之为诗学信条，以示与济慈的区别。可以说，"美即是爱"是闻一多对济慈提案"美即是真"的修正，后者是一句纯形而上学的艺术箴言，而闻鉴于传统价值观的约束无法全盘接受。以此类推，闻一多对外来文

---

① 闻一多在给梁实秋、吴景超的信中提及郭沫若，谓其"与吾人之眼光终有分别，谓彼为主张极端唯美论者终不妥也"，由此可知，闻一多认为自己是"极端唯美主义者"。参见闻一多：《致梁实秋、吴景超（1922年9月29日）》，《闻一多论新诗》，第162页。——译者注
② 熊佛西：《悼闻一多先生——诗人·学者·民主的鼓手》，《文艺复兴》1946年第1期。

化元素的接纳普遍采取了这样的方式。

1921年，正当闻一多对济慈最为心悦诚服之时，他写了一首伤感之情溢于言表的小诗（据推测也是闻用白话创作的第二首习作），题目恰好便是《美与爱》。尽管此处的"爱"应被理解为爱神激发的强烈的情欲，尚未包含其后作品逐渐派生而出的仁爱、同情和爱国之意，但重要的是，这证明闻一多自他初涉新诗之日起便将这两个关键词联系到了一起。在一次诗歌讨论中，闻一多对《清华周刊》发表的许多新诗都颇有微词，却用赞许的口气提及《美与爱》："我觉得我的幻想比较地深炽，所以我这幅画比较地逼真一点。"闻一多特别强调，"明了"的幻想和"逼真"的描述，将神秘的爱的渴望"历历地呈露于读者的眼前"。① 也就是说，闻同样也将想象视为诗意的中介，用以捕捉美的瞬间，听上去似乎正是济慈"美即是真"等式的回响。不过，他第一次明确用"爱"来替代"真"，这里的"爱"并非超凡脱俗，而是人间的尘世之爱、情欲之爱。除此之外，还有另一个例子可以表明，闻一多在他还是一个诗坛新人的时候便开始努力建构他自己的合成诗学。这便是《美与爱》诞生之后不久写成的《忏悔》：

>　　啊！浪漫的生活啊！
>　　是写在水面上的个"爱"字，
>　　一壁写着，一壁没了；
>　　白搅动些痛苦底波轮。②

这首诗映照出济慈的墓志铭："这里躺着一个人，他的名字写在水上。"正因这种映照，这首小诗也可理解为是献给济慈的一曲挽歌。不过，原墓志铭含混多义，而"名字"被置换成"爱"字之后，内涵变窄了。按照中国的风俗习惯，墓志铭通常是格言体，是对逝者一生最重要

---

① 闻一多：《评本学年〈周刊〉里的新诗》，《闻一多论新诗》，第13—14页。
② 闻一多：《忏悔》，《闻一多全集》（三），第250—251页。

的经历，或者最出名的成就和贡献做出点评，述之以传后世。众所周知，济慈名言"美即是真"最能代表其人其诗，理应收入这首缅怀他的挽歌之中——就像闻一多在另一首致敬济慈的诗《艺术底忠臣》中所做的那样（他援引了这一警句，却没有点明出处）。然而，闻一多在此处进行了乔装改扮，将济慈的生活形容成"浪漫"，而它的实现是通过"爱"。这表明闻一多是根据自己的需要改造了济慈的美学理想。另一种类似的改造出现在已被提及的诗作《艺术底忠臣》之中。在这首赞美诗里，闻一多称颂济慈为"诗人底诗人"，"艺术之王"的唯一的"忠臣"，钦叹他对至高无上的美的至死不渝的信仰。这首诗的结尾"你的名子没写在水上，/但铸在圣朝底宝鼎上了"指明是对原典的改写。这种改写源自闻一多的幻想，仿佛济慈已被植入他本国的文化背景。整首诗的措辞用语也让人感到闻一多是把英国浪漫主义诗人当成了一位忠心耿耿、循规蹈矩的朝廷命官。

闻一多"美即是爱"的合成公式潜藏着一种特别的魅力，来自于东西方两种文化影响下的美学世界观的交相辉映。一方面，闻一多主要是从现代西方领悟到"美"的观念，相信其至高无上的尊贵，也由此而加入到"为艺术而艺术"的阵营，麾下囊括了济慈、雪莱、罗斯金、英国新拉斐尔派，再到爱伦·坡和法国象征主义诗人。他们坚决拥护绝对自由的文学主体和非功利性的诗歌创作；另一方面，他对"爱"的阐释还是归于传统儒家伦理——特别是受限于"仁"的概念（仁爱、仁义），这使得"美"不得自绝于社会责任与道德规范，而个人隶属于集体，理应遵纪守法，积极从事文学之外的活动。这种"二重性"——现代西方与传统东方的交融、纯粹艺术与社会参与的互动，铸就了闻一多诗学的矛盾所在，激发了他的创作，也预示了他的人生：既是铮铮铁骨的爱国主义知识分子，又是"波西米亚艺术家"和"被诅咒的诗人"。

三、闻一多作为被诅咒的诗人

弗雷东·林纳（Fridrun Rinner）在他的研究成果《象征主义的模式建构》[①]中，从比较文学的视角出发，用建模的形式对国际象征主义文学现象做了系统性的梳理。林纳的研究对象是活跃在19世纪末20世纪初欧洲文坛的象征主义诗人，通过深入探析他们的创作与社会之间的互动关系，林纳发现，这些诗人就行为模式而言，一个共同的特征就是"纯局外人"。他们整体上与社会格格不入，不同的只是细微的程度差别："波西米亚人、花花公子、'零余人''被诅咒的诗人'，或者以贵族自居，扮演的是一个预言家或者通灵者的角色。"[②] 这种格格不入主要是内心的叛逆和孤傲，通常也体现在艺术家独具一格和惊世骇俗的外表上。

林纳的上述观察也在闻一多与西方诗人之间建立了另一个关联。自青年时代起，闻就以奇装异服和特立独行著称。留学美国主攻美术的时期，他常常因其不羁的扮相而引人注目："闻一多的头发留得很长，披到颈后，把原来戴着的一副黑边眼镜换成金丝眼镜，打了一条黑领结，身穿一件揩得五颜六色的画室工作服，他的样子是相当的波西米亚式，不久他就变成了校园的一景。"[③] 闻一多故意以挑衅的姿态反抗种族歧视和现代市民社会轻视艺术而看重物质的实利主义。同时，他也反对本国同胞或同学的那种刻板的矫饰。他让自己显得很不合群，因为作为一个留美的中国学生，他亲历了有色人种所受到的侮辱，既不相信可以融入美国社会，也不认可国族同胞的盲目骄傲。闻一多对自己的期许是成为一名"新君子"，这也反映出他对生命的态度。他抨击"旧君子"偏于无为而治，主静。"但是静者保守，空谈道义，不付诸实行。新君子则反是，注重力行，力行就有进步。闻一多因此作结论，西方国家进步，完全由于

[①] Fridrun Rinner, *Modellbildungen im Symbolismus*, Heidelberg: Carl Winter Universitätsverlag, 1989.

[②] Ibid., pp.239-240.

[③] 许芥昱：《新诗的开路人——闻一多》，第69—70页。

他们的新君子多于旧君子。"①

"新君子"渴望过一种什么样的生活？闻一多的《秋色》给出了明示：

>............
>啊！斑斓的秋树啊！
>我羡煞你们这浪漫的世界，
>这波希米亚的生活！
>我羡煞你们的色彩！
>............
>哦！我要过这个色彩的生活，
>和这斑斓的秋树一般！②

多彩、变幻、浪漫，市民阶层的中庸生活不值一提。闻一多的密友梁实秋也在一篇回忆性的文章中写道："一多的房间经常是乱糟糟的，床铺从来没有清理过，那件作画时穿着的披衣，除了油彩斑斓之外，还有各种各样的渍痕。最令人惊讶的是他的书桌，有一次我讥笑他的书桌的凌乱，他当时也没说什么，第二天他给我一首诗看。"③这首诗便是《闻一多先生的书桌》，行文风趣幽默，书桌上的一切静物突然开始说话，向粗心的主人抱怨它们"狼狈"的生活。主人闻一多无可奈何地回答说，自己无法维持万物各安其位，只好听之任之顺其自然：

>忽然一切的静物都讲话了，
>　　忽然间书桌上怨声腾沸：
>墨盒呻吟道"我渴得要死！"
>　　字典喊雨水渍湿了他的背；

---

① 许芥昱：《新诗的开路人——闻一多》，第25—26页。
② 闻一多：《秋色》，《闻一多全集》（三），第275—276页。
③ 梁实秋：《谈闻一多》，《梁实秋文集》（第2卷），鹭江出版社，2002年，第515页。

闻一多：介于纯诗与爱国之间

信笺忙叫道弯痛了他的腰；
　　钢笔说烟灰闭塞了他的嘴，
毛笔讲火柴烧秃了他的须，
　　铅笔抱怨牙刷压了他的腿；

香炉咕喽着"这些野蛮的书
　　早晚定规要把你挤倒了！"
大钢表叹息快睡锈了骨头；
　　"风来了！风来了！"稿纸都叫了；

笔洗说他分明是盛水的，
　　怎么吃得惯臭辣的雪茄灰；
桌子怨一年洗不上两回澡，
　　墨水壶说"我两天给你洗一回。"

"什么主人？谁是我们的主人？"
　　一切的静物都同声骂道，
"生活若果是这般的狼狈，
　　倒还不如没有生活的好！"

主人咬着烟斗迷迷的笑，
　　"一切的众生应该各安其位。
我何曾有意的糟蹋你们，
　　秩序不在我的能力之内。"①

梁实秋说："我不知道他写此诗时是否想起了波斯诗人欧谟的《鲁拜集》之中那些会说话的酒罐子，因为他非常喜欢这个古波斯诗人的那

---

① 闻一多：《闻一多先生的书桌》，《闻一多全集》（三），第 196—197 页。

种潇洒神秘的享乐主义。"① 对于闻一多而言,重要的是它唤起了"语词工作室"内部空间的一种氛围。几乎所有的事物:纸、笔和书桌都作为元诗语素被嵌入进来,发出它们的诗学宣言:这里是一个艺术自治的世界,有着它们自己的规律和私密的自由原则,外部世界的秩序在这里不起作用。这一立场是以一种自鸣得意的颓废为表征的,同时也彰显了一位波西米亚艺术家、一名"被诅咒的诗人"的标志性的个人特质。

隶属于波西米亚概念范畴、与"被诅咒的诗人"紧密相连的另一个标志就是艺术家沙龙——一个封闭的社团,也是一群"局外人"关门闭户定期聚会的场所。这便是中国20世纪20年代的"新月派":由几个矢志于文学事业的知识分子组成,多有英美留学背景,因为共同的美学兴趣而走到了一起。尽管他们各有各的思想路数,各有各的生活方式,但都强调不问政治,"为艺术而艺术"。所谓"局外人"的内部组织原则,对于他们来说就是精英立场的个人主义表达的需要,与其他知识分子团体形成了鲜明的对照。胡适曾不无骄傲地称"新月派"诗人算得上是"不可教训的个人主义者",并将之比作独来独往的老虎或狮子,不像狐狸和狗那样喜欢成群结队地乱跑。② 这种独来独往也适用于当"新月派"的一位成员受到其他文学社团的攻击——无论有理还是无理,自卫是他自己的事情。也许正是这种"狮虎原则"使得"新月派"成为中国现代文学史上最有创造力的一个流派,许多高水平的作家都是出自这个派别,如:徐志摩、朱湘、陈梦家、沈从文、梁实秋,当然还有闻一多。

闻一多对于"新月派"的文学贡献绝不只限于诗歌理论和实践,他还是一位热心而出色的沙龙主人。这样的一位主人不仅要掌握谈话的艺术,还应懂得如何创造开诚布公、畅所欲言的交流环境。他的原位于北京西单辟才胡同的旧居,是诗人们定期碰头的地点,人们常常将之与马拉美在巴黎罗马街寓所的"周二聚会"相提并论。而马拉美作为导师的

---

① 梁实秋:《谈闻一多》,《梁实秋文集》(第2卷),第516页。
② 转引自陈敬之:《"新月"及其重要作家》,成文出版社(台北),1980年,第4页。

角色也可以转移到闻一多身上,这正是《诗镌》产生的背景。① 徐志摩曾如此描写闻一多的住处,以及他们这些诗人在那里荟萃商谈的情形:

> 我在三两天前才知道闻一多的家是一群新诗人的乐窝,他们常常会面,彼此互相批评作品,讨论学理,上星期六我也去了。一多那三间画室,布置的意味先就怪。他把墙壁涂成墨黑,狭狭的给镶上金边,像一个裸体的非洲女子手臂上脚踝上套着细金圈似的情调。有一间屋子朝外壁上挖出一个方形的神龛,供着的不消说,当然是米鲁薇纳丝一类的雕像。他的那个也够尺外高……衬着一体黑的背景,别饶一种澹远的梦趣……白天有太阳进来,黑壁上也沾着光;快晚黑影进来,屋子里仿佛有梅斐士滔佛利士的踪迹;夜间黑影与灯光交斗,幻出种种不成形的怪象……②

正是在这种自由的氛围之下,闻一多和徐志摩于1926年创办了《晨报》副刊《诗镌》,与一班志趣相同的作家探讨新诗的出路,做一些纯学理和纯艺术的尝试。这11期内容当中有不少都是沙龙头脑风暴的产物。主要专栏作者,如朱湘、徐志摩、刘梦苇、饶孟侃等,同时也是闻一多沙龙的常客。作为"形式主义者",他们相信尽管新诗的语言源自白话,但还是应该严格与日常口语区分开来,遵循诗的格律和形式。由此一来,在白话新诗诞生十年之后,"新月派"诗人借助他们所熟悉的西方诗歌,重新将形式问题提上了日程。

这些诗学理论纲领被闻一多集中写成了文章《诗的格律》③,发表在《诗镌》第7号(1926年5月13日),其基本观点可追溯到唯美主义和象征主义——因为闻一多赞同王尔德,认为艺术高于生活(自然模仿艺术),并且相信艺术的起源是基于"游戏本能"。他对浪漫主义的感情用

---

① 参见刘钦伟:《闻一多早期唯美主义述评》,《中国现代文学研究丛刊》1983年第2期。
② 转引自许芥昱:《新诗的开路人——闻一多》,第94页。
③ 参见闻一多:《诗的格律》,《闻一多全集》(三),第411—419页。

事持保留态度，对"格式毁坏灵感"的说法表示怀疑。与此同时，他对技巧纯熟和句法整饬的强调在思想上非常接近马拉美和瓦雷里等人的象征主义理论。正因如此，闻一多探索过的关于新诗节奏和格律的问题在近六十年后依然被卞之琳看成是"突出的问题"①。而他的《死水》集中收录的24首新诗均可作为句法整齐、音节调和的具体例证，也为他带来了"形式主义者"的美誉。

四、"人类同情"与爱国

不过，作为"形式主义者""极端唯美主义者"，正如先前所提到的，闻一多的局外人身份和颓废程度其实都不如他所希望呈现的那么"纯粹"。虽然他宣称，艺术涵盖全部的生活，艺术是生活的标准，要为艺术而活；也赞同"为艺术而艺术"，支持艺术的绝对自治，反对任何意识形态将艺术工具化；甚至对"象牙塔"和"形式主义者"这样的称谓都完全欣赏。然而，现实生活时时刻刻把他从诗境拉回到尘境，使他无法不问民众的疾苦与时代的不幸。他在致梁实秋的信中写道："你前次不是讲到介绍薛雷［雪莱］吗？那我们就学薛雷增高我们的 human sympathy 罢！"② 汉娜·阿伦特曾说，正是"同情的能力"使得布莱希特转向左翼文学："同情不像一个大人物拥有的其他诸多品质，可以随意彰显或者隐藏，以便按照这个世界的游戏规则出牌。同情是一种激情，而激情让人身不由己。"③ 阿伦特的上述分析也可以用来解释，闻一多何以后来成为一位民主斗士——当他发现语言的软弱无以改变可憎的现实，他的同情就变成了愤怒。不过，在这一转变发生之前，同情既是他的天赋本能，也

---

① 卞之琳：《雕虫纪历》（增订版），三联书店（香港），1982年，第13页。
② 闻一多：《致梁实秋》，《闻一多论新诗》，第223—224页。
③ Hannah Arendt, *Walter Benjamin / Bertolt Brecht: Zwei Essays*, München: Hansa, 1971, p.76.

闻一多：介于纯诗与爱国之间

是"悲天悯人"的儒家规训。这让他努力做个"不堕落的诗人"①，不要在颓废和纯艺术的道路上越走越远——虽然二者直通现代诗歌的艺术臻境，对他来说极具诱惑力。究其根本，他最想成为的还是一个心怀博大的"被诅咒的诗人"，拥有同情和爱的能力。这再一次清楚表明了他合二为一的内心欲求。

由此也就不必惊讶，闻一多诗学对"爱"的重视，使之与"美"并行发展。在一封写于1922年的信中——也是他最专注于唯美主义的时期，他告诉朋友吴景超，自己终于得以超越个人情感的局限："我的诗里的 themes have involved a bigger and higher problem than merely personal love affairs，所以我认为这是我的进步。"② 这样的一个"更大更高"的主题拓展了他的诗歌格局，从小情小爱转向爱祖国、爱人民，而当时的中国极端贫穷落后，正饱受战火的蹂躏和外族的入侵。身处遥远的美国，闻一多将同情与爱转化为一种文化爱国主义：除了控诉当今祖国的悲惨现状，更衬托历史文化的灿烂辉煌——正如他在随信附上的两首诗《晴朝》《太阳吟》中所展现的那样。这两首诗都将目光投注于从东方升起的太阳，看到了它，思乡的游子也获得了慰藉，精神为之一振。闻一多在信中说："不出国不知道想家的滋味"，但想的不是狭义的"家"，"我所想的是中国的山川，中国的草木，中国的鸟兽，中国的屋宇——中国的人"。③ 另一方面，同样的景物在异国他乡却唤起了莫名的愁绪，例如《太阳吟》中的以下诗句：

> 太阳啊，这不像我的山川，太阳！
> 这里的风云另带一般颜色，
> 这里鸟儿唱的调子格外凄凉。④

---

① 闻一多：《致梁实秋》，《闻一多论新诗》，第220页。
② 闻一多：《致吴景超》，同上书，第160页。
③ 同上书，第159页。
④ 闻一多：《太阳吟》，《闻一多全集》（三），第269页。

文化爱国主义的主题贯穿了闻一多的很多诗歌，例如：《我是中国人》《长城下之哀歌》《忆菊》，大部分收入诗集《红烛》之中。闻一多留美期间（1922—1925），他以爱国主义为创作对象，主要抒发乡愁，以及对山河故人的思念。赞美中国的历史文化对于闻一多来说具有一种对抗种族歧视的心理保护作用。在一封给父母的信中，他用典雅的文言写道："我乃有国之民，我有五千年之历史与文化，我有何不若彼美人者？"① 而在另一封家信中，他表示："家中慎勿疑我变洋人，不思归家。我在美多居一年即恶西洋文明更深百倍。耶稣我不复信仰矣。'大哉孔子'其真圣人乎！我回乡之日，家人将见我犹一长衫大袖，憨气浑身之巴河老。"② 他并未真的如此现身。直至留美的最后一年，他的风格始终都是波西米亚式的。不过，他内心对传统价值观的回归却排挤了他人生观中"纯艺术主义"和颓废的一面。正如他在致梁实秋信中所说，他要努力不再堕落下去。③ 然而，这种转变对于他艺术创作的负面作用也是影响深远的，甚至有时达到了文化民族主义的程度。那一时期他如数家珍般地大量罗列历史典故和神话人物，窄化了诗艺的视野，也消减了想象的魄力。

五、富有创造力的不相容性

闻一多注意到了这一点，也抱怨灵感的消逝④。同时，他开始重新谈论"纯诗"，强调"文学"二字在他的观念里是个信仰，是个理想——非仅仅发泄情绪的一个工具⑤。他说："我的诗若能有所补益于人类，那是

---

① 闻一多：《致父母亲》，《闻一多论新诗》，第208页。
② 闻一多：《致家人》，同上书，第242页。
③ 参见闻一多：《致梁实秋》，同上书，第220页。
④ 闻一多在1923年5月15日写给梁实秋的信上说，"我的inspiration也早死了"。参见闻一多：《致梁实秋》，同上书，第232页。
⑤ 同上书，第223页。

我的无心的动作（因为我主张的是纯艺术的艺术），但是相信了纯艺术主义不是叫我们作个 Egoist（这是纯艺术主义引人误会而生厌避之根由）。"①这句话隐含的意思是，个人与社会、美学与意识形态互不相容，这种不相容性导致了创作的迷惘和危机。而在另一些时候，当他调和二者的意愿趋于强烈，他便尝试去削弱这种不相容性，称纯诗本身就潜藏着艺术与人生的深刻矛盾，这理所当然，也正是诗意之所在："郭沫若所讲关于艺术与人生之关系的话，很有见地。但我们主张纯艺术主义者的论点原与他这句话也不发生冲突。"② 如此来回往复地在纯艺术与爱国之间痛苦纠结，在那段时期里差点儿毁了闻一多，令他几乎退回到文言写作。但他最终还是获得了突破，凭一部《死水》闪亮登场。这部诗集的出版代表着一种崭新的诗歌文体的问世，在内容的真诚与形式的紧凑之间取得了很好的平衡。特别引人注目的是，他别出心裁地使用了第二人称的"你"，乍看起来，因为内含的双重身份，这个"你"显得面目特别模糊，恰如《一个观念》所展示的那样：

> 你隽永的神秘，你美丽的谎，
> 你倔强的质问，你一道金光，
> 一点亲密的意义，一股火，
> 一缕缥缈的呼声，你是什么？
> 我不疑，这因缘一点也不假，
> 我知道海洋不骗他的浪花。
> 既然是节奏，就不该抱怨歌。
> 呵，横暴的威灵，你降伏了我，
> 你降伏了我！你绚缦的长虹——
> 五千多年的记忆，你不要动，
> 如今我只问怎样抱得紧你……

---

① 参见闻一多：《致梁实秋》，《闻一多论新诗》，第223页。
② 闻一多：《致闻家驷》，同上书，第228页。

>   你是那样的横蛮,那样美丽!①

　　这个"你",同时是一个"致命女神"的化身,也是象征主义诗歌广泛征用的一种经典原型,代表着可望而不可即的观念的存在,超越现实的生活,却能用言语来憧憬。这个"你"也符合我们在文学作品中经常读到的"致命女神"所具备的特性:她"美丽""横蛮",若即若离,也因此而更加惹人思慕;她说谎,掩饰自己,也因此而更加扑朔迷离,充满了诱惑力;她危险,像一个谜——闻一多称之为"隽永的神秘"。然而,这个貌似象征主义的"你"突然有了另一个层面的含义——当"我"在第十句中提及"五千多年的记忆"——中国上下五千年文化的一个骄傲而正面的转喻。与先前的"你"随之而来的激情之勃发、欲望之暗涌、执念与失落、纠结与无望,在现代诗中通常导向一种消极而悲剧性的诗意——好比波德莱尔的《献给美的颂歌》②或者《阳台》③,但在此处,却突然一反常规,戛然而止,而且是通过"我"的倾情吐露,将念兹在兹的"你"的双重身份——女神和祖国作为一个不可分割的整体呈现出来。诗中的"我"自称与"你"之间的关联是一种"因缘",是无条件的爱,这放大、提升并升华了"我"的形象。归根结底,个体意欲效忠于国家的行为源自儒家传统,与之相应的是,"我"希望消解自身,就像浪花汇入海洋、节奏融进歌声(第六句和第七句),"我"也投身于"你"的母性之博、宇宙之大的怀抱,同时这个"你"还保留了"女神"的一切外在特征。"我"最终克服了内心的纠结——而这有违于一般象征主义诗歌的趋向。无论就内容还是布局而言,这种双重身份的大胆组合暗藏了整个文本的意图,也是作者的元诗意图,这从《一个观念》的题旨就能看出。这首诗有意被设计成一种可能性的预演,让实际上并不相容的观

---

① 闻一多:《一个观念》,《闻一多全集》(三),第187页。
② Baudelaire, "La Beaute" in: (Übers) Carl Fischer [zweisprachig], *Fleur du Mal* (*Die Blumen des Bösen*), München: Winkler Verlag, 1979, p.56.
③ Baudelaire, "Le Balcon" in: Ibid., p.106.

念在语言中相见甚欢。通过这样的方式，闻一多激发了创造力，刷新了象征派幻想家的类型。他的诗里有一种强烈的反差：一方面是艺术家的内敛特质，以及对现代社会"泯然众人矣"的大众化趋势保持优雅和精英式的无所谓态度。鉴于普遍存在的对于艺术并不友好的环境，这种大众化趋势愈加强化和合法；另一方面，艺术家又会因为突如其来的一个瞬间而变得多愁善感，同情个人的命运，以及背后所潜隐的社会的不幸，并将这种态度转化为一个立场。正如已经展示的那样：与其躲在诗里为自己的怀才不遇怨天尤人，不如为那些"沉默的大多数"发声。就这种组合而言，《春光》是一个很好的例子：

> 静得象入定了的一般，那天竹，
> 那天竹上密叶遮不住的珊瑚；
> 那碧桃；在朝暾里运气的麻雀。
> 春光从一张张的绿叶上爬过。
> 蓦地一道阳光晃过我的眼前，
> 我眼睛里飞出了万支的金箭，
> 我耳边又谣传着翅膀的摩声，
> 仿佛有一群天使在空中逻巡……
>
> 忽地深巷里迸出了一声清籁：
> "可怜可怜我这瞎子，老爷太太！"[①]

春天象征着生活的乐趣。这首诗的第一节较长，写得特别春情荡漾，又有一连串的密集的视觉幻象，像是为一个资深审美者私人定制的。好比一个自怜自爱又自满的自闭症患者躲进自己的世界里所做的一番脱离现实的自我陶醉。不过，这幕现代诗歌的惯常画风到了第二节突然为之一变，似乎是在故意同象征主义——例如波德莱尔式的风格拉开距离。

---

① 闻一多：《春光》，《闻一多全集》（三），第183页。

此处，闻一多掀起了一个全诗的高潮，定格在一个诗意最强的瞬间——当"我"跳出了他的自鸣得意的小圈子，开放自己的胸襟，接收到同情与爱的呼声。闻一多并不否认幻景的美，但他试图通过博爱去丰富这种美。从这个意义上来说，诗中的"瞎子"并不只是受到同情的某人，他还提醒我们，爱也是构成完整的美的一部分。因为假如没有他在后两句出现，这个文本就不够完美，也在某种意义上落入俗套——而这恰恰是闻一多想要避免的。这个"瞎子"在这首诗中不仅仅象征着敌视艺术、对美无感，更遑论超凡脱俗的大众——就像波德莱尔在《盲人》一诗中，以一个傲慢的"我"的口吻无情地嘲讽他们"穿越无尽的黑暗"，用他们"失去神圣的光亮"的双目，"遥望远方，举头向天"。[①] 对于自我中心主义的艺术家来说，这个"瞎子"也意味着一种挑战，一个新的要求，让美与爱相连。

　　这种与美平分秋色的爱在闻一多的诗集《死水》中显然染上了儒家对"仁"的憧憬的色彩。孟子曰："仁者爱人"，受此启发，闻一多将积极有效的爱人视为爱国的一种具体形式。爱、同情与爱国共同构成一个整体，成为闻一多诗学组合的不可分割的一部分。"仁者爱人"首先要求诗人的眼神不必消散在面目不清的众生、无名而抽象的痛苦之中，而是带着一种可以感知的温度，投注在有名有姓的个体以及他们独一无二的命运身上。体现在诗作之中，成功的例子包括:《飞毛腿》《天安门》和《罪过》。在这些诗里现身的人物不再只是抒情"我"的面具——就像先前的作品《大鼓师》或者《国手》那样，借他者的镜像，投射"我"的纯艺术的存在。反之，这些人物被塑造得有血有肉，他们的生活就是生下来活下去，表现出一种普遍的、恰恰是"非诗"的现实，将其入诗可谓是闻一多"美即是爱"诗学公式最好的试金石。而闻不负众望，凭着精湛的诗艺给诗坛带来了最美的收获：

---

① Baudelaire, "Les Aveugles" in: (Übers) Carl Fischer [zweisprachig], *Fleur du Mal* (*Die Blumen des Bösen*), München: Winkler Verlag, 1979, p.305.

罪过

老头儿和担子摔一交,
满地是白杏儿红樱桃。
老头儿爬起来直哆嗦,
"我知道我今日的罪过!"
"手破了,老头儿你瞧瞧。"
"唉!都给压碎了,好樱桃!"
"老头儿你别是病了吧?
你怎么直愣着不说话?"
"我知道我今日的罪过,"
一早起我儿子直催我。
我儿子躺在床上发狠,
他骂我怎么还不出城。"
"我知道今日个不早了,
没有想到一下子睡着了。
这叫我怎么办,怎么办?
回头一家人怎么吃饭?"
老头拾起来又掉了,
满地是白杏红樱桃。①

闻一多关于诗歌形式的音乐美、建筑美与绘画美的"三美"理想在这首诗里得到了充分的实现。就音乐性而言,整首诗通体押韵,通过每行三顿或四顿的节奏变化来模仿一种快速而不连贯的说话方式,将"老头儿"的自责和不知所措表现得惟妙惟肖,又在不经意间对这个社会显露了微词。流畅、简洁的音步设计,再辅以对称的语词数量,构成了匀称和均齐的建筑美。此外,闻一多还特别营造了一种绘画美:第二句中,

---

① 闻一多:《罪过》,《闻一多全集》(三),第192页。

掉在地上的水果以一种红白相映的色彩对撞，呈现出一幅被庞德所倡导的"意象主义"的画面。这幅画面在末句又重复了一次。此类构图技巧也常见于唐诗的经典之作。散落一地的水果宛若画中静物，栩栩如生而又触手可及，无须再置一词，诗意油然而生。这里的白杏和红樱桃代表着一种无辜的、静态的美，完全无涉于人类的悲惨命运与生存危机。没有任何的中间过渡，这幅唯美的图画就被切换成了喋喋不休的"老头儿"的诉苦，他在色彩缤纷的水果身上只联想起"怎么吃饭"的问题。这首诗再次体现了闻一多对象征派幻想家的修正——就像他在《春光》中已经展示出来的那样：这里有一道悲悯的目光聚焦于社会现实，对于日常生活的美的感知不再只是一项精英行为，而已成为一种同情与博爱的符号形式。显而易见，闻一多已经成功地将诗的现代性建构在纯粹美学意义上——或者如他所说，游戏①意义上的——形式主义的完美强迫症与"先天下之忧而忧"的儒家传统之间。他试着一方面保留"极端唯美主义者"的身份，另一方面又作为知识分子努力维护传统道德观念。

  至于闻一多又是如何从元诗的层面，从不相容性中有意去营造诗意，诗集《死水》的序诗《口供》做了很好的演示。《口供》将自我反省的抒情"我"的矛盾纠结作为诗歌主题，既有爱国主义的理想，以爱来消解并升华自我；又呈现出一种同样强烈的倾向，以一个"堕落的诗人"的内心来感受世界与"我"。

> 我不骗你，我不是什么诗人，
> 纵然我爱的是白石的坚贞，
> 青松和大海，鸦背驮着夕阳，
> 黄昏里织满了蝙蝠的翅膀。
> 你知道我爱英雄，还爱高山，
> 我爱一幅国旗在风中招展，
> 自从鹅黄到古铜色的菊花。

---

① 参见闻一多：《诗的格律》，《闻一多全集》（三），第411页。

> 记著我的粮食是一壶苦茶!
>
> 可是还有一个我，你怕不怕——
> 苍蝇似的思想，垃圾桶里爬。①

　　一个两极分化的"我"的双重身份在此得以精彩地组织呈现。最后的两句出其不意地与先前的内容形成对照，将"我"的内心世界的两个对立面直观展示出来。正如第一节中意象纷呈的画面所指，"我"的内在一开始是与一连串的正面价值紧密相连。这些意象主要来自于一些风景元素，不仅仅是自然美景，也蕴含丰富的传统文化寓意。白石、青松、夕阳、高山和菊花，皆为中国古典诗词和绘画所乐于表现的美好品质的象征，如此密集地亮相，先就给读者留下一个心理预示：这是属于一位爱国诗人的高尚情操。果不其然，第六句便证实："我爱一幅国旗在风中招展"。爱国主义导向"我"的升华，就像第一节的最后一句所暗含的意思："记著我的粮食是一壶苦茶！"——喻指儒家所倡导的简朴生活以及艺术家淡泊名利的道德准则。与此同时，又有前面所列举的宝贵的精神财富为背景依托，勾勒出一个因对自然与文化的热爱而倍感骄傲和高大的"我"的形象。

　　然而，到了最后，所有的这些在篇幅较长的第一节中所做的升华均成了昙花一现的浮华。它们都被第二节，或者更确切地说，是整首诗的最末两句，以一种令人惊讶的方式抵消掉了。如此急转直下、以押尾韵的方式独立成节的这对结束语让人想起莎士比亚的"商籁体"（即十四行诗），也是历经一番渲染铺陈，以对句收尾，堪称点睛之笔。而在上面这首诗的最后，"还有一个我"被补充进来，有着"苍蝇似的思想"，令人恶心地"垃圾桶里爬"。如此"逆崇高"和"去升华"，也让"我"看上去不再可能牺牲个性而去迎合儒家伦理，也对任何社会职能免责。这样的一种"去升华"的手法将"我"从传统价值体系中完全解脱出来，而

---

① 闻一多：《口供》，《闻一多全集》（三），第171页。

被赋予了消极主体性，唯执纯美之牛耳，奉之为人生真义，相信艺术的神奇魔力，可将包括丑在内的一切都转变为诗意。除此之外，再无更多的美学以外的义务。

六、奇迹，唯有语言才能召唤

两个彼此对立的"我"令闻一多灵魂深处痛苦不堪，同时却也让他的笔端流淌出了《死水》的美丽诗句，其诗的现代性给人留下了深刻印象，被他称为"背面的意义"——大约类似于他最后一首诗《奇迹》所蕴含的那种消极的美。据推断，《奇迹》应写于1930年12月初期，是闻一多继《死水》之后，"三年不鸣"又"一鸣惊人"之作。闻一多将不相容的东西淬炼为"美"，因为正是不相容性带来了美学上的创造力；却又将之定义为"背面的意义"，因为迄今为止，他的合成的努力还是未能调和生命的困境，他的精神世界和灵魂内部愈加分裂。即便他已成功地言说他的纠结，在他看来，还是未能达到最终的、最高的诗境，而流于一种过渡性的创作，"太支离"，"太玄了"，不过是为了"不敢让灵魂缺着供养"而不得不先募化的"糟糠"。他所写下的一切，还是属于"正面的美"或者"完整的美"到来之前的半成品。而最高的诗，理应是纯洁而神圣的，恰似一个"奇迹"，一种"结晶"，一个"戴着圆光的你"，免于一切矛盾纷争而给灵魂和生命带来"最浑圆的和平"：

奇迹

我要的本不是火齐的红，或半夜里
桃花潭水的黑，也不是琵琶的幽怨，
蔷薇的香，我不曾真心爱过文豹的矜严，
我要的婉娈也不是任何白鸽所有的。
我要的本不是这些，而是这些的结晶，

比这一切更神奇得万倍的一个奇迹！
可是，这灵魂是真饿得慌，我又不能
让他缺着供养，那么，既便是糟糠，
你也得募化不是？天知道，我不是
甘心如此，我并非倔强，亦不是愚蠢，
我是等你不及，等不及奇迹的来临！
我不敢让灵魂缺着供养，谁不知道
一树蝉鸣，一壶浊酒，算得了什么，
纵提到烟恋，曙壑，或更璀璨的星空，
也只是平凡，最无所谓的平凡，犯得着
惊喜得没主意，喊着最动人的名儿，
恨不得黄金铸字，给装在一支歌里？
我也说但为一阕莺歌便噙不住眼泪，
那未免太支离，太玄了，简直不值当。
谁晓得，我可不能那样：这心是真
饿得慌，我不能不节省点，把藜藿
权当作膏粱。

　　可也不妨明说只要你——
只要奇迹露一面，我马上就抛弃平凡
我再不瞅着一张霜叶梦想春花的艳
再不浪费这灵魂的膂力，剥开顽石
来诛求白玉的温润，给我一个奇迹，
我也不再去鞭挞着"丑"，逼他要
那份背面的意义；实在我早厌恶了
这些勾当，这附会也委实是太费解了。
我只要一个明白的字，舍利子似的闪着
宝光，我要的是整个的，正面的美。
我并非倔强，亦不是愚蠢，我不会看见
团扇，悟不起扇后那天仙似的人面。

> 那么
>
>   我便等着，不管等到多少轮回以后——
> 既然当初许下心愿，也不知道是在多少
> 轮回以前——我等，我不抱怨，只静候着
> 一个奇迹的来临。
> 总不能没有那一天
> 让雷来劈我，火山来烧，全地狱翻起来
> 扑我，……害怕吗？你放心，反正罡风
> 吹不熄灵魂的灯，愿蜕壳化成灰烬，
> 不碍事：因为那——那便是我的一刹那，
> 一刹那的永恒——一阵异香，最神秘的
> 肃静，（日，月，一切星球的旋动早被
> 喝住，时间也止步了）最浑圆的和平……
> 我听见阊阖的户枢砉然一响，
> 传来一片衣裙的窸窣——那便是奇迹——
> 半启的金扉中，一个戴着圆光的你！①

  这首诗应是闻一多本人的得意之作。假如不是因为评论界在理由尚不充足的情况下就将之追捧为闻氏最重要的，或者说是最"象征主义"的作品②，《奇迹》其实也不过是《死水》的延续，是他那句著名的诗学理念的再一次兑现——即使是以一种更精致的方式。从诗学角度去评价它，首先应该予以承认，这首诗的元诗手法更密集也更显著。闻一多不再只是简单地将他的诗学思考付诸实践，而是将兴趣点集中在实践的过程本身，从中折射出他的美学观与世界观。或者换句话说：他将迄今为止的艺术探索作为诗歌主题和反映对象。由此一来，这首诗作为一种元诗意

---

① 原载于1931年1月20日《诗刊》创刊号。
② 参见蓝棣之:《现代派诗选·前言》，蓝棣之编选:《现代派诗选》，人民文学出版社，1986年，第7页。

义上的总结，成为他对生活和创作的自我批评的艺术自传。

意象的使用在这首诗中是以很高的频次出现的，这样做的好处是使得诗学陈述免于枯燥和抽象。从一开始，闻一多倡导以语言的形式再现诗歌的音乐美、绘画美和建筑美的"三美"的艺术主张就不是作为理论提出的，而是通过一系列的生动比拟和象征主义的再现开启了他对诗艺的反思，具体而言，有这样三类美的意象："桃花潭水的黑"形容绘画美；"琵琶的幽怨"喻指音乐美；"文豹的矜严"暗示建筑美。这些意象代表着闻一多迄今所写过的诗，还不足以达到他所追求的最高的艺术境界。他要的是"这些的结晶"，所有的"正面"和"美"的"结晶"。放弃他现有的一切，熔入一场完美的文字的炼金术，词与词之间不再是孤立存在或支离破碎，而是以一种诗歌语言的流体状态彼此照亮相互补足，直至实现"完整的美"，从而抵达"正面的美"——讴歌生活如同赞美艺术一般的至臻之境。这种"结晶"同时也是一个"奇迹"，不仅理应满足形式完美主义的所有要求，同时还会带来生活上的改变，超越存在的危机恰如调和艺术的矛盾，诗人也"不再去鞭挞着'丑'，逼他要/那份背面的意义"。

可是，在这贫乏的时代和丑陋的现实面前，诗人怎么可能抵达"正面的美"，见证奇迹和终极之美？道路是曲折的，正如先前文中一连串被否定的事物指向存在的危机，相应地，闻一多也将"丑"作为暂时但是必要的"供养"——为了这灵魂"还真饿得慌"。不过，同时他也担心，如此饥不择食地转向消极现实，从中寻找美的营养，难免会产生一个过于多愁善感的"我"，一个被过分强调的主体，由此而写成的诗可能并没有什么价值："谁不知道／一树蝉鸣，一壶浊酒，算得了什么，／纵提到烟恋，曙壑，或更璀璨的星空，／也只是平凡，最无所谓的平凡，犯得着／惊喜得没主意，喊着最动人的名儿，／恨不得黄金铸字，给装在一支歌里？／我也说但为一阕莺歌便噙不住眼泪，／那未免太支离，太玄了，简直不值当。"

鉴于这种担心，闻一多将旧作抛在脑后，继而等待奇迹的来临。这个奇迹看起来最终是那个永远静候在将来的"你"，一个对话的"他者"，一个陌生的"我"——一个"你"，指引现在的"我"去认识、定义、提升并净化自我。正是出于这样的目的，这个"你"被召唤、被言说、被崇拜。它并非全然就是情欲所渴慕的对象："团扇"后面"那天仙似的人面"——即使从"衣裙的窸窣"中，这个"你"被推测为实体的女性。同样也很难说它就是那片国土——纵然这个"你"在闻一多的诗中总是复杂多义、一言难尽，"不谐和音"式的激发创造力。这个"你"不是泛指，不能等同于"我"的融入集体的自身意愿的写照，同时又作为个体代表从社会全局脱颖而出。它是比所有这些都多的一切，又是所有一切的一部分。

它可以对话，对"我"做出回应。在奇迹诞生的一刹那，它接纳了"我"，并表示认同，正如后面这句话的暗示："我听见阊阖的户枢窸然一响"。虽然它陌生而又遥远，是一个触不可及的"他者"，但又不止于永远是一个"他者"。它允许靠近，在与"我"会面的一刹那，"时间也止步了"。由此一来，最大的障碍已被清除，那便是"我"与"你"之间的时间的不同。因为"你"是一个永恒的女性，同时又是一个神化的象征、人形的宇宙，是瞬间也是永远，超越一切固有的概念——是"整个的，正面的美"。它其实是诗本身，终归就是"一个明白的字"，也是"结晶"诗学的体现——在此之前，"我"要放空自己，忘我地工作，一边等待，一边写作，不顾一切艰难险阻奋勇前进："总不能没有那一天／让雷来劈我，火山来烧，全地狱翻起来／扑我，……害怕吗？你放心，反正罡风／吹不熄灵魂的灯"。

最高意义上的诗，总是属于未来，美妙绝伦，是一种最终对"我"、生活和艺术的赞美，将所有的一切介于艺术与生活、主体性与秩序、"我"与他者、激情与形式、颓废与崇高、纯诗与仁爱、东方与西方、传统与实验之间，并在闻一多的人生创作中留下深深印迹的对立矛盾消弭于无形。闻一多殚精竭虑地寻找着这种诗艺的最高完美，同时也是生命的启示，却走不出一片语言的乌托邦——这恰恰是中国诗美的实质。这种寻找，对于中国现代文学的集体努力来说，是深具代表性和典型性的。这种努力，对于走在通往现代性路上的诗人来说，也是不能回避并始终存在的。

本辑作者/译者简介

张桃洲 1971年生于湖北天门，2000年12月在南京大学获文学博士学位，现为首都师范大学文学院教授、博士生导师，中国诗歌研究中心专职研究员。主要从事中国现当代诗歌研究与评论、中国现代文学及思想文化研究。在《中国社会科学》《文学评论》等刊物发表学术论文九十余篇，出版有《现代汉语的诗性空间——新诗话语研究》《语词的探险：中国新诗的文本与现实》等论著。

西　渡 1967年生，浙江浦江人。1985年考入北京大学中文系。大学期间开始写诗和发表诗作，20世纪90年代以后兼事诗歌批评和诗学研究。现为清华大学中文系教授。

雷武铃 1968年生于湖南，先后就读于中国政法大学和北京大学，文学博士，现为河北大学文学院教授。出版诗集《赞颂》、译有谢默斯·希尼诗集《区线与环线》和《踏脚石：希尼访谈录》。主编同人诗刊《相遇》。另有零散诗歌、译作和批评文章发表。

冷　霜 1973年生，北京大学文学博士，中央民族大学文学院副教授。

王　炜 出生于1975年，诗人、评论和戏剧写作者。迄今主要作品有诗集《比希摩斯时刻》《诗剧三种》，剧作有《航船》等，文论系列《近代作者》是基于当代问题，对十数位在今天可能很少被阅读的近代诗人和作家的再次理解。

刘祎家 1990 年生，广西桂林人，北京大学中文系现代文学专业 2018 级博士研究生。亦从事诗歌写作，曾获扬子江年度青年诗人奖、时报文学奖新诗组评审奖、未名诗歌奖等奖项。

吴　昊 1990 年生，山东泰安人，文学博士。现为廊坊师范学院中文系讲师，主要研究方向为中国现当代诗歌。

颜炼军 1980 年生，文学博士，已出版《象征的漂移》《诗的啤酒肚》等论著，亦有文学作品见诸报刊，现任教于浙江工业大学。

辛北北 广东汕头人，首都师范大学文学院 2018 级博士研究生，从事现当代诗歌研究，兼事诗歌写作与批评。

李丽岚 中央民族大学文学院中国现当代文学专业 2017 级硕士研究生。

韩　博 诗人，艺术家，戏剧编剧、导演，旅行作家。毕业于复旦大学，曾任复旦诗社社长，美国爱荷华大学（The University of Iowa）荣誉作家。出版有诗集《借深心》《飞去来寺》等，以及《与酒神同行》《涂鸦与圣像》等七本旅行文学作品。

王　璞 诗人、教师、学者、文化工作者和译者。北京大学文学学士、硕士，纽约大学比较文学博士，美国布兰代斯大学（Brandeis University）中国文学助理教授和 Helaine and Alvin Allen 文学特别讲席。出版有诗集《宝塔及其他》和英文学术专著 The Translatability of Revolution: Guo Moruo and Twentieth-Century Chinese Culture（美国哈佛大学出版社，2018 年）。

茱　萸 本名朱钦运，生于 1987 年 10 月。哲学博士。出版诗集、论著及编选集近十种，曾获美国亨利·鲁斯基金会华语诗歌创作及翻译奖金、全国青年作家年度表现奖、江苏省紫金山文学奖等奖励。现供职于苏州大学文学院，从事新诗史、当代诗及比较诗学领域的研究。

陈培浩　广东潮州人，1980年出生，博士毕业于首都师范大学文学院，现为韩山师范学院文学与新闻传播学院副教授。主要从事中国现当代文学研究。

张　枣　1962年生，诗人，德国特里尔大学文哲博士，曾任教于德国图宾根大学，归国后先后任教于河南大学文学院、中央民族大学文学与新闻传播学院，著有诗集《春秋来信》等，于2010年去世。

亚思明　本名崔春，文学博士，山东大学（威海）文化传播学院副教授、硕士生导师，山东省作协签约评论家。曾在德国留学工作十二载。

编后记

2018年，批评家敬文东接连发表了两篇长文：《从唯一之词到任意一词——欧阳江河与新诗的词语问题》（载《东吴学术》2018年第3期、第4期）和《从超验语气到与诗无关——西川与新诗的语气问题研究》（载《中国现代文学研究丛刊》2018年第10期）。这两篇文章在系统梳理考察欧阳江河和西川自20世纪80年代以来诗歌写作历程的基础上，对两位诗人近年的创作提出了尖锐的批评，是近年来少见的既具学理深度又有批判锋芒的批评文章。由于批评的对象是公认有较高成就的当代诗人，涉及的诗学问题在当代诗歌观念演进与写作实践中也具有某种指标性，文章发表后在诗歌界已引起相当的关注。本期"问题与事件"专题围绕这两篇批评长文组织了一组笔谈，试图从前者已打开的批评空间出发，将其所揭示的问题与现象引向更深广的思考，以期激发更多的讨论。正如张桃洲在其笔谈中点出的，"一些重要诗人创作的下滑具有征候性"，以他们为个案或切入点，可以"审视当代诗歌的诸多问题"。在"诗人研究"专题中，青年学者辛北北的文章也是以欧阳江河近年的长诗写作为样本，来分析当代诗歌创作中的技艺失衡现象，这种不约而同的批评指向（也见于"问题与事件"专题中的多篇笔谈文章）似乎表明，一些新的批评共识正在凝聚，如何有效突破"当前汉语诗歌写作的整体困境"，重新激发其"文化、诗学创造力"，正期待着持续和坚实的批评工作。

刘荣恩是20世纪三四十年代活跃在平津学院诗坛的一位诗人和批评家。由于各种原因，以往新诗研究者虽然已经注意到他的存在，但鲜有专门的研究。本期"刘荣恩研究专辑"收入刘荣恩在30年代发表的四篇诗歌批评文字,以及40年代中后期毕基初、李广田对刘荣恩诗歌的两篇评论,并附有青年学者吴昊编写的刘荣恩年谱和相关评介文章,是学界首次关于刘荣恩较具规模的史料整理和研究,希望可以增益读者对于三四十年代平津现代主义诗坛、华北沦陷区诗歌等多重诗史脉络的认识。对新诗史料,尤其是重要诗人的史料搜集与整理一直是本刊较为注重的一个方面,本期"诗人研究"专题中,颜炼军与李丽岚的两篇论文也在不同程度上体现出新的史料对于新诗研究的价值,它们分别通过对张枣和卞之琳佚诗的发掘、释读与考论,一则辨析了张枣诗歌前后期变化的过渡期内一些有意味的表征,一则呈现出卞之琳诗观诗艺成熟过程与诗歌形象自我确立的历史细节,使我们对这两位诗人的创作获得了更为具体和丰富的理解。

在某种意义上,本期"高校诗歌与新诗教育"专题和"翻译与接受"专题也与这种史料意识有关。在新诗历史上,大学与新诗创作和新诗教育的关联非常密切。"新时期"以来,高校诗歌创作更是当代新诗发展的重要场景和内在环节,"高校诗歌与新诗教育"专题的三篇回忆文章出自几位优秀的中青年诗人之手,他们都曾担任过高校诗社的社长。他们对各自参与的高校诗社发展历程和诗歌活动的叙说,有助于我们感知这几个重要的高校诗歌社团不同时期的精神面貌和写作氛围,几篇文章所涉及的时间段落彼此衔接,恰好由点及面地勾勒了20世纪90年代迄今二十多年来高校诗歌的大体样态。关于20世纪80年代高校诗社发展和诗歌创作交流状况,过去已有不少资料积累,相对而言90年代以来的资料还很零星,这几篇回忆文字因而也有弥补和充实的意义。另一篇文章则是以韩山师范学院为个案,来讨论高校新诗教育所面对的理论与实践问题。本专题将亲历者的回顾与相关学术研究结合在一起,意在展现出一个更为立体的问题图景。诗人张枣生前以新诗史为对象撰写博士论文并获得德国图宾根大学博士学位,这部论著显然是认识张枣诗学观念及其新诗史观的重要资料,但新诗研究界以往对之少有了解,亚思明近年从德语原文将其陆续译出。"翻译与接受"专题此次选刊了其中一章的译文,既可为闻一多诗歌的研究增添新见,并以之作为闻一多诞辰120周年的一个纪念，读者们也可由此增进对张枣诗歌与诗学的了解。

　　无论是聚焦于当下诗歌问题的批评和争鸣，还是诗歌史料的整理与阐发，我们的目的都是力图以此为读者提供关于中国新诗的"新的视景"，我们愿为此不懈努力，也盼望能一如既往地得到学界、诗界和读者们的支持与反馈。